KB147426

힘들 때 펴보라던 편지

스님은 편지 한 통을 내어주며 말했다.
"곤란한 일이 있을 때 이것을 열어봐라.
조금 어렵다고 열어봐서는 안 된다.
정말 힘들 때 그때 열어봐라."

들어가며

*

죽으면 누구나 그 순간 모든 것이 사라지고 이야기가 남을 뿐이다. 이렇게 저렇게 살았다는 일화가 남을 뿐인 것이다.

생은 짧지 않지만 잊히지 않는 이야기 하나 남기기가 쉽지 않다. 내용이 부실하면 아무도 그의 생을 기억하려 하지 않기 때문이다. 그런 삶은 생몰연대만 남는다. 향기가 나는 일화라야 입에서 입으로 전해진다. 감동을 주는 일화라야 세월의 거센 풍화작용을 이겨내며 살아남을 수 있다. 그렇게 살아남은 일본 스님들의 일화를 모았다.

*

스님의 일화란 스님이 생으로 보인 설법이다. 말이 아니다. 자신의 삶과 행동으로 보인 법어다. 행동으로, 나날의 삶으로 주위에 감동을 준 스님의 삶만이 일화로 남는다. 생애 자체가 아름다워야 일화를 남기고, 그 일화가 오래 전해질 수 있는 것이다. 아무리 계급이 높아도, 학식이 풍부해도 소용없다. 삶이 아름답지 않았다면 그에게 일화는 없다.

*

목차는 곽암 선사의 십우도를 응용해서 세웠다.

1장은 '소는 어떻게 생겼나?'다. 여기서 소는 세상의 본디 모습, 혹은 진리인데, 그걸 알아야 찾으러 나설 수 있기 때문에 제일 앞에 놓았다. 2장은 '소를 찾는 길'이다. 스님마다 다르다. 소는 아주 여러 형태로 모습을 드러내기 때문이다. 하나의 길이 아니다. 소를 찾는 길은 여럿이다. 그 길들을 이 장에 모았다.

3장 '소를 찾은 사람들'에서는 소를 찾은 스님들이 보인 행동을 소개했다. 소를 찾은 스님의 행동 또한 여러 가지다. 이어지는 4장 '소를 타고 돌아오다'는 소유에서 자유로워진 스님들의 일화만을 골라 채웠다. 가진 것을 다 내어주는 스님들의 삶은 아름답다. 그 뒤의 '소를 잊다' 5장은 자비를 실천하며 산 스님들의 여러 가지 이야기로 꾸몄다. 불교는 자비를 가르치는 종교다.

마지막 6장 '삶으로 말하다'에는 푹 익은 스님들의 여러 가지 삶의 모습을 담았다.

*

　나는 종교 서적을 좋아한다. 농부이므로 주경야독인데, 야독 중에 종교서적이 차지하는 비율이 높다. 밤이나 이른 아침에, 혹은 비가 오는 날에 기독교나 불교의 좋은 책을 읽을 때면 나는 행복하다. 역시 어떻게 살아야 하느냐에 관해서는 종교 서적을 따를 분야가 없다.

　인터넷과 유튜브도 도움이 됐다. 그 둘은 마치 대학과 같다. 양질의 자료가 아주 많다. 그곳에서는 뛰어난 종교 지도자나 학자의 글과 강의도 쉽게 접할 수 있다. 각 사찰의 공식 홈페이지에서도 많은 일화를 만났다. 그렇게 보고 듣고 읽다가 이웃과 나누고 싶은 일화를 만나면 옮겨 적었다. 그 세월이 20년이 가까워지니 많은 이야기가 모였다. 그 가운데 알곡만을 따로 골라 이 책을 엮었다.

　2000년 10월에 나는 『다섯 줌의 쌀』이라는 일화집을 낸 일이 있다. 이 책은 기본적으로는 새로 발굴한 일화만으로 엮었지만 그 책에 실린 일화도 일부 옮겨왔음을 밝혀둔다.

2019년 1월
최성현

목차

1장

소는 어떻게 생겼나

성장을 방해하는 것

"거의 모든 병은 스승이 하나뿐인 데서 온다."

스승 라잔 겐마羅山原磨의 말이었다. 그것은 스승이 하나뿐이면 우물 안의 개구리가 된다는 말이었다. 자기들 것만이 최고인줄 안다는 것이다.

"떠나라. 세상은 넓다. 가서 우리와는 다른 사람들을 만나라."

공부를 마친 뒤였다. 깨달았다는 인가를 해준 뒤에 스승이 하는 권유였다.

"이곳에서의 공부는 여기서 일단락을 짓자. 이제 그대에게는 여행이 필요하다. 세상은 큰 선방이다. 그 안에는 선생님이 수도 없이 많다."

스승의 말은 맞았다. 나카하라 토쥬中原鄧洲는 그 구도 여행을 통해서 크게 성장할 수 있었다.

"나는 깊은 산에 들어가 2미터가 넘는 굵은 나무 하나를 잘라 들고 다녔다."

그 이유는 무엇일까?

14

"그냥 여행이 아니었기 때문이다. 나는 나라 전체를 돌았다. 크고 작은 스승을 다 만났다. 만나면 법전을 벌였다."

법전이란 서로의 공부를 놓고 벌이는 한판 승부다.

"나를 이긴 자면 그가 어린아이라도 나는 그를 스승으로 여겼고, 지는 자는 그가 누구든, 예를 들어 큰스님 소리를 듣는 자라 하더라도 이 나무 막대기로 후려갈겼다. 좋은 스승이라 여겨지면 한 계절, 혹은 그 이상을 머물며 배웠다."

그는 이어 말했다.

"스승의 말이 옳았다. 한 스승에게 배우면 안 된다. 다니며 보았다. 한 스승의 폐해를. 그들은 우물 안에 갇혀 살면서 자신들이 최고인 줄 알고 있었다. 그들은 남의 이야기를 들을 줄 몰랐다. 그들은 집단 최면에 걸려 있었다."

*

'병은 스승이 하나뿐인 데서 온다.'

라잔이 처음 한 말은 아니었다. 기도 치구盧堂智愚가 한 말이었다. 그의 '성장을 방해하는 열 가지 병' 중 일곱 번째에 나오는 말이다. 나카하라의 스승 라잔도 기도와 같은 생각이었다.

머리를 깎고 승려가 된 옛 선 수행자들은 스승을 찾아 각지의 절을 순례했다. 세상 사람들은 그들을 운수라 한다. 운수는 이 분이다 싶은 스승을 만나면 그의 곁에 머물며 수행을 한다. 스승으

15

로부터 버림을 받거나 또는 여기가 아니라는 판단이 서면 다시 새로운 수행처나 스승을 찾아 행운유수의 길에 나선다. 이것이 선 수행자의 삶이었다.

다행히 훌륭한 스승을 만나고, 자신 또한 치열하게 힘써서 깨달음을 얻으면 스승은 그 깨달음이 진짜인지 가짜인지 확인을 해본 뒤 어김이 없다는 게 확인이 되면 인가증을 준다.

그 가운데는 인가의 폐해를 아는 승려들이 있었다. 그걸 아는 승려는 인가를 해주지 않았고, 주어도 받지 않았다.

인가를 해주지 않은 승려에는 다쿠앙 소호가 유명하다. 다쿠앙 소호澤庵宗彭● 선사는 평생 동안 제자들에게 인가를 해주는 일이 없었다. 보통은 제자 중에 깨달은 자가 나오면 인가증을 주어 법을 전하는 것이 일반적이다. 하지만 그는 그렇게 하지 않았다. 사람들이 다쿠앙의 법이 끊어지는 것을 염려하여 인가할 것을 요청했으나 그는 듣지 않고 자신의 대에서 절법했다. 그는 이렇게 말했다.

"그가 진실로 깨달음의 경지에 이르렀다면 인가조차 그에게는 방해물에 지나지 않는다."

다쿠앙 선사는 인가라고 하는 마를 잘 알고 있었던 것이다.

한편 스승이 주는 인가증을 받지 않은 승려로는 메이지 시대(1868~1912)의 선승인 사와키 코도澤木興道●가 유명하다. 그는 이렇게 말한다.

"나의 스승이 내게 깨달았다는, 공부를 마쳤다는 인가증을 주겠다고 하신 적이 있다. 그때 나는 단호하게 거절했고 스승은 대단히 거북스러워했다.

그 당시 스승으로부터 인가증을 받는다는 것은 그 파벌에 가입하는 것을 의미했다. 인가증이라는 것이 불법과의 관계보다는 오히려 불교계 내의 정치적인 의미밖에 없다는 것을 나는 잘 알고 있었다."

1600년대를 산 에쿤 후가이慧薰風外도 같은 생각이었다.

"출가도 어렵지만 출가한 뒤에 다시 절을 나오는 것이 더욱 어렵다."

무슨 말인가?

"잘 알다시피 종교 내부에도 옷만 다르게 입었지 하는 짓은 일반 사람과 다를 바가 없는 경우가 많다. 파벌을 지어 권익을 다투는 것이 그것이다."

후가이는 절을 떠나 어느 산골 마을의 빈집을 얻어 살았다. 가난했지만 다시 절에 들어가고 싶은 생각은 조금도 없었다. 그는 그곳에서 홀로 지내는 것이 좋았다. 먹을 것은 주변 농가의 일손을 거들어주고 얻었다. 나머지 시간에는 좌선이었다. 그렇게 숨어 살아도 용케 알고 찾아오는 사람이 있었다. 그런 이들이 늘어나면 후가이는 다시 도망을 갔다.

사실은 불교 내의 다른 계파만이 아니다. 다른 종교의 선지식도 만나야 한다. 그리스도교, 힌두교, 조로아스터교, 유대교, 이슬람교 등도 알아야 한다. 왜 그런가? 종교학은 이렇게 말하고 있기 때문이다.

"하나의 종교만 아는 사람은 종교를 모르는 사람이다."

이것은 종교학의 핵심 명제다. 하나만 아는 자는 무지하다. 사랑, 평화, 용서, 자비, 관용으로 살아야 한다는 종교가 서로 싸우는 이유도 여기에 있다. 종교가 오히려 전쟁과 살육의 원인이 되고 있는 이유도 여기에 있다.

평가는 죽은 뒤에

다이큐 소큐大休宗休라는 이가 있었다. 그는 임제종의 선승이었다. 그는 누군가가 남을 칭찬하는 말을 하면 반드시 그에게 이렇게 묻고는 했다.

"잠깐. 당신이 칭찬하고 있는 그 사람은 죽은 사람이에요, 아니면 살아 있는 사람이에요?"

그 사람이 의아한 얼굴로 "살아 있는데요. 왜 그러세요?"라고 대답하면 다이큐는 정색을 하며 말했다.

"그렇다면 그 사람을 칭찬하기에는 아직 일러요. 그 사람이 앞으로 어떤 일을 할지 누가 알겠어요?"

그와 반대로 누군가가 어떤 사람을 나쁘게 말할 때도 다이큐는 그 사람에게 물었다.

"잠깐. 그 사람은 죽은 사람이에요, 아니면 살아 있는 사람이에요?"

"죽기는요, 살아 있지요."

그때도 다이큐는 반드시 이렇게 말하고는 했다.

"그렇다면 아직 욕을 하기에는 일러요. 앞으로 그 사람이 어떻게 변해 갈지 누가 알겠어요? 사람에 대한 판단은 죽은 뒤가 아니면 하지 않는 것이 좋아요."

다이큐는 1468년에 태어나 1549년에 세상을 떠났다.

*

계절이 그런 것처럼 사람도 끊임없이 변한다. 가난하지만 착하게 살던 사람이 부자가 되면서 딴 사람이 되는 경우도 있고, 평생 나쁜 짓만 하던 사람이 어느 순간 자신의 전 재산을 복지기관에 기부하고 수행자가 되는 일도 있다. 많은 사람들로부터 존경을 받던 사람이 교도소에 가는 일도 있고, 지금 교도소에 있는 사람도 그 전에는 좋은 일을 많이 했을 수도 있다. 누명을 쓰고 교도소에 수감돼 있는 사람도 있다. 교도소에 안 갔다고 죄 없이 살았다고도 할 수 없다.

남에 대한 우리의 판단은 이와 같이 대개 그의 어느 한 면, 혹은 한때의 일을 보고 하는 것이다. 처음부터 끝까지 악인이기만 한 사람도 없는가 하면 선인이기만 한 사람도 없다. 또 100퍼센트 착한 한 사람도 나쁜 사람도 없다.

누구에게나 닦아야 할 자기 똥이 한두 개가 아니다. 길은 여기서 나뉘는 것 같다. 어떤 이는 제 똥은 보지 않고 남의 똥 이야기에 바쁘고, 어떤 이는 열심히 자신의 똥을 닦아 간다. 그 결과는 세월과 함께 앞의 사람은 점점 어리석은 사람이 되어가는 것으로, 뒷사람은 현인이 되어가는 것으로 나타난다.

평가는 물론 판단 또한 서두르지 않는 게 좋다.

이런 일화가 있다.

한 친구가 대통령 표창을 받았다. 그 친구의 고등학교 성적은 그저 그랬다. 그는 조금도 뛰어난 학생이 아니었다. 그런 그가 대통령 표창이라니, 어불성설이었다. 고등학교 동창생들은 그 소식을 듣고 이구동성으로 말했다.

"말도 안 돼. 걔가 대통령 표창을 받다니!"

"맞아. 그 애가 대통령 표창이라면 우리 반에서는 노벨상 수상자가 수도 없이 나와야만 말이 되지."

"그래, 맞아. 그래야 공평하지."

그 말을 그 당시 담임교사가 전해 듣고 말했다.

"아니다. 왜냐하면 인생은 1단 로켓이 아니기 때문이다. 아무리 좋은 로켓도 한 차례 발진만으로는 안 된다. 다시, 또다시 발진해야 한다. 아니다 싶은 때는 세 번, 네 번, 궤도를 수정해가며 나아가야 한다. 그는 그랬고, 그 결과를 얻은 것이다."

네 것 내 것이 없는 마음

나가사키시에 있는 사찰 소후쿠지崇福寺는 큰 가마솥으로 유명하다. 한 번에 네 가마 두 말의 밥을 지을 수 있는 크기의 솥이다. 사찰에 왜 그렇게 큰 가마솥이 필요했을까?

1680년의 일이었다. 나가사키 지방의 농부들은 농사를 완전히 망쳤다. 전에 없는 큰 흉년이었다. 먹을 것이 없어 굶어죽는 사람이 끊이지 않았다.

소후쿠지의 큰스님인 센파이 쇼안千呆性侒이 나섰다. 소후쿠지의 모든 스님과 센파이 스님은 식량을 모으러 다녔다. 여유 있는 집을 찾아갔고, 지방 정부에도 호소했다. 먼 곳도 사양하지 않았다. 이웃 고을까지 발을 넓혔다.

하루 3천에서 5천 명이 와서 먹었다. 소후쿠지의 노력으로 나가사키의 농민은 긴 기근의 시기를 넘길 수 있었다.

센파이는 소후쿠지의 수행 승려를 지도하는 방장스님이었다.

그는 사찰의 가장 큰 어른이었지만 사찰 살림은 그 소임을 맡은 스님들에게 맡기고 일체 간섭을 하지 않았다. 그는 수행 승려를 일깨우는 자신의 일에만 힘을 쏟았다.

어느 해였다. 토지 경계 문제로 소후쿠지와 이웃 간에 다툼이 일어났다. 담당 스님이 그 일을 풀기 위해 애를 썼으나 사태는 점점 더 어려워져만 갔다. 서로에 대해 반감이 생기고, 그것이 쌓이며 일이 더욱 꼬여갔다.

마침내 담당 스님은 센파이 큰스님을 찾지 않을 수 없었다. 담당 스님의 말을 듣고 큰스님은 말했다.

"내가 보기에는 스님이 뭔가 잘못 생각하고 있는 것 같소. 한 발 물러서서 생각해봅시다. 우리 땅이 줄어들면 이웃의 토지가 늘어나지만 땅은 그대로 남아 있지 않소. 그 땅이 우리 절의 것이 아니라 이웃의 것이 되더라도 땅은 그대로 있지 않는가 말이오? 그런 일로 시간 보내지 마시오. 우리는 맨몸으로, 가진 것 없이 살고자 하는, 세상의 평화가 되겠다고 하는 승려 아니오."

센파이千呆란 일천 천千에 어리석을 매呆로, 천 가지로 어리석다는 뜻이다. 천 가지라면 모든 일을 뜻한다. 무슨 일에나 어리석다는 뜻이다.

그러나저러나 이 말을 전해 들은 이웃은 비로소 얼어붙은 마음을 풀었다. 그 뒤로 경계 문제가 원만하게 해결되었음은 물론이다.

센파이 스님은 1657년에 일본으로 온 중국 명나라의 승려였다. 그는 1636년에 중국에서 태어나 1705년에 일본에서 세상을 떠난 것으로 알려져 있다. 황벽종의 승려였다.

*

한국에도 비슷한 일화가 전해지고 있다. 혜월이 그 주인공이다. 혜월은 1861년에 태어나 1937년에 세상을 떠난 스님으로 경허 스님의 제자로 알려져 있다.

그는 어디서나 부지런히 일했다. 크든 작든 땅뙈기가 있으면 그냥 두지 않고 그 땅을 부지런히 논이나 밭으로 만들었기 때문에 사람들은 그를 '개척 선사', 혹은 '땅 만드는 스님'이라 부르기도 했다.

혜월 스님이 양산의 내원사에서 지낼 때였다. 거기서도 혜월은 논 다섯 마지기를 개간했는데, 어떤 사람이 와서 무슨 수를 썼는지 그 논을 아주 싼 값에 샀다. 주변에서는 속았다, 손해를 보았다고 야단이었다. 하지만 혜월은 아랑곳하지 않았다.

혜월은 오히려 그 논을 판 돈으로 산자락에 다시 다랑논 세 마지기를 만들었다. 산자락에 있어 물길이 없는 천수답이었는데도, 혜월은 기뻐했다. 주위에서는 그런 혜월을 이해할 수 없었다.

"스님. 다섯 마지기가 세 마지기가 됐어요. 거기다 앞의 것은 문전옥답이었고, 이번 것은 멀리 떨어져 있고, 게다가 천수답입니다. 비가 제때 안 와 주면 안 되는 땅이라고요. 그런데 뭐가 좋다고 싱글거리십니까?"

혜월이 껄껄 웃으며 말했다.

"내 셈법은 그대들과 다르다. 보라. 문전옥답 다섯 마지기는 그 자리에 그대로 있지 않은가? 그 논을 팔며 받은 돈은 일꾼들 품삯으로 나갔으니 그들의 생활에 얼마쯤은 도움이 되지 않았겠나? 그리고 산골짜기에 논이 세 마지기나 새로 생기지 않았나? 이렇게 큰 이득을 보았으니 내가 어떻게 즐겁지 않을 수 있단 말인가?"

혜월에게는 이런 일화도 전해지고 있다

어느 날 밤에 도둑이 들었다. 도둑은 배포도 크게 지게를 지고 와 쌀 한 가마니를 훔쳐 지고 가려고 했다. 하지만 오래 배를 곯아 힘이 부쳤는지 지게를 지고 일어서지를 못했다. 혜월은 그 모습이 딱해 도둑이 모르게 가만히 다가가 지게를 살짝 들어주었다.

청담 스님은 이렇게 노래한다. 청담 또한 경허 스님의 제자다.

잠시 왔다 가는 인생이다

인생은 풀잎 끝의 이슬이고

구름 틈새의 번개다

만 년을 살 줄 아는가?

앉다가도 엎어지고

일어서다가도 넘어지는 게 인생이다

가난한 자나 부자나

귀한 자나 천한 자나

늙은이나 젊은이나

남자나 여자나 똑같이 죽는다

돈이 많고 따르는 식구가 많아도

죽는 길에는 같이 가지 못한다

누구나 태어날 때는 맨 주먹이고

죽은 때는 빈손이다

그러나 알고 지었건 모르고 지었건

지은 죄는 남에게 못 주고

짊어지고 죽었다가

다시 짊어지고 태어난다

잘 싸우는 법

맹세를 하고 다짐을 하건만 툭하면 남과 싸우고 후회를 하는 사람이 있었다. 그 성질을 못 이겨 그는 결국 주변 사람을 다 잃고 말았다. 남을 받아들일 줄 모르고, 걸핏하면 핏대를 세우는 그를 사람들이 좋아할 리 없었다.

그 사람이 나라 안에서 지혜 제일로 유명한 무소 소세키夢窓疎石● 스님을 찾아간 것은 어떻게 하든 자신의 그 못된 성질을 고치고 싶었기 때문이었다.

무소 스님은 그 사람의 이야기를 다 듣고 난 뒤 따뜻한 목소리로 말했다.

"그것은 당신이 싸울 줄을 몰라서 그래요."

그는 실망했다. 자신은 스님에게 싸우는 방법을 물으러 온 것이 아니었다. 싸움이라면 스님보다 자기가 더 자신이 있었다. 무소 스님은 울상이 되는 그 사람을 보고 웃으며 말을 이어갔다.

"허허허, 걱정하지 마시오. 이제부터 내가 싸움 잘 하는 법을 일러 드릴 테니까요.

아실지 모르지만 싸움에서 이기려면 졸개가 아니라 대장을 쳐서 쓰러뜨려야 해요. 대장이 넘어지면 졸병들이야 금방 허물어져 버리는 법 아닙니까? 그러므로 우리는 먼저 적군 속에서 누가 대장인지 알아내야 합니다. 자, 누가 대장일까요?"

대장이라니? 상대편이 곧 싸움 상대지, 둘이 싸우는 데 대장이 어디에 있단 말인가? 이런 생각이 들 뿐 그는 좀처럼 무소 스님의 말을 잘 알아들을 수가 없었다.

"예를 들어 내가 누군가에게 욕을 먹었거나 얻어맞았다 해도 쓰러뜨려야 하는 대장은 나를 때리거나 욕한 사람이 아닙니다."

그럼 누구란 말인가? 새로운 세계였다. 그의 귀가 쫑긋 일어섰다.

"다들 저쪽이 대장인 줄 알기 때문에 싸움이 그칠 날이 없는 겁니다. 저쪽이 아니고, 남과 싸우려고 드는 내 마음이 대장입니다. 그 마음을 이기지 못하면 우리도 그 사람에게 당한 만큼 돌려주게 되지요. 하지만 그것으로 끝나면 좋겠는데, 그렇게 안 되는 것은 그 사람이 다시 나를 치기 때문입니다. 끝이 없지요. 그러므로 누군가와 부딪쳤을 때 잡아 쓰러뜨려야 하는 것은 상대방이 아니라 나의 마음이랍니다."

그때서야 그는 알아들었다. 그는 오래된 병이 한꺼번에 낫는 느낌이었다. 크게 기쁜 나머지 그의 눈에서는 눈물이 쏟아져 나왔다. 모두 자신을 떠나고, 얼마나 오래 외롭게 살았나!

그 뒤로 그는 마치 딴 사람이 된 것처럼 양순한 사람이 되었다. 더 이상 외롭지 않았던 것도 물론이다. 그를 떠났던 사람들도 그가 변했다는 것을 알고 기쁘게 다시 돌아왔기 때문이다.

★

한편 무소 선사가 직접 대장, 곧 자신의 마음을 잡아 쓰러뜨린 일화도 아울러 전해지고 있는데, 그 이야기는 다음과 같다.

땅에는 산이 있고, 산이 있으면 강이 있게 마련이다. 들이 넓으면 그만큼 강도 크다. 들의 길들은 강에 이르면 모두 나루터로 모여든다. 강에 난 길은 들의 길처럼 많지 않기 때문이다.

무소 소세키 스님은 제자 한 명과 나룻배를 타고 있었다. 나룻배는 승객과 그들이 지닌 짐으로 가득했는데, 나룻배가 막 출발하려고 할 때였다. 저 멀리서 누가 뛰어오며 외치는 소리가 들렸다.

"잠깐 기다려라."

무사였다. 낮술을 마셨는지 얼굴이 붉었다. 한눈에도 내면이 익은 무사가 아닌 것을 알 수 있었다.

술기운 탓인지 무사는 가만히 앉아 있지 못했다. 비틀거리는 걸음으로 배 안을 휘젓고 다녔다. 무사의 움직임에 따라 배가 크게 흔들렸고, 승객들은 불안에 떨었다. 좀처럼 행동을 멈출 기세가 아니었다.

승객들은 배가 뒤집힐지도 모른다는 불안 속에서도 무사의 기세에 눌려 그를 제지할 엄두를 내지 못하고 있었다. 누군가 나서 말려야만 했는데, 그럴 사람이 없었다. 그때 무소가 자리에서 일

29

어섰다. 무소는 부드러운 목소리로 무사를 향해 말했다.

"이리 와 여기 제 자리에 앉으십시오. 그렇게 다니면 물에 빠질 수도 있겠어요."

무소는 자신의 자리를 내어주며 오히려 무사를 걱정했다. 배도 배지만 잘못하면 그가 물에 빠질 수도 있었기 때문이다. 하지만 무사는 무소의 친절을 받아들이지 않고 냅다 무소의 뺨을 갈기며 말했다.

"뭐야? 뭐 하는 놈인데 잔소리야?"

무엇이 잘못됐는지 무소의 얼굴에서 피가 흘러내렸다. 그것을 보고 무소의 덩치 큰 제자가 팔을 걷어 부치며 일어섰다. 그 제자 또한 승려가 되기 전에는 무사였다. 한눈에도 힘깨나 쓰게 보이는 승려였다. 하지만 무소는 주먹을 쥐는 제자를 막았다.

"그만둬라. 우리는 승려가 아니냐? 이 정도를 참지 못해서야 어찌 수행하는 승려라 할 수 있겠느냐?"

이렇게 말하며 무소는 아무렇지도 않다는 듯이 껄껄 웃었다. 그리고 이어서 무사 모르게 다음과 같은 시 한 수를 조용히 읊조렸다. 제자에게만 들리는 작은 목소리였다.

"때린 사람이나 맞은 사람이나
모두 꿈속의 장난이라네."

마침내 배는 건너편 나루에 도착했고 무소는 승객들과 함께 배에서 내렸다. 비로소 안도의 한숨을 내쉬는 사람들을 보며 무소는 물가로 가서 얼굴에 흘러내린 피를 씻었다. 그때 무소의 등 뒤에서 들려오는 소리가 있었다.

"용서하십시오. 제가 큰스님을 몰라 뵈었습니다."

돌아보니 그 무사였다.

"큰스님은 무슨 큰스님. 땡초올시다."

무사는 더욱 고개를 조아렸다.

"아닙니다. 오늘 제가 아주 큰스님을 뵌 것 같습니다. 부디 존함을 일러 주시기 바랍니다."

이것을 인연으로 무사는 그 뒤 무소의 제자가 되었다.

무소 소세키는 임제종의 승려다. 1275년에 태어나 1351년에 세상을 떠났다.

무소는 특이한 방식으로 깨달은 것으로도 유명하다. 그 이야기는 다음과 같다.

그가 어느 거사의 집에서 하룻밤 묵게 됐던 날의 일이었다. 그는 밤새 어둠 속에서 좌선을 이어갔다. 좌선으로 밤을 새우고 날이 밝아왔다. 그때 잠이 쏟아지듯 몰려왔다.

'잠깐 눈을 좀 붙일까.'

그는 앉은 채로 벽에 기대어 잠깐 눈을 붙일 생각이었다. 뒤에 바로 벽이 있었다. 그렇게 생각했다. 하지만 그의 착각이었다. 벽은 그의 생각보다 더 멀리 있었다. 그는 그 바람에 앉은 채로 벌렁 나자빠지고 말았는데, 그 순간 무소는 공부를 마칠 수 있었다.

복 짓는 길

한 회사의 사장이 어떤 절에 아주 많은 돈을 내놓았다. 하지만 그 절의 주지는 고맙다는 말을 한마디도 하지 않았다. 사장은 은근히 화가 났다.

"아무리 그래도 고맙다는 인사 한마디는 있어야 하는 것 아닙니까?"

그 말이 떨어지기가 무섭게 주지는 이렇게 소리쳤다.

"이봐요. 지금 당신이 복을 짓고 있는데, 내가 왜 거기에 감사를 해요?"

그런 일이 있은 뒤의 어느 날의 일이었다. 주지가 어딘가를 가다가 보았다. 한 아이가 처마 밑에서 떨고 있었다. 차림새로 보아 거지 아이였다. 주지는 그 아이가 불쌍하여 가지고 있던 돈을 다 내어 주었다. 아이는 그래도 좋아하지 않았다. 주지는 '돈보다 옷이 필요하다는 뜻인가?'하는 생각이 들어 이번에는 입고 있던 겉옷을 벗어서 주었다. 이번에도 그 아이는 고맙다는 말 한마디가 없었다. 주지는 그 아이에게 세상 살아가는 법을 가르쳐줘야겠다고 생각했다.

"얘야. 누가 뭘 주면 고맙다고 인사를 해야 하느니라. 그것이 세상의 예법이니라."

그 말이 떨어지기가 무섭게 아이는 주지를 향해 이렇게 소리쳤다.

"이놈. 복은 네 놈이 짓고 있는데, 내가 왜 네 놈에게 인사를 해?"

주지가 깜짝 놀라 정신을 차리고 보니 꿈이었다. 주지는 크게 깨우친 바가 있어 그 즉시 주지 자리를 내놓고 버려진 암자를 찾아 그곳에 살며 수행에 전념할 뿐 누구에게도 더는 아는 소리를 하려 하지 않았다.

*

돌아보면 분명하다. 마음에 새기고 새겨서 아주 뼈와 살이 되지 않은 것은 생활 속에서 반드시 그 한계가 드러난다. 머리로만 아는 데 멈추면 위에 소개한 주지 짝이 난다. 막상 자신이 그 자리에 서면 자신도 똑같은 행동을 하게 된다.

그래도 저 주지는 아름답다. 그 즉시 주지 자리를 내놓은 것도, 그 뒤로 평생 동안 수행을 하며 산 것도, 누굴 만나든 섣불리 자신의 공부를 드러내려 하지 않은 것도.

여기 또 하나의 아름다운 일화가 있다.

그는 박학다식한 한학자로 이름이 높았다. 1800년대의 인물이다. 아즈미 곤사이라는 이다.

젊은 시절 곤사이는 부모가 맺어주는 대로 같은 마을 농부의 딸을 아내로 맞았다. 곤사이는 대단한 추남이었다. 그것을 못마땅하게 여긴 아내는 곤사이를 업신여겼다. 곤사이는 사는 게 고통스러웠다.

결국 아내와 이혼을 한 곤사이는 고향을 떠나 일본 제1의 도시인 도쿄로 나왔다. 그곳에서 그는 밤낮없이 공부에 힘을 쏟았다. 그 보람이 있어 곤사이는 한학자로서 천하에 이름을 날리게 됐다.

많은 이가 곤사이를 찾아왔다. 그중 여덟아홉은 곤사이에게 물었다. 모두 같은 질문이었다.

"저 분은 누구십니까?"

거실 벽에 걸린 한 여인의 초상화를 보며 묻는 말이었다.

"전에 함께 살다 헤어진 아내입니다."

"그런데 왜 그 여인의 초상화를?"

"저 사람은 내가 못생겼다고 구박이 심했어요. 아예 사람 취급을 안 했지요. 만약 그때 저 사람이 그렇게 하지 않았다면 저는 그 시골에서 나올 수 없었을 겁니다. 거기서 생을 마쳤을 게 틀림없어요. 제가 오늘 이렇게 지낼 수 있는 것은 순전히 저 사람 덕분이에요. 그래서 그 은혜를 잊지 않으려고 초상화로 그려 걸어두고 보고 있습니다."

내가 남에게 잘한 일은 모두 물에 흘려보내고, 남이 내게 잘해 준 일은 하나도 잊지 말고 돌에 새겨두라는 말이 있다. 복 짓는 길 중의 하나다.

한 방울의 물도

에이헤이지永平寺는 조동종 본사인데, 그 절 정문의 기둥에는 다음과 같은 글이 새겨져 있다고 한다.

바가지 바닥에 남은
한 방울의 물
이어받을 천억의 사람

에이헤이지는 도겐(道元, 1200~1253)• 선사가 세웠다. 그는 윗글에 부끄럽지 않게 살았다. 그는 물을 쓸 때 필요한 만큼만 그릇에 떠서 썼다. 절대 마구 쓰는 일이 없었다. 쓰고 남은 물이 있을 때는 반드시 나무에 준다거나 시냇물에 돌려주었다. 그 행동이 워낙 엄격해 사람들이 그 이유를 묻지 않을 수 없었다.

"물은 우리의 자손들이 영원토록 써야 하기 때문입니다."

불교에는 '4은^恩', 곧 네 가지 은혜라는 게 있다. 첫째는 부모의 은혜요, 둘째는 나라의 은혜요, 셋째는 중생의 은혜요, 넷째는 불법승 삼보의 은혜다.

이 중 '중생의 은혜'의 중생이란 사람만이 아니라 일체 만물을 가리켜 하는 말이다. 불교에서는 그것들의 은혜로 우리는 살고 있음으로 그것에, 곧 우리를 둘러싸고 있는 모든 것에 감사해야 한다는 것인데, 그것이 곧 '중생의 은혜'다.

우리는 물이 없이는 단 하루도 살아가지 못하는데, 그 은혜를 갚으려면 어떻게 해야 하나? 물이 늘 내게 주어지는 것에 감사하며, 자신이 할 수 있는 만큼 아끼고 깨끗이 유지해야 한다. 이것이 물의 은혜를 갚는 길이다.

도겐 선사는 유학을 하고 온 승려였다. 그는 목숨을 걸고 중국 송나라까지 가서 공부했다. 유학에서 돌아온 도겐은 중국에서 자신이 배운 것을 이렇게 털어놓았다.

"눈은 옆으로 놓여있고, 코는 세로로 서 있다. 아침마다 해는 동쪽에서 뜨고, 달은 밤마다 서쪽으로 진다. 닭은 새벽에 운다. 이런 것을 알았을 뿐 달리 불법이라 할 것은 한 터럭도 얻지 못하고 빈손으로 돌아왔다."

그는 『정법안장』이라는 방대한 규모의 글을 남기기도 했다. 그 중의 한 권인 『부엌일을 맡은 스님에게 주는 글』에서 그는 이런 말을 하고 있다.

"우리들의 생활필수품은 우리의 눈과 같다. 그러므로 쌀 한 톨, 푸성귀 한 잎 소홀히 해서는 안 된다. 곡식과 야채를 소중하게 다루는 모습이 마치 임금님으로부터 받은 하사품을 다루듯 해야 한다. 날 것이든 요리를 한 것이든 모두 이와 같은 마음을 갖고 대하지 않으면 안 된다."

그는 권력을 멀리한 승려로도 유명했다. 스승 여정의 영향이었다. 여정은 도겐에도 부탁했다.

"너희 나라에 돌아가 법을 펴되 시장 등 번화한 곳에 살지 말며, 국왕이나 대신을 가까이 하지 말아라. 심산유곡에 거처를 두고 오로지 정진에 힘써라. 그렇지 않으면 오래 가지 못한다."

도겐은 스승의 말을 충실히 따랐다. '국왕이나 대신을 가까이 하지 말라.'는 스승의 가르침에 따라 당시 정권을 잡고 있던 가마쿠라 막부와는 담을 쌓고 지냈다. 한 신도의 간절한 권유로 반 년 동안 자신의 뜻을 꺾고 막부에 들어가 교화에 힘을 쏟았던 적이 있었다. 하지만 당시의 최고 권력자인 도키요리가 새 절이 지어지는 대로 그 사찰에 주석해주길 바라는데도 사양하고 그는 에이헤이사로 돌아왔다.

그 뒤의 일이었다. 제자 하나가 싱글벙글거리며 돌아와 도겐 앞에 장부 하나를 내놓았다.

"도키요리님이 우리 절에 토지를 하사하셨습니다. 그 문서입니다."

기뻐하리라는 기대와 달리 스승은 불같이 화를 냈다.

"당장 옷을 벗어라. 그리고 이 절에서 나가라."

거기서 끝이 아니었다. 도겐은 그가 좌선하던 자리도 없앴다. 그것도 부족하여 그 자리의 흙을 7척 깊이까지 파내어 버리게 했다. 척은 자와 같다. 1자는 30.3cm이니 7척이면 212.1cm다. 2m가 넘는 길이다.

그와 같은 엄격함 덕분이리라. 에이헤이지는 도겐이 세상을 떠난 지 8백 년이 거의 다 되어가는 지금도 일본 최고의 선종 사찰로서 그 역할을 다하고 있다.

스승은 불교 경전이나 좌선만 가르치지 않는다. 살아가는 데 필요한 것을 하나에서 열까지 어버이처럼 가르친다. 승려 하나를 키운다는 것은 만인의 모범이 되는 사람 하나를 길러내는 일이기도 하기 때문이다.

다음과 같은 일화가 그 사실을 말해준다.

기보쿠宣牧 스님이 기산 젠라이儀山善來 큰스님 아래에서 배울 때였다. 빗자루로 마당을 쓸고 있는데, 큰스님이 큰소리로 자신을 부르는 소리가 들렸다. 소리는 목욕탕에서 났다.

"물이 너무 뜨겁구나. 찬물을 좀 가져다 다오."

물통을 집어들다 보니 바닥에 물이 조금 남아 있었다. 기보쿠는 아무 생각 없이 물통을 뒤집어 그 물을 쏟아버렸다. 그 순간 큰스님이 야단을 치는 소리가 천둥처럼 들려왔다.

"이놈."

기보쿠는 깜짝 놀라 일어섰다. 마왕 같은 얼굴을 하고 있을 줄 알았는데, 큰스님은 금방 표정을 바꿨는지 평소처럼 온화한 얼굴이었다. 말씨도 부드러웠다.

"작다고, 혹은 적다고 소홀히 해서는 안 된다. 작은 것이라도 아끼지 않으면 안 된다. 적은 것이라도 소중히 여겨야 한다."

큰스님이 자주 하시던 말씀이었다. 음덕 쌓기가 최고의 공부라고. 음덕이란 무엇인가? 남이 보지 않을 때 하는 일이나 하루의 소소한 일들을 나를 내세우지 않고, 나를 넘어서서 하는 거 아닌가. 무엇이나 아껴 쓰는 것도 그중 하나다.

기보쿠는 깊이 깨우쳐지는 게 있었다. 기보쿠는 다음 날 큰스님을 찾아갔다.

"스님, 이름을 바꾸고 싶습니다."

큰스님의 눈이 커졌다.

"그 까닭이 무엇인가?"

"어제 큰스님이 일러주시는 말씀을 듣고 물 한 방울이 얼마나 소중한지 크게 깨달았습니다. 오늘부터 저는 그 깨달음을 잊지 않기 위해 이름을 물 한 방울이라는 뜻의 데키스이滴水로 바꾸고 싶습니다. 허락해주시기 바랍니다."

기산 스님은 승낙했고, 기보쿠는 그 뒤로 데키스이 기보쿠로 불렸다.

나를 다스리는 글

좋은 말이나 글은 감동의 물결을 타고 널리 퍼져나간다. 그 물결은 남녀노소를 묻지 않고, 나라를 개의치 않는다. 나라만큼이나 높은 종교의 울타리도 넘는다. 쟈쿠시츠 겐코寂室元光의 '나를 다스리는 글'이 그랬다 한다.

쟈쿠시츠는 중국 유학을 다녀온 학식이 풍부한 승려인 한편 엄격하게 계율을 지키는 스님으로도 유명했다.

쟈쿠시츠는 이렇게 말했다.

"계율을 지킨다는 것은 부처로 산다는 것이다. 하루 계율을 지켰다면 하루 부처로 산 것이다."

'나를 다스리는 글'은 쟈쿠시츠의 이런 견해와 함께 공자와 맹자의 가르침을 따르는 유가 사람들에게도, 무도의 길을 걷는 무사에게도 영향을 미쳤다. 일반 사람들도 많은 이들이 받아 적었다. 그 글은 다음과 같다.

"내게 귀한 보물이 하나 있다. 이 보물을 오늘 그대에게 전하니, 사람들에게 함부로 내보이지 마라.

아침에 일어나면 손으로 머리를 매만지고, 눈으로는 입을 옷을 살펴 몸단장을 한 뒤, 마음을 다해 이렇게 자신에게 말하라.

'저는 불교에 몸을 맡긴 불자입니다. 그러므로 어떤 일이 있어도 불교의 계율을 어기지 않겠습니다.'"

★

에이, 하고 실망하는 소리가 여기저기에서 들린다.

아니다. 계율을 지키기는 쉽지 않다. 불교의 계율은 말과 행동만이 아니다. 생각까지 포함된다. 자신의 생각을 지켜본 자는 알리라. 천당에 갈 사람 별로 없다.

쟈큐시즈의 말이 맞다. 하루 계율을 지키면 하루 부처로 산 것이다. 평생 계율을 지킬 수 있다면 한 생을 부처로 산 것이다.

가네타케 소신金嶽宗信●이란 선승에게 들었다.

"나는 잇큐一休와 같은 승려가 되고 싶었다. 이것이 내가 어려서 출가를 한 이유였다. 그러므로 어디로 출가할 것이냐는 생각해 볼 것도 없었다. 내게는 잇큐가 출가한 다이도쿠지大德寺 한 곳이 있을 뿐이었다."

승려는 이름이 많다. 휘諱가 있고, 도호道號가 있다. 다이도쿠지에서는 휘에는 '종宗, 소紹, 묘妙, 의義' 중의 한 자를 넣어 짓는다. 다이도쿠지 출신의 유명한 승려를 예로 들어보자. 잇큐는 잇큐 소준一休宗純이다. 다쿠앙은 다쿠앙 소호沢庵宗彭다. 둘 다 종宗 자가 들어가 있다.

휘는 출가했을 때 짓는 이름이다. 도호는 자기 몫을 하는 승려로 성장했을 때, 다시 말해 일정한 수행을 하고, 그런 기간을 통해 실력을 쌓아 사찰 하나를 맡아 이끌 수 있을 때 짓는 이름이다. 예를 들면 一休宗純의 一休는 도호이고, 宗純은 휘다.

휘와 도호에는 규칙도 있다. 휘는 구체적인 명사라야 하고, 도호는 추상적인 문자라야 한다. 순서는 도호를 앞에 놓고, 휘를 뒤에 놓는다. 그리고 첫 자와 마지막 글자는 숙어가 되면 좋다. 예를 들어 보자.

一休宗純 → 純一

가네타케 소신이 한 절의 지도자가 됐을 때 스승은 마음을 담아 말했다.

"난 스님이 될 필요는 없다."

지위나 출세를 좇지 말라는 뜻이었다.

"그보다는 신도들에게 정말 좋은 스님이라는 말을 듣는 스님이 되기를 나는 바란다."

그러자면 무엇보다는 자신을 잘 다스려야 한다.

"계행이 시작이자 끝이다. 승려만이 아니다. 모든 일에서 그렇다."

스님의 악랄한 가르침

그는 시를 쓰고, 그 시를 붓글씨로 쓴다. 시가 좋다. 붓글씨 또한 일품이다. 왜 일품인가? 자기만의 서체를 찾아냈기 때문이다. 그가 손수 붓으로 쓴 그의 시집은 그러므로 널리 사랑을 받는다. 수십만 부, 어떤 시집은 100만 부를 넘기기도 했다. 그의 이름은 아이다 미츠오다.

미츠오를 이끈 것은 불교였다. 그 길을 안내한 이는 조동종의 선승 다케이 테츠오武井哲応였다. 미츠오는 틈만 나면 테츠오를 찾아갔다. 찾아가 궁금한 걸 물었다.

한때는 그의 절에서 지내기도 했는데, 그때의 일이었다.

절의 아침은 새벽 4시부터 시작됐다. 일어나면 물을 길어왔고, 얼굴을 씻고 나면, 예불을 올렸다. 걸레로 대웅전과 선방, 마루를 닦았다. 빗자루로 정원을 쓸었다. 밥을 지었고, 설거지를 했다. 소리 내어 경전을 읽었고, 좌선을 했다.

어느 날이었다. 테츠오는 외출을 하며 미츠오에게 일렀다.

"부처님에게 올린 과자와 과일에는 절대 손을 대지 마라. 네가 먹어서도 안 되고, 다른 누가 먹어도 안 된다."

어려운 일이 아니었다. 과자나 과일에는 조금도 마음을 두지 않았다. 미츠오는 평소와 다름없이 청소를 했고, 경전을 읽었다.

해가 저물 무렵에 돌아온 테츠오가 대웅전에서 미츠오를 소리쳐 불렀다. 무슨 일일까? 혹시 과자와 과일이? 설마?

아니었다. 설마가 사람을 잡았다. 과일은 물론 과자도 사라지고 없었다. 스님은 화난 얼굴로 미츠오를 바라보았다.

"아니에요. 제가 먹지 않았어요."

"네 이놈, 네가 아니면 누가 먹었단 말이냐?"

이보다 억울한 일이 어디 있을까?

"정말 저는 안 먹었어요."

하지만 테츠오는 믿어주지 않았다.

"먹지 말라는 걸 먹고, 거기다 거짓말까지? 솔직히 고백을 하고 사죄를 해도 모자랄 판에 아니라고? 에이, 꼴도 보기 싫다. 네 방에 가서 반성의 시간을 갖도록 해라."

반성할 게 없었다. 먹지 않았기 때문이다. 먹지 않은 것을 먹었다고 할 수는 없지 않은가? 아, 이 일을 어떻게 하면 좋단 말인가? 한편으로는 화가 났고, 한편으로는 걱정이 됐다. 억울해서 미칠 것 같았다.

다음 날이었다. 예불 시간이었지만 예불에 조금도 마음을 모을 수 없었다. 테츠오가 물었다.

"밤새 반성을 좀 했느냐?"

달리 할 말이 없었다.

"저는 정말 안 먹었어요. 믿어주세요."

"뭐라고. 네가 끝까지 발뺌을 하는구나. 그 게 네 죄를 점점 더 무겁게 만드는 줄 너는 왜 모르니? 됐다. 꼴도 보기 싫으니 나가서 정원이나 쓸어라."

미칠 거 같았다. 온갖 생각과 답답한 마음으로 속이 터질 것만 같았다. 빗자루질이 제대로 될 리 없었다. 얼마나 시간이 흘렀을까, 테츠오가 부르는 소리가 들렸다.

테츠오 앞에는 과자와 사과가 놓여 있었다. 사라졌던 그 사과와 과자였다. 의아해하는 미츠오에게 말했다.

"그렇다. 그 과자와 사과다. 내가 감췄었다."

이게 무슨 말인가? 어이가 없어 할 말이 없었다.

"이것이 인생이다. 이보다 더한 일도 많은 게 인생이다. 자기가 하고 내게 뒤집어씌우는 사람도 만날지 모른다. 그런데 그걸 밝힐 수가 없다. 사람들이 모두 그 사람 말만 믿는다. 근거가 없는 나쁜 소문이 나는 일도 있다. 한 자리에 있었다는 이유만으로 싸움에 휘말려들 수도 있다. 그럴 때 참아야 한다. 같이 이빨로 물려고 해서는 안 된다. 그것이 불교의 핵심이다."

그 말들이 미츠오의 골수에 새겨졌다.

'마음의 시대'라는 방송에 미츠오가 나왔다. 그 방송에서 미츠오는 대담자 앞에 그림 한 장을 꺼내 놓았다.

양쪽에 사람이 있고, 가운데 1000원짜리 지폐가 놓인 단순한 그림이었다. 왼쪽 사람은 화가 난 표정이고, 오른쪽 사람은 기뻐하는 얼굴이었다.

미츠오는 그 그림을 보며 말했다.

"테츠오 스님에게 40년을 넘게 다녔습니다. 그 긴 세월 동안 무엇을 배웠냐 하면, 물론 한두 가지가 아닙니다. 그중에 가장 중요하다 싶은 것 하나를 소개하겠습니다."

대담자는 궁금한 표정으로 다음 말을 기다렸다.

"여기 1000원짜리가 지폐가 있고, 양쪽에 사람이 있습니다. 돈은 같지만, 사람은 다릅니다. 한 사람은 웃고, 한 사람은 찡그리고 있습니다. 서로 받아들이는 게 다르기 때문입니다. 이 경우 문제는 돈에 있는 게 아닙니다. 문제는 이쪽에, 사람 쪽에 있습니다. 내게 있습니다. 그것을 스님은 제게 일러주시려고 애쓰셨습니다.

이쪽 사람은 지금 마음이 불편합니다. 화가 나 있습니다. 이유는 여러 가지겠지만 좌우간 불만이 가득한 표정입니다. 한편 이쪽은 웃고 있습니다. 감사하다는 표정입니다. 만족한 얼굴입니다. 이쪽이 지옥이라면, 이쪽은 극락입니다. 그 차이는 하늘과 땅만큼 큽니다.

그런데 그 차이는 돈에서 오는 게 아닙니다. 문제는 돈에 있는 게 아닙니다. 이 두 사람에게 있습니다.

　돈만이 아닙니다. 다른 것도 모두 같습니다. 문제는 이쪽에, 내게 있습니다. 사람 사이도 이와 같습니다. 저 사람에게가 아니라 내게 문제가 있습니다. 스님은 그것을 가르쳐주시려고 애를 쓰셨습니다."

　이런 일화도 있다.

　스승 테츠오에게 미츠오는 물었다.

　"저는 소심하여 작은 일에도 신경이 날카로워지고는 하는데, 좌선을 하면 그런 성격이 고쳐집니까?"

　노스님의 답은 예상과 달랐다.

　"고쳐지지 않는다."

　"그렇다면?"

　"소심한 사람은 소심한 대로 좋다. 좌선을 한다고 소심한 사람이 배짱 있는 사람으로 바뀌지는 않는다. 소심한 건 나쁘고 배짱 있는 것은 좋다는 그대 생각이 문제일 뿐이다. 소심한 사람은 자상하다. 나쁘지 않다. 세상에는 여러 가지 사람이 있는 게 좋다. 모두 똑같다면, 예를 들어 모두 배짱이 있는 사람뿐이라면 그거야 말로 큰일이다."

장사에 성공하는 비결

1877년은 정축丁丑 년으로 축丑의 해다. 축년에 태어난 남자 아이는 집안 사람을 해칠 가능성이 있어, 집안에 두지 않는 풍습이 일본에는 있었다. 세키세이 세츠關精拙가 그랬다. 축년에 태어났다. 세츠의 아버지는 풍습에 따라 아들을 절에 버렸다. 하지만 얼마 뒤 세츠의 아버지는 절에서 아들을 데려왔는데, 그때는 자신의 자식이 아니라 절의 아이로 데려왔다. 물론 짜고 치는 고스톱이었다. 그 뒤 집에서 부모의 사랑을 받고 자라다 세츠는 세 살 때 다시 절로 아주 살러 갔다.

이렇게 미신에 의해 승려의 길에 들어섰지만, 세츠는 치열한 수행을 통해 큰스님으로 자라났다. 특히 대중들의 입장에 선 가르침으로 유명했다. 예를 들면 다음과 같은 것이다.

"무슨 장사나 세 가지에 반해야 합니다. 그래야 성공합니다."

과연 그 세 가지란 무엇일까?

"첫째는 자리에 반하는 겁니다. 상점이 있는 자리가 어떤 곳이든 그 자리밖에 없다고 여겨야 합니다."

장사는 목이 좋아야 한다는데, 그것과는 조금 다르다. 상점이 어디 있든 그 자리를 더없이 좋은 자리로 받아들여야 한다는 말이다.

"둘째는 장사에 반해야 합니다. 장사를 좋아해야 장사가 됩니다. 그게 싫으면 일찌감치 그만두는 게 낫습니다. 힘들지 않은 일이 있겠습니까? 힘들어도 손님 만나는 게 좋고, 손님이 기뻐하는 게 좋아야 합니다. 밥 먹기보다 더 좋아야 합니다. 장사를 위해 목숨을 바치고 싶어야 합니다. 홀딱 반해야 합니다."

좋다. 그럼 세 번째는 무엇인가?

"마지막은 아내입니다. 여자라면 남편입니다. 남편이나 아내가 좋아야 합니다. 반해서 서로 만났습니다. 그 상태를 유지해야 합니다. 그게 쉽지 않습니다. 3년, 5년이 지나면 서로 소홀히 하기 쉽습니다. 적은 밖에만 있는 게 아닙니다. 안에도 있습니다. 안에 적이 생기면 장사는 끝입니다."

벌써 눈치를 챈 분이 있을 거다. 그렇다. 장사하는 이를 위해 불교의 세 가지 보물을 풀어 말한 것이다.

불교의 세 가지 보물이란 불법승 삼보로, 곧 부처, 불법, 승려다. 수행자는 이 세 가지에 반해야 한다. 불교밖에 없다, 불교가 최고다. 그래서 승려가 되고, 불교도가 된다. 수행하는 게 좋다. 경전을 읽는 것도 좋고, 찬불가를 부르는 것도 좋다. 좌선을 하는 것도 좋다. 어떤 때는 밥 먹는 것도 잊는다. 마지막으로 스님이 좋다. 그의 말과 행동 하나하나가 나를 매혹시킨다. 그를 생각만 해도 가슴이 설렌다. 나 또한 그와 같은 승려가 되고 싶다.

이 세 가지 위에서 이름값을 하는 승려 하나가 탄생한다.

*

어떻게 살아야 하나? 석가모니는 일체 갖지 않는 길을 택했다. 돈 버는 일을 하지 않았다. 농사도 짓지 않았다. 종일 수행만 했다. 밥은 빌어먹었다. 소위 탁발이다. 때가 되면 집집을 돌아다니며 먹을 것을 얻어다 먹었다. 이런 까닭으로 인도의 사찰은 도심이나 시가지에 있었다.

중국에서는 그것이 바뀌었다. 중국에서는 도심이 아니라 산속에 절을 지었다. 수행을 하는 데는 산이 좋다고 생각하는 도교 문화의 영향이라고 한다. 산에는 땅이 있지만 밥을 빌 민가가 없다. 이런 이유로 중국 불교는 농사를 짓기 시작했다.

백장이 가장 유명하다. 그는 하루도 거르지 않고 논밭에 나가 일했다. 여든이 넘어서까지 그런 일이 이어졌다. 후학들이 건강을 이유로 말렸으나 백장은 듣지 않았다. 후학들은 농기구를 감출 수밖에 없었다. 백장은 어쩔 수 없이 자신의 방으로 돌아갔다. 후학들은 이제 됐거니 여겼다. 아니었다. 스승은 밥때가 돼도 바깥으로 나오려 하지 않았다. 밥 먹기를 거절했다. 그런 날이 이어지며 후학들은 다시 농기구를 꺼내놓을 수밖에 없었다. 그때서야 백장은 환하게 웃었다. 그때 백장은 이런 말을 했다고 한다.

"일일부작一日不作이면, 일일불식一日不食이라."

일하지 않고는 먹지도 않겠다는 뜻이다. 하루 일하지 않았다면 하루 먹지 않겠다는 뜻이다.

다산은 자식들에게 유언으로 단 한 자를 남긴 것으로 유명하다.

勤.

이 한 자다. 근면할 근이니, 근면하라는 뜻이다. 부지런하라는 뜻이다. 속인이나 출가자나 달리 길이 없는지도 모른다. 일이 있어야 하고, 그 일에 부지런한 것, 그것이 길이 아니냐는 것이다.

세키세이 스님은 이른다.

그 일에 반해야 한다. 그 일을 좋아해야 한다. 밥 먹는 것보다 좋아해야 한다. 진심으로 즐길 수 있어야 한다. 아내는 물론 동료들과도 친해야 한다. 그들이 좋아야 한다. 좋은 관계를 만들고, 이어가야 한다. 그들이 있어 일터에 가고 싶어야 한다.

그 백 리 길을 아시교도는 날마다 걸었다.
바람이 부는 날도 비가 오는 날도
눈이 내리는 날도 빼먹지 않았다.
새벽 2시에 일어나 출발했다.
14년간 단 하루도 빼먹지 않았고,
마침내는 공부를 마칠 수 있었다.

아흔아홉 고개를 넘는 법

승려는 오래 사는 것으로 알려져 있는데, 어쩌면 당연한 일인지도 모르겠다. 수행이 직업인 사람들이 오래 못 산다면 말이 안 된다.

와타나베 겐슈渡辺玄宗 선사는 장수했다. 그는 아흔을 넘어 살았다.

90대의 어느 날이었다. 제자인 한 비구니를 불러 물었다.

"너도 많이 들었을 거다. 인생은 아흔아홉 굽이의 고갯길이라고 하는 말."

"네, 스님. 여러 번 들었습니다."

"그 굽이굽이 고갯길을 잘 넘자면 어떻게 해야 할 거 같니?"

젊은 비구니였다.

"저는 아직 어려 알지 못합니다. 스님이 일러주세요."

"길 따라 계속 돌며 가되 곧바로 가야지."

무슨 말인가?

곧바로 가면 길에서 벗어난다. 길 없는 길로 들어서야 한다. 교통을 마비시킨다. 혹은 교통사고를 당하기 쉽다. 굽은 길은 돌아가야 한다.

인생길에는 산사태가 지거나 홍수로 길이 끊어지기도 한다. 코앞에 목적지를 두고도 멀리 돌아가야 하는 일도 벌어진다. 길이 끊어지면 멈춰서야 한다. 그때는 쉬며 힘을 기르고 모은다.

멀리 돌아가는 길에서 사람은 깊어진다. 시야가 넓어진다. 그렇게 돌고 쉬지만 나아가야 한다. 끊임없이 가야 한다.

*

설날이었다. 온 집안 식구가 다 모였다. 최고 인기는 나이가 제일 어린 막내 동생네의 막내 아들인 승용이였다. 2년 4개월이 된 승용이는 아직 말을 잘 못한다. 하는 말이 모두 서툴러 오히려 귀엽다.

그중 최고는 '뚱뚱해'와 '날씬해' 문답이었다.

우리가 돌아가며 손가락으로 식구들을 가리키며 뚱뚱한지 날씬한지를 물으면 그 대답이 틀리지 않았다. 어떤 식구는 아이에게 아양을 떨기도 했고, 또 어떤 식구는 이만하면 날씬한 편이라고 설득을 하기도 했고, 또 어떤 식구는 우기기도 했지만 승용이는 그 어디에도 매이지 않았다. 아무것도 겁내지 않았고, 또 그 어떤 유혹에도 흔들림이 없었다. 승용이는 뚱뚱한 사람은 뚱뚱하다 했고, 날씬한 사람은 날씬하다 했다. 아름다운 동심이었다.

어느 절에 연못이 하나 있었고, 그 연못가에는 소나무 한 그루가 자라고 있었다. 곧은 나무가 아니었다. 구불구불한 소나무였다.

어느 날 그 절의 방장스님이 그 소나무를 가리켜 보이며 제자들에게 물었다.

"누가 저 굽은 소나무를 곧게 볼 수 있겠는가?"

제자들은 서로 얼굴만 마주 볼 뿐 대답을 하지 못했다. 소나무는 구부러져 있다. 그런데 어떻게 곧게 본단 말인가?

그때 속가의 제자 중의 한 사람이 왔다. 방장스님은 같은 질문을 그에게도 했다. 그는 소나무를 바라보았다. 그리고 대답했다.

"네, 구불구불 구부러져 있군요."

방장스님이 크게 웃었다.

"바로 그거다. 굽어 있는 것을 굽어 있다고 하는 것이 곧게 보는 것이다. 있는 그대로 보는 것이 곧게 보는 것이다."

작은 것도 소중히

다이류 분이(泰龍文彙, 1827~1880)라는 선사가 있었다. 그는 우리에게 수행이 무엇인지를 다시 생각해보지 않을 수 없게 하는 다음과 같은 일화를 남겼다.

그의 절에서 새로운 건물을 짓고 있었다. 다이류는 식사 준비를 맡고 있었기 때문에 그 일로 바쁜 가운데서도 틈을 보아 구덩이를 판다거나 흙을 나른다거나 하며 새 건물 짓는 일을 부지런히 도왔다. 그는 잠시도 쉬지 않았다.

이것을 보고 어떤 사람이 조롱을 섞어 말했다.

"그대는 이 절의 책임자도 아닌데 왜 그렇게 쉬지 않고 일을 하려 드는가?"

이 질문에 다이류는 이렇게 대답했다.

"사찰이란 대중을 일깨우는 도와 덕이 겸비된 인간이 있는 곳입니다. 그러므로 이렇게 부지런히 일을 함으로써 나를 잊고 절을 세우는 것입니다."

다이류는 매일 여러 가지 일로 매우 바빴지만 일에 힘을 쏟을 뿐 잡담으로 시간을 헛되이 보내는 일이 조금도 없었다.

세월이 많이 지난 뒤, 다이류 또한 한 절의 방장이 되어 수행 승려를 돌보게 됐을 때의 일이다.

어느 날이었다. 무를 다듬고 있던 한 승려가 무청을 소홀히 했다. 땅에 떨어진 무청을 줍지 않고 더럽다고 버린 것이다. 그것이 다이류 스님의 눈에 띄었다.

"잠깐, 지금 그대는 큰 잘못을 저질렀다. 아마도 그대는 무청하나 따위는 별 거 아니라고 생각했을 거다. 농부가 정성을 다해, 온갖 고생을 하며 지은 것을 고맙게 생각할 줄 모르는 그런 바람직하지 못한 자세로는 아무리 수행을 해도 좋은 결과를 얻을 수 없다. 자, 오늘 안으로 이 절을 떠나거라."

그 수행승은 무릎을 꿇고 용서를 빌었지만 다이류 스님은 좀처럼 받아들이지 않았다. 그러자 동료 스님들이 나섰다.

"저 스님은 결코 다시 그럴 사람이 아닙니다. 그러니 부디 말씀을 거두어 주시기 바랍니다."

"그렇습니다. 부디 용서를 해주시기 바랍니다."

이렇게 여러 가지로 응원을 했으나 다이류 스님은 단호했다.

"이것은 무청 하나의 문제가 아니다. 남의 정성이 들어간 것은 비록 그것이 시든 배춧잎 한 장이라도 절대 허투루 여겨서는 안 된다. 작다고 아무렇게나 대하는 태도로는 도저히 제대로 된 승려가될 수 없기 때문이다. 여러분 모두 이 점을 명심하기 바란다."

한국만큼 식당에서 음식 쓰레기를 많이 만드는 나라도 없다. 아무리 배가 큰 사람이라도 남기지 않을 수 없다. 식당 주인들의 말을 들어보면 그렇게 하지 않으면 손님이 줄어든다고 한다. 한국에는 새로운 식당 문화가 필요하다.

무 한 개, 배추 한 포기에는 천지의 은혜와 만인의 노고가 담겨 있다. 절대 함부로 해서는 안 된다.

한편 승려들은 여기서 한 발 더 나아간다. 다음 일화를 보라.

묘에明憲● 선사는 야채 장국을 대단히 좋아했다. 어느 날 제자들이 특제 야채 장국을 만들어 묘에 선사의 밥상을 차렸다.

"호오, 이거 야채 장국 아니냐! 내가 제일 좋아하는 거지."

묘에 선사는 싱글벙글 웃는 얼굴로 한 입 먹어보았다.

"오늘은 다른 때보다 훨씬 맛있구나."

제자들이 기뻐하며 대답했다.

"예, 오늘 좋은 재료가 있어서요."

그때 묘에 선사는 문득 무슨 생각이 들었는지 바로 젓가락을 놓았다. 제자들은 야채 장국 안에 이물질이라도 섞여 있어서 그러신가 걱정을 하며 스승에게 물었다.

"뭐가 잘못됐습니까?"

묘에 선사는 대답 없이 오른손을 뻗어 집게손가락으로 밀장지 틈에 쌓인 먼지를 훑었다. 그리고 그 먼지 묻은 손가락을 혀로 핥았다.

제자들은 스승님이 야채 장국을 먹다가 밀장지에 낀 먼지를 보고 그것을 야단치려는 줄 알았다. 제자들은 엎드려 용서를 빌었다.

"청소를 제대로 하지 못해 죄송합니다."

"아니다. 그게 아니다. 조금 전에 나는 '아, 참 맛있다!'라며 음식에 집착하고 있는 나의 추한 모습을 보았다. 너희들로부터 '우리 스승은 수행하기를 좋아한다.'는 말을 들으면 좋을 것이나, '우리 스승은 야채 장국을 좋아한다.'는 말을 듣는다면 그것은 문제다. 나를 생각하여 특제 야채 장국을 만들어주는 친절은 더없이 고맙지만 음식에 대한 집착은 조심하지 않으면 안 된다. 다시 말해 너희들의 친절만을 맛보면 좋았을 텐데 어느새 혀끝의 즐거움에 빠지고 말았다. 지금 내가 밀장지의 먼지를 혀로 핥은 것은 혀끝의 집착으로부터 벗어나기 위함이었다."

제자들은 이 말을 듣고 또 한 번 깨달았다. 그동안 스승님은 일체의 집착으로부터 해탈하여 마음이 바라는 대로 행동해도 전혀 어긋남이 없는 줄로 알고 있었다. 스승님은 아무 노력 없이도 언제나 법열의 세계에서 무애자재하리라 믿었다. 그런데 아니었다. 스승님은 그와 달리 매 순간 그 어떤 나태도 허용하지 않고 자성에 자성을 거듭하며 노력 정진하고 계셨던 것이었다.

말 한마디에 14년

뒤에 묘신지妙心寺의 종정이 된 아시교도蘆匡道 스님이 젊었을 때 일이다. 그가 쇼린지小林寺의 주지였을 때였다.

그 절의 신도 중에는 의사가 한 사람 있었다. 신도였지만 공부가 깊은 사람이었다. 스님들도 그 의사 앞에서는 말을 조심했다.

그 의사의 젊은 딸이 병으로 세상을 떠났고, 아시교도가 장례식을 집전했다. 뒤에 고마웠다는 인사를 하려고 의사는 아시교도를 찾아왔다. 이런저런 이야기 끝에 의사는 아시교도에게 이렇게 물었다.

"스님, 『임제록』을 보면 임제 4할이라는 글이 나옵니다."

할喝이란 상대방을 깨우기를 위해 외치는 소리다. 이 할은 마조 도일로부터 시작됐다고 하나, 그것을 발전시킨 이는 임제였다. 그냥 외치는 소리가 아니다. 벽력, 곧 벼락같다. 천둥치는 소리같다.

임제 4할이란 할의 네 가지 종류를 말한다.

첫 번째 할은 금강검, 곧 금강으로 벼린 칼과 같은 할이다. 모든 미혹과 번민을 단칼에 베어버리고 바로 그 자리에서 본래의 자신을 찾게 만드는 할이다.

둘째는 사자와 같은 할이다. 사자가 울부짖으면 정신이 번쩍 들지 않을 수 없다.

셋째는 어부가 풀 속에 숨은 물고기를 장대로 몰아내는 것과 같은 할이다. 상대의 거짓과 참을 단박에 밝혀내는 할이다.

넷째는 할이라고 할 수 없는 할, 가짜 할이다.

의사는 물었다.

"스님, 이번 장례식에서 저희 딸에게 주신 할은 네 개의 할 중 어느 할이었나요?"

아시교도 스님은 뒤에 사람들에게 말했다.

"답을 못하겠더라고요. 부끄러웠지요. 그분이 얼마나 속상했겠어요. 공부가 제대로 안 된 중이 자신의 귀한 딸의 영혼을 인도했으니."

아시교도는 그날로 다시 수행하기로 결심했다. 하지만 어디로 갈 수 있는 처지가 아니었다. 그는 한 절의 주지였다. 자신의 책임이 있었다. 그런 이유로 그는 시간을 내어 수행 도장에 다니며 배우는 수도 방법을 택했다.

그가 다닌 수행 도장은 엔후쿠지円福寺로, 교토에 있는 절이었다. 그의 절 쇼린지는 오사카에 있었다. 두 절은 40킬로미터나 떨어져 있었다. 40킬로미터라면 100리 거리다.

그 백 리 길을 아시교도는 날마다 걸었다. 바람이 부는 날도 비가 오는 날도 눈이 내리는 날도 빼먹지 않았다. 새벽 2시에 일어나 출발했다. 14년간 단 하루도 빼먹지 않았고, 마침내는 공부를 마칠 수 있었다.

아시교도는 그 길로 의사를 찾아갔다. 드디어 의사의 물음에 답을 할 수 있었던 것이다. 의사는 눈물을 흘리며 감격했다.

그 뒤 아시교도는 의사의 진짜 스승이 됐다. 그가 죽을 때까지.

*

가네타케 소신 스님에게 들었다.

"일본에는 천리교라는 신흥 종교가 있습니다. 거기에서 교회장으로 활동하는 친구가 있습니다. 그 친구는 종교인으로서 매우 뛰어납니다. 그는 늘 제가 어떻게 살아야 하는지를 일러주는 삶을 삽니다."

그 친구는 고아원을 운영하는데, 고아를 받는 조건이 있다. 세상에서 버림을 받은 이들로 어느 사람도, 어느 고아원에서도 받지 않는 이들이라야 한다.

그중에는 살인자도 있고, 열세 살에 아이를 낳은 아이도 있다. 친구는 그 아이가 낳은 갓난아이를 맡아 키우고, 아이를 낳은 아이는 학교에 보냈다. 아이 아빠를 불러 취직을 시켰고, 아이를 낳은 아이가 학교를 마쳤을 때는 결혼을 시켜주었다. 그리고 방을 얻어주어 둘이 함께 살 수 있도록 도왔다.

그런 아무나 할 수 없는 일을 그 친구는 했다. 궁금했다.

"대단해. 그런데 자네의 그런 에너지는 어디서 나오는 거야?"

친구는 잠시 말이 없었다. 친구의 눈에 바로 눈물이 고여 왔다.

"아버지……."

"……."

"아버지도 천리교 교회장이었어. 어느 날 아버지가 간암으로 고생하고 있다는 사람을 찾아갔었나 봐. 돕고 싶었겠지. 가서 아픈 사람에게 '당신을 위해 기도하게 해주세요.'라고 부탁했다고 해."

일본에서는 남에게 이야기할 때는 자기 아버지나 어머니에게도 높임말을 붙이지 않는다. 자기 회사 상사도 마찬가지다. '아버지는 지금 집에 없어요.'라고 하지 '집에 안 계세요.'라고 하지 않는다. '사장은 지금 밖에 나갔어요.'라고 하지 '사장님은 지금 밖에 나가셨어요.'라고 하지 않는다.

"하지만 암 환자는 냉소적이었나 봐. 그는 옆에 놓인 통을 가리키며 말했다고 해. '저 통 속의 것을 마시면 기도를 하게 해주겠소.'라고."

통속의 것은 암 환자가 뱉어놓은 가래침이었다. 어떻게 됐을까? 친구의 아버지는 그 가래침을 마시고, 기도를 마쳤다. 암 환자가 죽었을 때는 찾아가서 유족들에게 '제 힘이 부족했습니다. 죄송합니다.'라고 사죄했다. 유족은 감동을 하지 않을 수 없었다.

"그 유족이 그 뒤에 교회에 나오셨지. 그런 분들, 아버지가 힘들게 모셔온 분들 덕에 교회가 굴러가고 있어. 내가 그 덕을 보고 있지."

"아니야, 자네도 대단해."

"천부당만부당한 말이야. 나는 아버지 흉내도 못 내. 어림없어. 100분의 1만이라도 아버지를 쫓아가 보려고 애를 쓰고 있을 뿐이야."

일본에는 가케코미 데라驅け込み寺라 하는 절이 있다. 사전에는 이렇게 나온다.

'바람난 남편이나 강제 결혼에 시달린 끝에 도망을 나온 여자를 도와 안전하게 숨겨주는 특권을 가졌던 절.'

'가케코미'란 '뛰어들다'라는 뜻인데, 도망 나온 여자만은 물론 아니다. 숨을 곳이, 보호가 필요한 사람이라면 누구나 갈 수 있는 곳이다. 그런 사람을 안전하게 보살펴주는 곳이다.

교회인데도 가케코미 데라라는 이름을 내걸고 있는 곳도 있다.

늦은 출가

다 때가 있다. 열 살에 할 일이 있고, 스무 살에 할 일이 있다. 효도는 부모가 살아 있을 때 해야 한다. 그때를 놓치면 하고 싶어도 못 한다. 결혼도 성년기를 맞으면 하는 게 좋다. 그때를 놓치면 짝을 구하기 어렵다. 취직도 그렇다. 나이가 들면 취직하기가 더 어려워진다. 반기지 않는다.

하지만 때를 놓쳤다고 끝은 아니다. 늦게 출발할 수도 있다. 가수 박치용은 이렇게 노래한다.

늦은 출발임을 알아요
오래 전부터 꿈꿔 왔던 그 길
꿈인 줄로만 알았지요
그냥 꿈으로 지나갈 거라고요
모두가 그랬지요
나조차도 미래는 알 수 없으니
자칫하다 그냥 버릴 뻔했어요

버릴 수 없는 꿈을

도전이 아름답기에

......

이겨낼 수 있기에

더 이상 두려워하지 않아

멀지 않았어

무묘無明 스님이 그랬다. 그는 관직에 있었다. 요즘 말로 하면
공무원이었다. 틈틈이 불교 서적을 읽고 참선을 했지만 관공소의
일도 게을리하지 않았다.

그러던 어느 날 반가운 소식을 들었다. 평소 존경하던 구도 토
쇼쿠愚堂東寔● 스님이 자기가 사는 도시에 와 법문을 한다는 기쁜
전언이었다.

愚堂. 어리석을 우에 집 당이니 어리석은 집이라는 뜻이다. 달
리 말하면 나는 바보라는 선언이다. 하지만 그는 만인의 추앙을
받았다. 그의 법문은 입에서 입으로 널리 퍼져갔다.

그날도 그랬다. 가슴을 찔러 왔다. 바보 스님은 남달랐다. 한없
이 겸손했지만 한마디 한마디가 천금 같았다.

무묘 또한 그런 자리에 가고 싶었다. 더는 관청에 나가고 싶지
않았다. 마침 자녀도 다 자라 제 갈 길을 갔다. 그는 그 길로 출가
했다. 그의 나이 그해 쉰이었다.

바보 스님 아래서 공부했다. 그 뒤 바이텐梅天 스님 아래서 배

왔고, 한때 홀로 지내기도 했다. 손수 하루 두 끼 밥상을 차려 먹었고, 나머지 시간에는 오로지 좌선을 하는 나날이었다. 그렇게 3년을 보낸 뒤 바보 스님을 찾아갔다. 그 아래에서 1년 뒤 공부를 마쳤다. 바보 스님도 인정했다.

무묘는 오래 속세에서 살았다. 그 세월에 많은 것을 보았고, 들었다. 온갖 일을 겪었다. 다양한 책을 읽었다. 그것은 수행에 방해가 되기도 하지만 도움이 되기도 한다. 무묘에게는 후자였다.

그는 그 뒤에 선의 지도자로 활동하며 여러 수행자를 깨달음으로 이끌었다. 늦게 출발했지만 늦지 않았던 것이다.

*

한국에서 늦은 출가로 유명한 스님은 효봉 스님이다. 그는 서른여덟에 출가했다. 그에게는 세 가지 별명이 있다.

첫째 별명은 엿장수였다. 효봉은 엿판을 메고 3년간 전국을 떠돌았다. 왜 그랬을까?

그는 엿장수가 되기 전에는 고등법원 판사였다. 판사로 한 피고인에게 사형을 선고한 뒤 번민한다. 며칠을 뜬 눈으로 지새운 뒤 집을 떠난 것으로 알려져 있다. 그의 나이 서른여섯의 어느 날이었다. 그는 그 뒤 엿장수로 전국을 떠돌았다.

둘째 별명은 '절구통 수좌'다. 그는 엿장수로 떠돌다 금강산에서 석두石頭, 곧 돌머리 스님에게 계를 받고 승려가 된다. 그의 나이 그때 서른여덟이었다.

효봉은 무섭게 정진했다. 살이 헐고 진물이 나서 엉덩이가 방석에 들러붙을 정도였다고 한다. 이때부터 '절구통 수좌'라는 별명이 붙었다 한다.

셋째는 '무라 스님'이었다.

효봉이 입버릇처럼 하는 말이 있었다.

"상근기는 참선을 하고, 중근기는 경을 익혀 강사를 하고, 하근기는 기도와 염불을 한다."

이처럼 참선을 제일로 치는 효봉은 그렇게 제자들을 지도했고, 자신도 수행을 게을리하지 않았다. 그의 화두는 무無였다. 그의 입에서는 '무라, 무라……'가 그치지 않았다. 그걸 보고 사람들은 효봉을 '무라 스님'이라고 불렀다.

더 늦게 출가한 스님도 있다. 한탑 스님이 그렇다. 그는 61세에 출가한 것으로 알려져 있다. 한탑 스님은 고려대학교 상대를 졸업한 뒤 한국은행, 한국전력, 대한교육보험, 시티뱅크 등에서 일했다.

인도에서는 인생을 네 개의 시기로 나눈다. 학생기學生期, 가주기家住期, 임주기林住期, 유행기遊行期가 그것인데, 학생기와 가주기는 50세로 끝난다. 임주기는 50세부터 70세까지다. 유행기는 그 뒤다. 한탑이 출가한 61세는 임주기에 해당한다. 가장으로서, 사회인으로서의 임무를 모두 마친 뒤 모든 사람이 맞는, 어쩌면 가장 귀한 제3의 인생이 임주기다. 그 시기를 한탑은 "수행에 전념하며 보내고 싶고", 또 "부처님의 법을 펴는 심부름꾼이 되고 싶어" 출가한다. 아름다운 새 출발인 셈이다.

이츠키 히로유키라는 작가는 『임주기』라는 책에서 50세에는 누구나 가출할 것을 권하고 있다. 출가가 아니다. 가출이다. 그러기 위해서는 몇 가지 준비가 필요하다.

1. 가주기 때부터 준비를 해야 한다. 마음의 준비는 물론 돈도 모아놓아야 하기 때문이다.

2. 자식은 모두 스물, 혹은 스물다섯에는 독립해서 살도록 기른다.

3. 1년, 혹은 이삼 년씩 집을 비워도 문제가 없도록 미리 아내, 혹은 남편에 손을 써 두어야 한다. 그런 사람으로 성장시켜야 하고, 그런 관계를 만들어놓아야 한다.

여러 가지 가출이 있다. 여행도 그중의 하나다. 학교에 다닐 수도 있다. 늦게 배우는 재미가 크다. 하지만 경제력이 바탕이 안 될 때는 어떻게 해야 하나?

이츠키는 이렇게 말한다.

"예를 들면 온천 등지에 가서 잡용직 일자리를 얻거나 운전을 해도 된다. 무슨 일이라도 좋다. 새로운 일 또한 여행이다."

함께 여행을 하며 들었던 한 동료 작가의 혼잣말도 이츠키는 소개했다.

"사실 나는 우편배달부나 철도공처럼 단순하며 직접적으로 남에게 도움이 되는 일을 하며 살고 싶었지."

그런 일을 해볼 수도 있다. 그것이 임주기의 일이다. 돈이나 생활 때문이 아니라, 오래 전부터 해보고 싶었던 일을 해볼 수 있는 게 임주기다. 그중에는 출가도 있는 것이다.

여성에게 50대는 갱년기, 혹은 폐경기에 해당한다. 하지만 이 츠키는 그 말 대신 임주기를 맞았다고 말하라고 권한다.

"여성에게 임주기란 부부관계를 새롭게 재생하는 계절이다."

학생기에는 연애가 중심이다. 가주기 때는 부부가 돼서 사랑을 키운다. 그리고 임주기에는 연인도 아니고, 남편도 아닌 한 사람의 인간으로서 남편을 보는 것이 좋다. 사랑에서 이해, 애정에서 우정으로 성장해가는 것이다. 오래 떨어져 있으면 애정은 식는다. 하지만 진짜 우정은 멀리 떨어져 있어도 색이 바래지 않는다. 임주기의 여성은 남편과 가정을 떠나 자기만의 제3의 인생을 살 수 있고, 살아야만 하는 것이다.

함석헌의 스승인 유영모는 쉰에 아내와 해혼을 한 것으로 유명하다. 톨스토이의 말년의 고민, 그리고 마침내 가출, 그에 뒤따른 한 역에서의 객사도 이와 무관하지 않다.

2장

소를 찾는 길

소설 같은 인생

젠카이(禪海, 1687~1774) 스님의 인생은 소설 같다.

스님의 어린 시절 이름은 이찌구로였다. 그는 어느 세력가의 집안에서 태어났다. 하지만 그는 어린 시절부터 방탕하고 불량했다. 도를 넘었다. 그 결과 열다섯 살 때 아버지의 미움을 사고 집에서 쫓겨났다.

그렇게 집을 잃은 이찌구로는 당시의 서울인 에도로 나왔다. 에도에서는 나카가와라는 사람의 집안에서 일했지만 그곳에서도 오래 가지 못했다. 어느 날 사소한 일로 원한을 품고 주인을 살해한 뒤 이찌구로는 도망을 쳤다. 그 뒤, 어느 깊은 산중에 들어가 한 여인을 아내로 삼고 산적이 되기까지 이찌구로는 전락했다.

어느 날 밤이었다. 이찌구로는 여행 중인 여자를 죽이고, 그 여자의 옷을 벗겨 들고 집으로 돌아 왔다. 남편이 가져온 물건을 보고 아내가 화를 내며 말했다.

"이렇게 멋진 옷을 입은 여자라면 분명히 장신구도 좋은 것을 가지고 있을 것이오. 거기다 머리카락도 돈이 되는데 그것을 버리고 오다니 당신은 그것들이 아깝지도 않소?"

이런 말을 남기고 이찌구로의 아낙은 집을 나섰다. 아낙은 죽은 여인에게 가서 장신구와 머리카락은 물론 돈 나갈 만한 것은 모두 털어 왔다. 너무 심하다 싶은 한편 더럭 겁이 났다.

'아, 이 여자와 함께 살다가는 큰일 나겠구나!'

동시에 이런 생각도 들었다.

'이제, 더는 안 된다. 여기서 그만둬야 한다. 새로운 곳에서 새롭게 살아야 한다. 그렇게 살고 싶다.'

결국 아내를 버리고 집을 나온 이찌구로는 걸식을 하며 전국의 성지를 도는 순례자가 되었다. 순례 끝에는 한 스님 아래서 머리를 깎고 젠카이라는 이름의 승려가 됐다.

그 뒤에도 젠카이는 여러 곳을 더 방랑했다. 그렇게 떠돌다가 젠카이는 야바케이라는 계곡의 한 잔도에 다다르게 됐다.

야바케이 계곡은 후쿠오카현 동부와 오이타현의 북부에 해당하는 부젠 지방에 있다. 잔도란 험한 산의 낭떠러지에 만든 길을 말한다. 옛날부터 야바케이 계곡의 잔도는 때로 사람이 죽거나 다치는 일이 있을 정도로 험악했다.

그 잔도에서 젠카이는 영감을 받았다.

'여기다! 여기가 내가 있을 곳이다. 나는 여기서 죽어야 한다. 여기서 다시 태어나야 한다.

내 손으로 굴을 뚫어 길을 내자. 내 한 몸을 여기에 바치자.'

그것이 그대로 젠카이의 서원이 됐다. 젠카이의 나이 마흔아홉 때의 일이었다.

젠카이는 그날로 가까운 절에 몸을 맡기고 탁발로 생활을 하며 매일 혼자서 정 한 자루를 가지고 바위를 쪼아내기 시작했다.

젠카이는 하루도 쉬지 않고 정을 잡아 마침내 말 두 마리가 나란히 서서 통과할 수 있고, 또 햇빛이 들도록 사오 미터에 하나씩 창을 낸, 길이 308간(54.60미터)의 바위 굴길을 완성했다. 그때가 젠카이의 나이 예순넷으로, 30여 년이 걸린 대 사업이었다.

그런데 젠카이에게 아버지를 잃은 나카가와 집안에서는 그 사이 어떤 일이 있었을까?

아들 중의 하나가 어려서부터 무술을 배웠다. 이유는 하나였다. 그는 아버지의 원수를 갚고 싶었다. 치열한 훈련을 통해 뛰어난 기량을 갖춘 그는 아버지의 원수를 찾아 전국을 돌았다. 그리고 마침내는 바위산에 굴을 뚫어 길을 내고 있는 승려가 그 사람임을 알게 됐다. 젠카이는 자신의 죄를 순순히 인정하고 말했다.

"그렇소. 모두 나의 죄요."

놀라웠다. 젠카이는 아들이 생각했던 사람이 아니었다. 그가 깊이 참회해 왔다는 것이 그의 말과 행동에서 느껴졌다.

"나는 죽어 마땅하오. 하지만 이 공사를 모두 마칠 때까지만 목숨을 살려주시구려. 일을 마치면 그때는 당신 마음대로 하시구려."

진심이 보였다. 그가 하는 일도 마음을 움직였다. 무엇보다도 그는 아들이 생각해 왔던 사람이 아니었다. 다른 사람처럼 여겨졌다. 아들은 젠카이의 청을 받아들이지 않을 수 없었다.

"좋다. 그렇게 하자. 하지만 하루 빨리 이 공사를 끝내라."

이렇게 말하고 그는 젠카이를 도와 굴길의 완공을 서둘렀다. 그가 젠카이를 도운 것은, 그것이 아버지의 원수를 하루라도 빨리 갚는 길이기 때문이었다.

하지만 둘이서 매일 바위를 깨어 길을 내는 동안 그는 젠카이의 큰 서원에 감화를 받았다. 마침내는 아버지의 원수인 것도 잊고, 그 원한을 망치질로 녹이고 에도로 돌아갔던 것이다.

★

승려나 신부도 사람이라 욕망이 있다.

"제일 넘기 어려운 것은 명예욕이다."

"아니다, 성욕이다."

성직자들도 이런 문제로 갈등하고 고통을 받는다. 유혹도 있으리라. 끝끝내 이기는 사람이 있는가 하면 지기도 한다. 이겼다고 정말 이긴 것은 아니다. 속은 하늘만이 안다.

임제종의 승려였던 사이토 류칸齊藤龍關 또한 그랬다. 그는 신도였던 한 부잣집 딸과 사랑에 빠졌다. 결국 절을 떠나 그녀와 함께 살았다. 류칸이 환속하여 얻은 직업은 조각사였다.

그렇게 여러 해가 지나갔다. 류칸의 가슴에서 수행을 향한 열정의 불씨가 되살아났다. 다시 시작하고 싶었다. 불씨는 시간이 갈수록 점점 더 커졌다. 더는 그냥 두고 지낼 수 없었다. 류칸은 아내에게 그 사실을 털어놓지 않을 수 없었다.

"당신과 함께 하는 이 삶도 물론 귀하오. 이 삶은 이 삶대로 아름답소. 하지만 나는 다시 승려로 돌아가 수행에 힘써 이번 생에서 공부를 마치고 싶소."

류칸의 아내 역시 보통 사람이 아니었다.

"진작부터 눈치를 채고 있었습니다."

아내는 장롱을 열고 두건 하나를 꺼내다 류칸의 앞에 놓은 뒤 말했다.

"뜻대로 하십시오. 앞으로 어떤 일이 있어도, 예를 들어 땅이 꺼지고 하늘이 깨져도 당신을 찾지 않겠습니다.

부디 뜻을 이루시기 바랍니다. 만약 물러서고 싶은 생각이 일 때는 이 두건을 보시고 마음을 다잡기 바랍니다.

이 두건 속에는 제 자신의 마음을 다잡기 위해, 그리고 당신의 뜻이 이뤄지기를 비는 마음으로 자른 제 머리카락이 들어 있습니다. 아녀자에 지지 않도록 무섭게 정진하여 부디 대사를 마치도록 하십시오."

아내의 말이 류칸의 가슴에 스며들었다. 그보다 좋은 작별의 말은 없을 거 같았다. 류칸은 아내에게 감사하고 집을 나섰다.

흔들릴 때면 류칸은 아내가 만들어준 두건을 꺼내 보며 마음을 다잡았다. 두건은 물러설 수 없게 류칸을 도왔다. 류칸은 놀라운 집중력을 보였다. 공부가 익어갔다. 수행에 힘써 류칸은 바란 대로 공부를 마칠 수 있었다.

그 뒤 류칸은 겐닌지의 최고 지도자인 종정이 됐다. 동시에 선방의 방장으로서 후학을 이끌었다.

류칸의 아내 또한 외진 곳에 작은 암자를 짓고 수도하며 자신의 삶을 살다 생을 마쳤다.

죽음의 공포도 잊고 정진

하쿠인의 고향은 후지산 자락에 있었다. 공교롭게도 하쿠인이 고향에 돌아와 있을 때 후지산 일대에 큰 지진이 일어났다.

후지산에서는 굉음과 함께 대폭발이 잇따라 일어나며 불기둥이 하늘 높이 솟아올랐다. 불기둥은 재가 되어 인근 마을로 날아왔다. 지옥을 연상케 하는 장면이 계속됐다. 그 속에서 사람들은 우왕좌왕하며 어쩔 줄을 몰랐다. 아비규환이었다.

하쿠인이 머물고 있는 절도 지진의 진동으로 처마가 떨어지고 물건들이 산지사방으로 흩어졌다. 모든 스님들이 피난처를 찾아 절을 나섰다. 하지만 하쿠인은 홀로 남아 조금도 움직일 기색을 보이지 않았다.

아버지와 형이 걱정을 하며 몇 번이고 피신할 것을 권유하였으나 하쿠인은 듣지 않았다.

"죽을 각오를 하지 않는 곳에는 진정한 깨달음이 없습니다. 그런 마음 없이 앉아 졸기만 하는 수행으로 무슨 결과를 얻을 수 있겠습니까?"

하쿠인은 화두에만 몰입해 있었다. 과연 부처님의 가호가 있었는지 재난은 하쿠인의 손끝 하나 건드리지 않고 지나갔다.

★

하쿠인 에카쿠白隱慧鶴● 선사!

그는 임제종 중흥의 아버지로 알려진 선사다. 다음 일화 또한 하쿠인이 젊었을 때, 곧 대선사가 되기 전의 수련 시기에 있었던 일이다.

하쿠인이 하루는 초대를 받고 어느 신도의 집에 가게 됐다. 혼히 있는 일이었다. 신도 중에는 스님을 자신의 집으로 초대해 음식을 대접하며 말씀을 듣는 걸 좋아하는 사람이 어느 절에나 있는 법이다.

식사를 마치고 차를 마시는 시간이었다.

"제게 아주 귀한 물건이 하나 있는데, 스님께 그 물건을 보여드리고 싶군요. 우리 집의 가보랍니다."

주인은 얼마 뒤 어디선가 상자 하나를 가져왔다. 고급스러워 보이는 보자기로 싼 상자였다. 상자 안에는 다시 고운 천으로 싼 물건이 들어 있었다. 그 고급 보자기 안에서 마침내 모습을 드러낸 것은 한 폭의 두루마리 글씨였다.

솔직히 말해 그 글씨는 왜 이런 걸 가보로 삼았을까 싶은 생각이 절로 들만큼 변변치 못했다. 실망을 하며 글씨를 쓴 사람을 보니 놀랍게도 그는 큰스님으로 널리 존경을 받았던 다이구 소치쿠 大愚宗築였다.

그 글씨를 보며 하쿠인은 크게 깨우치는 바가 있었다.

'이 집 주인이 귀하게 여긴 것은 글씨가 아니다. 다이구 스님이 살았던 삶을, 그리고 거기서 다이구 스님이 얻은 지혜와 덕을 이 집 주인은 흠모하고 있는 것이다.'

하쿠인은 그날 이후로 문자 공부보다는 마음공부에 전념하며 삶 자체가 아름다운 사람이 되기에 힘썼다.

하쿠인은 뛰어난 스승이기도 했다. 그는 많은 제자를 길러냈다. 승려만이 아니었다. 재가 불자 중에서도 깨닫는 이가 많았다.

그들과의 사이에서 만들어진 일화 또한 많다. 그중 하나를 소개한다.

어느 날 한 사무라이가 하쿠인을 찾아왔다. 사무라이는 다짜고짜 물었다.

"사람들이 지옥이니 극락이니 하는데, 그런 것이 정말 있습니까?"

하쿠인은 그 질문에 대답하지 않고 사무라이에게 물었다.

"당신은 뭘 하는 사람입니까?"

사무라이는 좋은 걸 물어주었다는 듯이 자랑스럽게 대답했다.

"나는 사무라이요. 하지만 보통 사무라이가 아니요. 나는 천황 폐하를 모시고 있는 사무라이요."

하쿠인이 껄껄 웃었다.

"당신이 사무라이라고? 내가 보기에는 꼭 골목대장 같은데."

사무라이는 이 말에 무척 화가 났다. 아무리 승려라고 해도 천황 폐하를 시봉하는 사무라이에게 그런 말을 할 수는 없었다. 그것은 천황 폐하를 모독하는 발언이기도 했다. 사무라이는 칼을 뽑아들어 하쿠인의 목에 댔다.

금새 목이 떨어질 판이었지만 하쿠인은 동요하는 기색이 조금도 없었다. 그는 조용히 말했다.

"방금 지옥의 문이 열렸는데, 아시겠소이까?"

사무라이는 알아들었다. 동시에 하쿠인의 성취가 얼마나 높은지도 보았다. 날카로운 칼에 동요하지 않기는 쉬운 일이 아니었다. 크게 이룬 자임이 분명했다.

사무라이는 칼을 거두고 선사 앞에 무릎을 꿇고 큰절을 올렸다.

하쿠인이 다시 껄껄 웃으며 말했다.

"방금 극락의 문이 열렸소이다. 아시겠습니까?"

그 사무라이는 그날로 하쿠인의 제자가 되었다.

신도에게 절하는 스님

한국불교에서는 한 종파의 우두머리 스님을 종정이라 부른다. '산은 산, 물은 물'이라는 말로 유명한 성철 스님은 조계종의 종정 스님이었다.

일본에서는 종정 대신 관장管長이라는 말을 쓴다. 다케다 에키쥬竹田益州는 일본 불교 내의 겐닌지建仁寺 파의 관장, 곧 종정 스님이었다. 가장 큰어른이었다.

에키쥬 스님은 신도들이 오면 누가 오거나 고개를 숙여 맞았고, 배웅을 할 때는 그가 보이지 않을 때까지 고개를 숙이고 있었다. 종정스님이라면 한 종문의 우두머리다. 대단한 자리다. 게다가 살아 있는 부처, 곧 큰 공부가 된 자라야 앉을 수 있는 자리다.

왜 그랬을까? 거기에는 다음과 같은 사연이 있었다.

산골 마을에서 태어난 에키쥬 스님은 열한 살에 잇큐 스님이 수행한 곳으로 유명한 쇼즈이지祥瑞寺로 출가한다. 그 뒤 겐닌지에서의 수행 기간을 마치고 에키쥬 스님은 쇼즈이지의 주지가 되는데, 어느 해 겨울 부주의로 불이 나 절 전체를 태운다. 절은 곧 다시 지어졌지만 에키쥬 스님은 화재를 자신에게 공부가 더 필요함을 일깨우는 일로 받아들인다.

"밑바닥부터 다시 한번 수행을 하자."

에키쥬 스님은 다시 겐닌지로 돌아가 수행에 몰두했다. 그렇게 해도 주변 사람들은 에키쥬를 쉽게 인정하지 않았다. 작은 꼬투리라도 생기면 '그랬으니 절을 태웠지'라며 비방하기를 계속했다. 그 속에서도 에키쥬는 아무 말 없이 수행에만 힘을 썼다. 그렇게 20년이 지나고 에키쥬는 참선 도량으로 유명한 다이토쿠지大德寺의 주지로 가는데, 그때까지도 옛말을 하는 사람들이 있었다. 하지만 에키쥬는 한마디도 변명을 하지 않았다. 줄기차게 고개를 숙일 뿐이었다. 고개를 숙이며 이 한마디를 할 뿐이었다.

"죄송합니다."

누구에게나 고개를 숙이는 것은 종정이 된 뒤에도 마찬가지였다.

프란체스코회 사제인 리처드 로어 신부는 자신의 책 『위쪽으로 떨어지다』에서 이렇게 말한다.

"인간의 완전함이라는 게 있다면 그것은 우리가 어디에나 있는, 특히 자신한테 있는, 불완전함을 다루는 기술에서 생겨나는 것 같다. 하나님이 성스러움을 감춰두시기에 불완전한 인간보다 좋은 장소가 있을까? 그러니 오직 겸손하고 진지한 사람만이 그것을 발견하게 되는 것이다. 자기에게 불완전한 구석이 없다고 생각하는 사람이 아니라 자기와 남의 불완전함을 용서하고 끌어

안는 그 사람이 '완전한 사람'이다……. 완전함을 요구하는 것이 선善의 가장 큰 적이라고 나는 본다."

★

라다크에서 승려가 된 일본 스님 노쿠치 호죠野 口法藏.

그는 티벳의 법왕 달라이 라마와도 친했다. 인도의 국립 타고르 대학교에서 배웠고, 가르치기도 했다. 그는 20년 이상 오체투지 수행을 계속해온 것으로 유명하다. 자신의 체험을 바탕으로 한 좌선 단식을 일본 전국에서 지도하고 있다.

그가 젊어서 즈이간지瑞巖寺라는 사찰에 적을 두고 좌선에 몰두할 때였다. 그 절에는 류분龍文이라는 승려가 있었다. 그는 윗자리로 갈 수 있었으나 가지 않고 15년이나 그 절의 선방을 돌보는 일을 하고 있었다. 좌선을 지도하는 자리가 아니었다.

"그 스님은 청소를 했어요. 쓸고 닦았죠. 그뿐만이 아니었어요. 좌선당에 필요한 온갖 허드레 일들을 맡아 놓고 했어요."

위로 올라간 동료 스님들은 설교를 했다. 법회를 주관했다. 주지가 됐다. 선방의 방장이 돼서 수많은 승려를 지도했다. 큰 절에서 한 해에 수억 원이 넘는 돈을 다루는 스님도 있었다.

그는 큰 절 출신이었다. 하지만 그 절로 돌아가려 하지 않았다.

"좌선당에서는 그의 빗자루질 소리가 들렸습니다. 젊은 승려들은 그 소리를 들으며 정신을 차렸습니다. 발이 아픈 것을 잊었고,

어느새 굽어져 있던 허리를 폈습니다."

물론 그 소리를 들려주려고 했던 것은 아니다. 그는 청소를 했을 뿐이다. 그는 드러나지 않게, 눈에 띄지 않게 처신했다. 그러므로 누구도 그에게 주목하지 않았다. 하지만 노구치에게는 달랐다.

"모기가 물어도 모르게 만들고, 추위를 잊게 만드는 소리였습니다. 그 스님의 빗자루 소리는."

어느 날인가 노구치는 그가 빗자루질을 하는 모습을 보고 싶었다. 그 마음이 강해 더는 좌선을 할 수 없었다. 그는 좌선당에서 몰래 나왔다.

멀리서 보았지만 류분의 빗자루질은 남달랐다. 빗자루로 낙엽을 쓸어 모으는 게 아니었다. 낙엽이 빗자루로 모여드는 것 같았다.

"제가 본 것은 낙엽 한 장 뿐이었지만, 꽤 멀리 있는 낙엽이 슥 빗자루 쪽으로 빨려 들어가더군요. 마치 제 발로 가듯."

노구치로서는 평생 잊을 수 없는 장면이었다. 뒤에 그는 류분에게 물었다. 몇 년이나 청소를 하면 그런 청소를 할 수 있느냐고?

류분은 대답 없이 돌아섰다. 몇 번을 다시 물어서야 답을 해주었다.

"7년째 되는 해의 어느 날이었소. 어두울 때였지. 그날 쓰니까 쓸리더군."

노구치 호죠는 1년에 100만 번의 오체투지를 실천한 단 한 사람의 일본인으로 알려져 있다. 1년에 100만 번이라면 100만÷

365=2,740이니 하루에 3천 번 가까이 해야 한다. 하루 3천 번을 하려면 9시간이 걸린다.

어떤 이가 노구치 선사에게 물었다.

"오체투지를 하면 어떻게 됩니까?"

선사는 대답했다.

"……모릅니다. …… 직접 해봐야 합니다. 직접 해본 사람밖에 알 수가 없습니다."

그럴 거 같았다. 직접 겪어보지 않고는 알 수 없을 거 같았다. 사람마다 다를 수도 있을 거 같았다.

다시 물었다.

"그럼 선사님은 어떠셨어요?

이번에는 바로 답이 돌아왔다.

"죽는 게 두렵지 않게 됐습니다."

현명한 어머니

자식에게 어머니의 영향은 크다. 뛰어난 인물 뒤에 훌륭한 어머니가 있는 경우가 많은 것은 그 때문이다. 942년에 태어나 1017년에 세상을 떠난 승려 겐신源信도 그랬다.

겐신은 일곱 살에 아버지를 잃고, 아홉 살이라는 어린 나이에 출가했다. 그는 스승 료겐良源의 지도 아래 수행을 했는데, 열다섯 살의 어린 나이에 당시의 천황 무라카미村上에 강론을 할 정도로 뛰어났다.

천황은 겐신에게 감사의 뜻으로 고급 옷감을 보내왔고, 겐신은 그것을 어머니 기요하라淸原에게 선물로 보냈다.

그것을 받고 겐신의 어머니는 아들에게 이런 편지를 썼다.

"이 에미는 그대가 사람들을 고통에서 행복으로 건네주는 승려가 되기를 바랐다. 그랬는데 그대는 처세에 능한 승려가 되어가고 있는 듯이 보여 슬프다. 부디 진짜 승려가 되어 달라."

어머니의 편지는 아들을 크게 일깨웠다. 겐신은 그 뒤에 조용한 곳을 찾아 은거하며 경전 연구와 염불삼매로 자신의 공부를

자루 속 석 되의 쌀

이로리 옆 한 다발의 땔감

누가 깨달음을 묻는가

명예와 돈 따위는 티끌 같은 것

밤비 내리는 작은 암자

두 다리를 펴네

二千九

囗

심화하는 데 오랜 시간을 보냈고, 자신의 공부를 세상 사람과 나눌 때도 산에서 했지 산을 내려가려 하지 않았다.

★

일본 동해안에는 도쿄에서 교토까지 이어지는 도카이도東海道라는 이름의 큰 길이 있다. 그 길을 한 선승이 걷고 있었다.

그 선승은 후지산이 보이는 곳에서는 밀짚모자로 후지산을 가리고 걸었다.

사람들이 그 이유를 묻자 그 선승은 이렇게 대답했다.

"나는 지금 부처님의 일로 길을 가고 있다. 그런데 후지산에 한눈을 판다는 것은 부처님에게 면목 없는 짓이다. 뿐만 아니라 후지산에게도 큰 실례가 된다."

사람들이 다시 물었다.

"스님에게 부처님의 일이란 무엇입니까?"

"염불과 수식관입니다. 어떤 때는 염불을 하고, 어떤 때는 수식관을 합니다. 그 둘이 이어져서 끊어지지 않도록 하는 게 저의 수행 방법입니다. 이 길은 저의 수행의 여정이기도 합니다."

염불이란 무엇인가? 부처의 이름을, 예를 들면 '석가모니불' '관세음보살' '나무아미타불' 등 부처의 이름을 자꾸 되뇌어 부르는 걸 말한다. 소리를 내어 불러도 되고, 소리를 내지 않고 속으로 불러도 된다.

수식관이란 들고나는 숨을 하나 둘 셋 넷 세는 것을 말한다. 혹은 들고나는 숨을 지켜보는 것을 말한다.

이런 시가 있다. 일본에서는 매우 유명한 시다.

> 한평생 입신출세에는 뜻이 없어
> 자연 그대로 천진에 몸을 맡기고 사네
> 자루 속 석 되의 쌀
> 이로리 옆 한 다발의 땔감
> 누가 깨달음을 묻는가?
> 명예와 돈 따위는 티끌 같은 것
> 밤비 내리는 작은 암자
> 두 다리를 펴네

다이구 료칸大愚良寬●의 시다. 그는 작은 암자에서 이 시처럼 작게 살았다. 그의 암자 이름은 다섯 줌의 쌀이라는 뜻의 고고안五合庵이었다. 합合은 한 움큼, 한 줌을 이르는 말로도 쓰인다.

료칸의 암자는 지금도 언제라도 인터넷으로 검색이 가능한데, 료칸은 그곳에서 청빈하고 고담한 생활을 한 것으로 유명하다.

이로리란 일본 전통 가옥에서 방바닥을 잘라 불을 피울 수 있게 만든 시설이다. 난방과 취사를 위한 시설이다.

료칸은 일본인에게 가장 사랑을 받는 승려 베스트 10에 든다. 그는 감동을 주는 수많은 일화와 시문을 남겼다. 그에 관한 책만 수백 권이다.

료칸은 먹을 것이 떨어지면 탁발을 하러 집을 나섰다. 식량이 확보되면 수행에 힘썼다. 그는 멀리서라도 일하는 사람들을 보면 합장을 하고 절을 했다. 그들을 존경한다는 뜻이었다.

> 자루 속 석 되의 쌀
> 이로리 옆 한 다발의 땔감

질 수 있는 힘

큰스님이 볼일이 있어 나들이를 하려고 보니 시계마다 시침과 분침이 다 달랐다. 큰스님은 제자 스님을 불러 시간을 맞춰놓으라고 일렀다.

"시계가 모두 내가 옳다고 하네요."

제자 스님은 이렇게 말할 뿐 고치려고 하지 않았다. 그래도 큰스님은 분하게 여기지 않았다. 빙긋이 웃고 말았다.

거기서 끝이 아니었다. 그 뒤, 큰스님이 부른 택시는 어디서 잘못됐는지 약속한 시간에 오지 않았다. 그 바람에 큰스님은 제 시간의 기차를 탈 수 없었다. 어쩔 수 없이 한 시간 뒤의 기차를 타기로 하고, 택시 운전사에게 그 시간에 맞춰 와달라고 했는데, 이번에는 30분이나 이른 시간에 왔다. 그걸 보고 큰스님은 중얼거렸다.

"한 번은 늦고, 한 번은 이르고…… 뜻대로 되는 일이 하나 없군!"

그 말을 듣고 제자 스님은 외쳤다.

"세상에 큰스님 뜻대로 되는 일이란 없어요."

큰스님은 이번에도 제자의 이 건방진 말에 노여워하지 않았다.

아무 말 없이 받아들이고, 아무렇지도 않은 듯 다음 할 일을 할 뿐이었다.

*

이 이야기를 내게 들려준 이는 비구니 스님인 아오야마 슌도靑山俊董●이다. 한 해 겨울 이 비구니 스님으로부터 참 많은 이야기를 들었다. 나는 그 비구니 스님의 이야기가 좋아, 다른 스님들의 이야기는 제쳐놓고 그해 겨울 그 스님과 많은 시간을 보냈다.

위에 소개한 일화는 그 비구니 스님이 그 절에서 직접 본 것을 적은 것이다. 아오야마 스님은 그때 그 절에 머물고 있었다. 스님은 그 일화를 내게 들려준 뒤 이렇게 자기 의견을 덧붙였다.

"질 수 있는 능력, 다시 말해 남이 옳고 내가 틀렸다고 인정할 수 있는 힘, 이것은 정신적으로 어른이 되지 않은 사람에게는 불가능한 능력입니다.

나이가 들거나 계급이 올라가면, 혹은 세상에 이름이 조금 알려지게 되면 자기도 모르게 교만한 마음이 자랍니다. 주위가 늘 자기 비위를 맞춰주다 보면 거기에 물이 들며 저쪽을 생각하는 힘이, 상대편에게 양보하는 능력이 사라집니다. 상대방의 말이 옳은데도 받아들이지 않습니다. 아니 받아들이지 못합니다. 받아들이는 능력을 어느새 잃어버립니다.

그날 그 큰스님의 처신을 저는 40년의 세월이 지난 지금도 잊을 수가 없습니다."

선승들의 죽음

　간잔 에겐關山慧玄●이라는 뛰어난 선승이 있었다. 그가 어느 날 갑자기 여장을 꾸린 뒤 제자를 불러 말했다. 1360년 12월 12일의 일이었다고 한다.

　"내 네게만 작별 인사를 할 터인즉 다른 사람들 모르게 가서 내 삿갓을 좀 가져다 다고."

　제자가 삿갓을 가져오자 간잔은 그를 데리고 절을 떠났다. 한참을 걷다가 어떤 커다란 소나무 아래서 간잔은 제자에게 말했다.

　"나는 이제 갈란다. 뒤를 잘 부탁한다."

　그 말과 함께 간잔은 그대로 숨을 거두어버렸다. 짚신을 신고 삿갓을 쓰고 지팡이를 짚고 선 채로 간잔은 숨을 거두었다. 소위 입망立亡이었다. 세수 84세.

*

　에도 말기부터 메이지 시대(1800년대)에 걸쳐 활약했던 임제종의 선승으로서 사사 호쿠인樂樂北隱이라는 이가 있었다. 그는 여름에는 삼베 홑옷 한 벌, 겨울에는 솜옷 한 벌로 지내며 매우 검박하게 생활했다. 또한 오랫동안 눕지 않고 앉아서 수행에 전념하는 장좌불와로도 유명했다.

1896년의 어느 날이었다. 호쿠인 선사는 시자를 불러 말했다.

"오랫동안 그대에게 폐를 많이 끼쳤다. 나도 올 추석쯤에는 그만 쉴란다."

시자가 물었다.

"스님, 이제 그만 이 세상을 뜨시겠다는 말씀입니까?"

"그렇다."

"그렇다면 다른 때를 택하십시오. 추석 때는 바쁜 때라 다른 사람들에게 폐를 끼치게 됩니다."

"그런가. 그렇다면 오늘은 어떻겠는가?"

"오늘은 너무 빠릅니다."

"그러면 내일로 하자."

이런 대화가 오고갔지만 시자는 그게 진담이라고는 생각지 않았다. 그러나 호쿠인 선사는 농담도 장난도 아니었다. 선사는 그날로 다음과 같은 알림장을 아는 이들에게 돌렸다.

"내일 이 세상을 뜨려 하니 그 사이에 한 번 뵐 수 있기를……."

다음 날 사람들이 몰려왔다. 선사는 목면 백의에 마로 지은 열반복을 입고 있었다. 시자에 따르면 아침에 스님은 목욕을 하여 몸을 깨끗이 씻었다고 했다. 하지만 사람들은 믿기지 않았다. 호쿠인은 조용히 앉아 있을 뿐이었다.

시간이 흘러갔다. 정오가 됐다. 비로소 호쿠인이 입을 열었다.

"여러분에게 처음으로 들려줄 이야기가 있다."

하지만 선사는 다음 말을 잇지 못했다. 아니면 하지 않은 것일까? 시자가 놀라 선사를 불렀다.

"스님, 스님."

그러나 선사는 아무런 말이 없었다. 그렇게 호쿠인은 여러 사람이 보는 앞에서 떠났다. 소위 좌탈이었다.

큰스님들은 죽을 때가 되면 마지막 말을 한 편의 시로 남긴다. 그것이 불교의 전통이다. 하지만 다쿠앙 선사는 죽을 때가 돼서도 그 임종게를 남기려 하지 않았다. 제자들이 재촉했지만 다쿠앙은 머리를 흔들었다. 제자들도 쉽게 포기하지 않았다. 제자들은 스승의 마지막 말씀을 받고 싶었다. 제자들은 거듭해서 부탁했다. 간청이었다. 결국 다쿠앙은 붓을 들지 않을 수 없었다. 다쿠앙은 썼다.

夢

그것 한 자였다. 인생이 한바탕의 꿈이라는 뜻일까?

임종게만이 아니었다. 다쿠앙은 죽음 전체를 보는 시각에서도 선승다웠다. 다쿠앙은 제자들에게 이렇게 당부했다.

"장례 따위는 필요 없다. 내가 죽으면 내 주검을 남모르게 옮겨 들에 묻어라. 그리고 잊어라. 당연히 무덤 같은 거 만들지 않아도 된다. 그렇게 땅에 묻은 뒤에는 두 번 다시 찾아오려 하지 마라."

이런 말도 했다고 한다.

"그 어디서고 부조금을 받아서는 안 된다. 위패 또한 필요 없다. 49재 등 일체의 불교의식을 나는 원치 않는다. 나라에서 뭐가 오더라도 절대 받지 마라."

신흥사 조실이었던 무산 스님은 2018년 5월 26일에 86세를 일기로 세상을 떠났다. 그는 2014년부터 백담사의 무문관에서 동하안거를 한 것으로 유명하다. 2014년이라면 그의 나이 여든둘이었다.

무문관은 한 번 들어가면 약속된 날짜까지는 밖에 못 나온다. 안거는 100일이다. 여름과 겨울을 합치면 200일이다. 한 해의 절반이 넘는 시간을 무산은 하루 한 끼만 먹으며 무문관의 독방에서 지냈다.

그렇게 무문관에서 인생의 마지막 시간을 보낸 무산은 이런 임종계를 남겼다.

천방지축 기고만장
허장성세로 살다보니
온몸에 털이 나고
이마에 뿔이 돋는구나
억!

무산은 6권의 시집을 가진 시인이기도 했다. 시집에는 조오현

이라는 필명을 썼다. 여섯 권 중 내가 가지고 있는 『마음 하나』라
는 시집에는 〈내가 죽어보는 날〉이라는 제목의 다음과 같은 시가
있다.

부음을 받는 날은
내가 죽어보는 날이다.

널 하나 짜서 그 속에 들어가 눈을 감고 죽은 이를
잠시 생각하다가
이날 평생 걸어왔던 그 길을
돌아보고 그 길에서 만났던 그 많은 사람
그 길에서 헤어졌던 그 많은 사람
나에게 돌을 던지는 사람
나에게 꽃을 던지는 사람
아직도 나를 따라다니는 사람
그 많은 얼굴들을 바라보다가

화장장 아궁이와 푸른 연기
뼛가루도 뿌려본다.

"나는 이제 갈란다."

그 말과 함께 간잔은 그대로 숨을 거두어버렸다.

짚신을 신고 삿갓을 쓰고 지팡이를 짚고 선 채로

간잔은 숨을 거두었다.

소위 입망ㅍㄷ이었다.

세수 84세.

속이 깊은 하녀

불교에는 '죽은 자를 위해 자손이 착한 일을 한다.'는 뜻의 추선 공양追善供養이라는 말이 있다. 자손이 추선 공양을 하면 죽은 조상이 저 세상에서 복덕을 누린다고 한다.

이와 관련한 아름다운 이야기 하나가 일본에 전해지고 있다.

큰 부자가 있었다. 머슴이 열 명에 식모가 일곱 명이나 되는 집이었다. 그중에는 영순이라는 새로 온 식모도 있었다. 열일곱인 영순이는 말수가 적고 일을 부지런히 했다.

그러던 어느 날이었다. 한 식모가 밑이 빠진 것을 모르고 물통에 물을 붓다가 부엌을 물바다로 만들고 말았다.

"누구야? 누가 물통 밑을 망가뜨려 놨어?"

그 식모는 화가 나서 소리쳤지만 아무도 내가 했다고 나서지 않았다. 그때 한 식모가 나섰다.

"제가 잠깐 실수를 하고 말았습니다."

영순이였다. 영순이는 그 일로 우두머리 식모에게 심하게 야단을 맞았다. 그것으로 끝이 아니었다. 얼마 뒤였다. 이번에는 거실에서 일이 터졌다. 거실에서 안주인이 손님에게 차를 대접할 때였다. 손님의 잔에서 물이 샜다.

손님의 잔에 실금이 가 있었다. 누군가 깨고, 접착제로 붙여놓은 게 틀림없었다. 붙였으나 구멍을 다 막지는 못한 것이다.

안주인은 손님이 돌아간 뒤, 크게 화를 내며 우두머리 식모를 불러 범인을 찾아 데려오라는 엄명을 내렸다. 우두머리 식모는 식모 모두를 하나하나 조사를 하고 다녔으나 범인을 찾지 못했다. 한참 뒤에야 범인이 제 발로 나타났는데 이번에도 영순이였다.

"제가 깼습니다."

안주인은 영순이를 호되게 나무랐다.

그 뒤로는 오래 아무 일이 없었다. 하지만 그것으로 끝은 아니었다. 어느 날인가 안주인이 장롱에서 물건을 꺼내려다 보니 신문지에 쌓인 이제까지 본 적이 없는 물건이 들어 있었다. 그것은 안주인이 큰일이 있을 때마다 차는 고급 시계였다. 그 시계가 깨진 채 신문지에 싸여 있었다. 안주인은 모든 식모와 머슴을 불러 모아놓고 범인이 나서기를 타이르고 얼렀다. 하지만 아무도 나서지 않았다. 닦달이 아주 오래 이어진 뒤에야 한 사람이 자백을 했다.

"제가 그랬습니다."

또 영순이였다! 안주인은 자꾸 일을 벌이는 영순이를 더는 집에 둘 수 없다고 생각했다. 하지만 우두머리 식모가 말려 조금 더 두고 보기로 했다. 안주인은 우두머리 식모에게 단단히 일렀다.

"앞으로 영순이에게는 깨지지 않는, 깨질 게 없는 그런 일을 시켜라."

다행히 그 뒤 한동안은 아무 일도 없었다. 봄이 무사히 지나갔다. 여름도 일 없이 지나고, 추석 명절이 돌아왔다. 그 집에서는 여러 날 전부터 추석 음식 준비로 바빴다.

그 집에는 유리로 만든 향로가 있었다. 여러 대를 이어온 그 집의 가보였다. 식모들은 모든 제기를 꺼내 먼지를 털고 마른 수건으로 깨끗이 닦아 탁자 위에 올려놓았다. 당연히 그 향로도 탁자 위에 놓았다.

그 집에는 열 살짜리 아들이 있었다. 그 아들이 창고 안을 뛰어다니며 놀다가 넘어지며 탁자 위의 제기를 건드렸는데, 그것이 하필이면 향로였다. 향로는 바닥에 떨어지며 산산조각이 나고 말았다. 방안에는 마침 아무도 없었다. 그것을 다행으로 여기고 아들은 달아나버렸다.

곧 난리가 났다. 안주인은 새파랗게 질려서 큰소리로 모든 식모를 불러 모았다.

"누구냐? 누가 이렇게 엄청난 일을 저질렀느냐? 어서 나와라. 만약 나오지 않는다면 너희 모두에게 책임을 묻겠다."

온 세상이 얼어붙는 것 같은 목소리였다. 우두머리 식모가 나와 식모들 앞에 섰다.

"지금 주인마나님이 하신 말씀대로 우리 말고는 식기 창고에

드나들 사람이 없다. 우리 중에 누군가가 실수를 한 게 틀림없다. 그 사람은 솔직히 자백을 해주기 바란다. 그렇지 않으면 우리는 서로를 의심하며 모처럼 맞는 즐거운 추석을 어두운 마음으로 보낼 수밖에 없다."

하지만 아무도 나서는 사람이 없었다. 서로 눈치만 보고 있었다. 난처했다. 그때였다.

"제가 그랬습니다."

이번에도 영순이였다.

"또 너냐?"

안주인은 분노로 목소리가 떨렸다.

"너는 이제 이 집에서 필요 없다. 오늘 당장 이 집에서 나가라. 이 집을 나가 네 집으로 가라."

그 집 아들이 그때 옆방에서 그 모든 이야기를 들었다. 아들은 자신의 죄를 대신 뒤집어쓴 영순이에게 미안했다.

영순이는 자신의 방에서 이렇게 혼잣말을 하며 울고 있었다.

"집으로 가라시지만 갈 집이 없는데, 어쩌면 좋지?"

그 모습을 장지문 틈으로 엿본 아들은 더는 참지 못하고 엄마에게 달려갔다.

"엄마. 내가 그랬어요. 영순이 누나가 그런 게 아니에요. 그러니 영순이 누나를 내보내지 마세요. 영순이 누나는 아무 잘못도 없어요."

주인마님은 영순이에게 달려가 영순이 손을 잡고 앉았다.

"영순아, 내가 잘못했다. 날 용서하고, 오래오래 우리 집에서 우리와 같이 살자꾸나."

그 모습을 식모들이 모두 와서 보았다. 감동한 것일까, 식모 중에 한 사람이 앞으로 나섰다.

"시계를 깬 사람은 사실은 저입니다."

거기서 끝이 아니었다. 시계에 이어 찻잔을 깬 식모도 고백을 했고, 물통 밑에 구멍을 낸 식모도 자신의 잘못을 털어놓았다.

주인마님은 궁금했다. 도대체 영순이는 왜 제 입으로 그 모든 누명을 뒤집어 쓴 것일까?

"사람은 누구나 지은 잘못을 감추려 드는 법인데, 영순이 너는 어떻게 남이 한 잘못조차 스스로 떠맡았단 말이냐? 도대체 그 까닭이 무엇이냐?"

영순이는 작은 목소리로 말했다.

"저는 어려서 양친을 잃었고, 형제자매도 없었습니다. 저에게는 집도 절도 없습니다. 식모로 살기 때문에 부모님께 명절이 돌아와도 차례 한 번 못 지냅니다.

식모가 여럿 있는 집에서는 실수로 물건을 깨는 일이 있게 마련입니다. 그때 제가 그 잘못을 받으면 그 사람은 벌을 면하고 마음 편히 지낼 수 있습니다. 그리고 그 사람의 기쁨과 안심이 돌아가신 부모님의 복이 되리라는 생각에서 남의 잘못을 제가 받아 안게 되었습니다."

모두가 숨을 죽여가며 영순이의 말에 귀를 기울였다.

"더욱이 이번 일은 추석이라는 기쁜 날에 일어났습니다. 그 기쁜 날 서로 의심을 하게 되면 그보다 더 큰 죄는 없으리라 여겨져서 제가 받아 안고 모두를 마음 편하게 하면 그것이 추석에 조상에게 바치는 제사가 되지 않겠느냐 생각했습니다."

나중에 이 집 주인도 아내를 통해 영순이 이야기를 들었다. 주인은 곧바로 영순이를 불렀다.

"네 이야기를 다 들었다. 이 세상에 너 같이 착한 마음을 가진 아이가 어디 있겠느냐! 너 같은 행동은 아무나 못 한다. 너는 부모도 형제도 없다 들었다. 오늘부터는 우리 부부가 네 부모가 되어 주마. 너는 이제부터 우리의 딸이다."

천애의 고아였던 영순이는 이렇게 해서 큰 부잣집의 양녀가 됐다.

*

스마트폰으로도 검색이 가능하다. 기침 할아버지와 할머니라는 뜻의 '咳の爺婆尊'으로 찾으면 나온다. 영상과 설명이 뜬다.

온화한 모습의 할아버지와 할머니 모습을 돌로 깎아 놓았다. 입안에 탈이 생긴 이는 할아버지에게, 감기나 기침으로 고생하고 있는 사람은 할머니에게 빈다. 빌고 나오면 재미있게도 볶은 콩과 차로 감사를 나타낸다. 물론 마시는 차다.

이 조각상은 도쿄 스미다구에 있는 고후쿠지弘福寺의 경내에 있다. 누구나 가서 볼 수 있다.

누가 만들었을까? 후가이 에쿤風外慧薫의 작품이다.

후가이는 조동종의 승려였다. 그는 큰 절을 싫어했다. 후가이는 작은 암자에서, 혹은 깊은 산에 움막을 짓고 살았다. 외딴 곳에 살아도 그의 공부가 깊었던 까닭에 남에게 알리지 않고 거처를 옮겨도 용케 알고 배우러 오는 승려가 많았다. 그러나 그는 남을 가르치는 일도 좋아하지 않았다. 찾아오는 사람이 많아지면 그는 다시 아무에게도 알리지 않고 숨어 살 곳을 찾아 달아났다.

후가이를 경모하는 이는 승려만이 아니었다. 그 지역 고을 원님인 이나바稻葉 또한 후가이를 존경했다. 그는 좋은 자리를 골라 멋진 절을 짓고 후가이에게 주었다. 하지만 후가이는 거들떠보지도 않았다. 두 말을 못 꺼내게 바로 잘랐다.

후가이는 자신을 찾아온 이나바에게 이렇게 말했다.

"집을 나와 중이 되기는 어렵지 않습니다. 어려운 것은 다시 절을 나오는 겁니다. 많은 스님들이 머리를 깎고 승복을 입고 있지만 마음속은 보통사람보다 못한 경우가 많습니다."

그럼 후가이와 조각상과는 어떤 관계일까?

후가이는 작은 암자, 움막 등에서 시자도 두지 않고 홀로 살았다. 손수 물을 길어왔고, 땔감을 장만했다. 먹을 것이 떨어지면 마을에 나가 탁발을 해왔다. 나머지 시간에는 오로지 좌선이었다.

자료는 미나즈루산眞鶴山이었다고 전한다. 그 산에 살 때였다. 후가이는 돌에 아버지와 어머니 모습을 새겨놓고 아침저녁으로 문안 인사를 드렸다 한다. 살아 있는 사람에게 하듯이 인사를 했다고 한다.

이 돌은 나중에 고을 원님의 손을 거쳐 고후쿠지로 가게 됐다고, 그 이유는 밝히지 않고 자료는 전하고 있다.

물론 효도는 부모가 세상을 떠난 뒤보다는 그 전에, 살아계실 때 하는 것이 더 좋다.『부모가 살아계실 때 하면 좋은 55가지』라는 책이 있다. 쉰다섯 가지 중 몇 가지만을 골라 소개한다.

1. 어깨를 주물러 드린다.

2. 자주 전화를 한다.

3. 손자를 낳아 안겨 드린다.

4. 함께 여행을 간다.

5. 때때로 편지를 쓴다.

6. 생신을 잊지 않는다.

7. 부모님이 나를 위해 쓴 돈을 모두 계산해본다.

8. 함께 영화를 보러 간다.

9. 취미를 공유한다.

10. 부모님으로부터 자신이 어렸을 때의 이야기를 듣는다.

11. 함께 앨범을 본다.

12. 내 생일에 부모님에게 선물을 한다.

13. 부모님의 살아온 이야기를 듣는다.

14. 맛있는 요리를 만들어 대접한다.

    혹은 부모님이 좋아하는 식당에 모시고 간다.

15. 언제나 감사한 마음으로 대하고,

그것을 말로 표현하도록 한다.

16. 자주 찾아가도록 하고, 그것이 어려울 때는
    자주 전화를 한다.

몸으로 설한 논어

모리다 고유森田悟由● 선사의 나이 열세 살 때의 일이다. 선사는 출가한 몸이었으나 서당에 다니고 있었다. 한학을 배우기 위해서였다.

그 서당에는 권력자나 부호의 자제가 많았는데 그들은 무슨 일에서나 자기중심적이고 버릇도 좋지 않았다. 그 때문이었으리라. 서당의 변소는 늘 더러웠다. 그들은 무엇이나 마구 썼고, 무엇 하나 치울 줄도 몰랐다.

그런데 언제부터인가 변소가 깨끗해졌다. 모두 이상하게 생각했다. 하지만 누가 청소를 하는지는 알지 못했다. 서당 훈장인 도죠 이치도東条一堂도 이를 이상히 여기고 알아보았으나 좀처럼 청소하는 이를 볼 수 없었다. 어느 날 일이 있어 평소보다 일찍 서당에 와서야 훈장은 그 사람을 볼 수 있었다. 그는 모리다 고유라는 학생이었다. 모리다가 다른 사람보다 일찍 와서 청소를 하고 있었던 것이다.

다음 날 훈장은 논어 강독 시간에 학생들에게 이렇게 말했다.

"나의 논어는 입으로 하는 논어였으나 우리 서당에 몸으로 논어를 설하는 학생이 있었다. 이번에 새로 들어온 모리다 고유 군이 바로 그 학생이다. 제군들, 부디 모리다 고유 군의 논어를 보고 배우기 바란다!"

훈장의 말을 듣고 그동안 누가 변소를 청소했는지 알게 된 서당 학생들은 모두 깜짝 놀랐다. 이 일이 있은 뒤 학생들은 회의를 통해 당번제로 매일 청소를 하기로 했다. 그 결과 다른 서당과는 비교가 안 될 정도로 청결한 서당이 되었다.

★

니시아리 보쿠산西有穆山● 선사는 아흔 살이 넘어서도 매우 건강했다. 어떤 사람이 선사에게 오래도록 건강을 유지하는 비결을 물었다.

선사는 잠시 생각하더니 자신에게 되묻듯이 말했다.

"글쎄…… 매일 변소 청소를 해온 덕분일까?"

선사는 남들이 하기 싫어하는 변소 청소를 매일 남모르게 해왔던 것이다.

니시다 텐코西田天香라는 이가 있다. 승려보다 더 승려처럼 산 사람이다. 그는 '봉사하는 생활' '다툼 없는 삶'을 산 것으로 유명하다.

그는 집집을 돌며 탁발 대신 변소 청소를 했다. 주인이 나오면 그는 공손히 부탁했다.

"변소 청소를 하게 해주십시오."

주인이 허락을 하면 손수 청소를 했다. 장갑을 끼지 않았다. 맨손으로 변기를 닦았다. 화장실 구석구석의 거미줄을 걷어냈다. 먼지를 털고, 닦아냈다. 물론 보수를 바라지 않았다. 그는 그 지역에서 가장 가난한 이가 먹는 음식을 먹고, 가장 가난한 이가 자는 곳에서 자면 된다고 여겼다. 그는 먹는 것과 잠자리를 개의치 않았다.

그렇게 살자 많은 사람들이 그를 찾아왔다. 어떤 이는 분쟁을 해결해 달라고 부탁했다. 니시다는 중간에서 어느 쪽에도 치우치지 않게, 억울하지 않게, 마음 편히 받아들일 수 있게 일을 처리했다.

공장 운영이 잘 안 돼 고통을 받는 사람이 찾아오기도 했다. 마음을 못 잡고 방황하고 있는 아들을 맡기는 이들도 있었다. 그는 그 일을 제 일처럼 정성을 다해 했다. 그 일에 장갑을 끼지 않았다. 구석구석의 먼지를 털어냈다. 거미줄을 걷어냈다.

많은 사람들이 그의 곁에 있고 싶어 했다. 절로 수행 공동체가 생겼다. 교토 외곽에 자리를 잡았다.

그곳에는 전국에서 수많은 사람들이 연수를 받으러 온다. 그 연수에 빠지지 않는 프로그램이 있다. 그것은 집집을 돌아다니며 하는 변소 청소다. 주인이 나오면 부탁한다.

"변소 청소를 하게 해주십시오."

연수생도 맨손이다. 연수생 중에는 사장과 대학교수 등도 있다.

서당 훈장 도죠 이치도도 만만치 않은 인물임을 알 수 있다. 그는 자신의 학생들에게 이렇게 말했다.

"내 논어는 입으로 하는 논어였으나 몸으로 논어를 설하는 사람이 있었다."

이런 말은 아무나 못 한다.

도죠는 한때 관직에도 몸을 담았으나 그곳에서는 자신의 뜻을 이룰 수 없음을 알고 사직을 하고, 후학을 길러내는 걸 삶의 목표로 삼은 뛰어난 학자였다. 여러 권의 저서가 그가 보통 학자가 아니었음을 증명해주고 있다.

모리다 고유가 에키도 스님의 소문을 듣고, 그의 문하로 떠날 때 훈장 도죠 이치도는 이렇게 말했다.

"잘 생각했다. 승려는 좌선을 해야 한다. 승려가 좌선을 하지 않는다면 그것은 의사가 병 고치는 것을 배우지 않으려는 것과 같다. 부디 정진하여 큰 깨우침을 얻기 바란다."

제자의 착각

그는 야외에서 좌선하기를 좋아했다. 바위에 앉아 밤을 지새웠고, 겨울에는 얼음 언 연못 위에 앉아서 밤을 났다. 발에 동상이 걸려도 아랑곳하지 않았다. 그의 이름은 단카이 겐쇼潭海玄昌였다. 1800년대 초반을 산 임제종의 승려였다.

내처 몰입한 보람이 있어 어느 날 깨달음이 왔다. 단카이는 스승에게로 달려갔다. 스승은 단카이의 견해를 듣고 말했다.

"아직은 아니다. 이 절에 머물며 열이레 동안 집중 수행을 한 번 더 해보라."

단카이는 스승의 말에 따랐다. 17일이 지났다.

"한 번 더 해라."

다시 17일이 지나갔다. 이번에도 스승은 같았다. 게다가 거기서 끝이 아니었다. 17일이 이어지며 어느새 몇 달이 갔다. 단카이는 마음이 편치 않았다.

"이건 아니다. 떠나자. 저 스님은 내가 이 사찰 수행자의 숫자를 늘려주기를 바라는 것 같다. 그렇지 않고서야……?"

그런 생각이 들자 단카이는 더는 그 절에 머물 수가 없었다. 그 날로 떠나기로 마음을 먹었다.

밤을 기다려 절을 나섰는데 날이 안 좋았다. 눈보라가 치고 있었다. 칠흑처럼 캄캄해 길이 보이지 않았다. 하지만 포기하고 싶지 않았다. 그는 어둠속을 걸어갔다. 더는 그 절에 머물러 있고 싶지 않았다.

곳에 따라 길이 미끄러웠다. 얼음이 언 곳이 있었다. 조심했지만 한 곳에서 넘어졌다. 넘어지며 연못으로 떨어졌다. 두껍게 언 연못에 떨어질 때였다. 새로운 깨달음이 왔다.

스님의 말씀이 맞았다. 단카이는 얼음 위에 무릎을 꿇고 앉아 고개를 숙였다.

"스님, 용서해주십시오."

단카이의 눈에서 눈물이 흘러내리고 있었다.

세월이 흘러갔다. 단카이도 어느 때부터인가 스승이 되어 제자들을 이끌게 됐다. 그는 제자들에게 자주 말하고는 했다.

"참선 수행을 하다 보면 깨달음이 온다. 어떤 것은 작고, 어떤 것은 크다. 크든 작든 거기에 머물러서는 안 된다. 끝이 없다. 설사 대오각성을 했더라도 충분치 않다. 머물면 타락한다."

*

구도의 길은 길고 멀다. 구도의 길을 열 편의 그림으로 그린 곽암 선사의 〈십우도〉가 그것을 잘 말해주고 있다.

1은 심우尋牛다. 소를 찾아 집을 나선다. 2는 견적見跡으로, 소의 발자국을 본다. 3은 견우見牛다. 소를 본다는 것은 소위 견성인데, 여기서 끝이 아니다. 열 중에 겨우 세 번째 단계다. 아직 일곱 개의 산이 남아 있다.

그 일곱 개의 산 중 첫 번째 산은 득우得牛다. 소를 붙잡아 코뚜레를 꿰어야 한다. 두 번째 산은 목우牧牛다. 소가 달아나지 않도록 길을 들이는 단계다. 세 번째는 기우귀가騎牛歸家로, 소를 타고 집으로 돌아온다. 네 번째는 망우존인忘牛存人으로 소를 잊는 것, 곧 깨달았다는 생각 자체를 잊어야 넘을 수 있다. 다섯 번째 산은 인우구망人牛俱忘이다. 사람과 소를 함께 잊어야 한다. 여섯 번째 산은 반본환원返本還元으로 본래로 돌아오는 것, 곧 자연과 하나가 되어 사는 세계다. 일곱 번째 산은 입전수수入廛垂手, 모든 이를 사랑하는 경지다.

입전수수의 세계를 곽암 선사는 다음과 같은 시로 노래하고 있다.

가슴을 풀어헤치고 맨발로 저잣거리로 들어간다
비록 재와 흙투성이지만 얼굴에는 함박웃음이 가득하다
신선의 비법 따위 쓰지 않지만
저절로 마른 나무에 꽃을 피우는구나

『십우도, 자기 발견의 여행』이라는 책을 쓴 요코야마 코이츠橫山紘一는 입전수수의 세계를 미야자와 겐지의 다음과 같은 시로 대신하고 있다.

비에도 지지 않고
바람에도 지지 않고
눈에도
여름 더위에도 지지 않는
튼튼한 몸을 가지고
욕심 없이
절대로 성내지 않으며
늘 조용히 웃고 있다
하루에 현미 네 줌과
된장과 소량의 푸성귀를 먹고
무슨 일이나
자신을 셈에 넣지 않고
잘 보고 잘 듣고 알고
그리고 잊지 않으며
들판 소나무 숲 그늘에
억새 지붕을 인 작은 오두막에 살며
동쪽에 아픈 아이 있으면
가서 돌봐주고
서쪽에 지친 어머니 있으면
가서 볏단을 메어주고

남쪽에 죽어가는 이 있으면

가서 무서워할 거 없다고 말하고

북쪽에서 싸움이나 소송이 있으면

가서 부질없는 일이니 그만두라고 말하고

가물 때는 눈물 흘리고

추운 겨울에는 울먹울먹 걸으며

모두에게 멍청이라 불리며

칭찬도 받지 않고

미움도 받지 않는

그런 사람이 나는 되고 싶다

약장수 스님

여기 어린 시절이 불행했던 한 남자의 이야기가 있다.

그의 어머니는 그가 두 살 때 세상을 떠났다. 가난한 아버지는 그를 다른 집의 양자로 보냈지만 오래지 않아 양부모도 뒤를 이어 세상을 떠났다. 그는 달리 길이 없어 큰아버지 집에 맡겨졌다. 무슨 이유에선지 이번에도 불행한 일이 일어났다. 큰아버지 내외가 얼마 뒤 차례로 세상을 떠난 것이다. 그러자 사람들은 그를 불길한 아이로 여기고 멀리했다. 갈 곳이 없었다.

의지할 데 없는 아이를 받아들인 곳은 한 사찰이었다. 그는 그절의 동자승이 됐다. 그의 나이 열두 살 때였다. 그의 법명은 료오우 도카쿠了翁道覺다.

가난한 절이었다. 건물은 낡고, 경전 또한 제대로 갖춰져 있지 않았다. 그 속에서 도카쿠에게 서원 하나가 생겼다. 은혜를 갚고 싶었다.

"나는 내 힘으로 자금을 모아 이 사찰의 건물을 고쳐 짓고, 경전을 갖춰놓으리라."

그는 한 절에 머물지 않고 여러 절로 옮겨 다니며 공부했다. 그러다 어디선가 친아버지 이야기를 듣게 됐다. 늙은 아버지는 여전히 가난했고, 거기서 그치지 않고 병으로 고통을 받고 있다는 소식이었다. 그는 승복을 팔아 아버지에게 보낼 돈을 만들었다. 매일 탁발을 했고, 거기서 얻은 쌀을 돈으로 바꿔 아버지에게 보냈다.

가난하고 병든 아버지, 자신을 맡아줬던 사람들, 그리고 그 사람들의 죽음은 도카쿠를 게으르게 두지 않았다.

하지만 성욕이 공부를 방해했다. 이기기 어려웠다. 큰 결단이 필요했다. 그는 어느 날 자신의 성기를 칼로 잘랐다. 그리고 한 암자에 들어가 공부에 매달렸다.

일은 뜻대로 되지 않았다. 칼로 잘라낸 자리에 화농이 생겼다. 아픔은 물론이고, 소변을 볼 때마다 불편했고, 고통도 심했다.

그는 기도했다. 그 덕분이었는지 꿈속에서 처방전을 얻었다. 그는 처방전대로 약을 만들었다. 영몽이었다. 화농이 멈췄다. 그 약으로 깨끗이 나았다.

그는 금대원錦袋圓이라는 이름을 붙여서 그 약을 팔았다. 도쿄에 '약도 팔고 학문도 권하는 집'이라는 뜻의 '약점권학옥藥店勸學屋'이라는 약국을 열고 대대적으로 금대원을 팔기 시작했다.

세상 사람들은 스님이 약을 판다고, 돈벌이를 한다고 손가락질을 했다. 그러거나 말거나 도카쿠는 개의치 않고 약을 팔아 수백 억에 이르는 큰돈을 벌었다.

남근을 잘랐다는 이야기가, 거기에 생긴 고약한 상처가 금대원을 바르고 나왔다는 이야기가 손님을 끌어 모았다.

그렇게 번 돈으로 그 스님은 자신의 서원을 이루는 일을 시작했다. 종파를 나누지 않고 모든 사찰에 주요 경전을 구입해 보냈다. 몇몇 절에는 도서실을 비롯하여 열람소와 권학당을 짓고, 그 유지비를 대어 승려들이 마음 놓고 공부를 할 수 있게 했다.

지진이 난 지역에도 거금을 보내 피해자를 돌보게 했다.

이런 일들을 보며 사람들은 도카쿠를 살아 있는 보살로 여겼다. 그런 말을 들을 때면 그는 이렇게 대답하고는 했다.

"아니다. 보살은 일찍 돌아가신 내 어머니와 고생만 하시다 떠난 내 아버지다. 또 날 받아주었던 양아버지, 큰아버지 내외다. 나는 그들이 있어 여기 있다."

기록에 따르면 그는 황벽종의 승려였고, 1630년에 태어나 1707년에 세상을 떠났다.

*

가마쿠라 막부의 제5대 집권자였던 도키요리는 1256년 자신의 자리를 외아들인 도키무네에게 양위하고 출가하였다. 그는 승려 차림으로 전국을 돌며 공부했고, 민심을 살폈다.

어느 날 도키요리는 아오모리현에 있는 두이다케라는 산을 걷고 있었다. 그 산 중턱에는 관음사라는 큰 절이 있었다. 도키요리는 그 절에 가서 하룻밤 잠자리를 부탁했다. 하지만 그 절의 주지는 매몰차게 거절했다.

"이 절은 여행자를 재울 수 있는 절이 아니오. 다른 데를 알아보시오."

난감한 일이었다. 해가 서산으로 기울고 있었다. 지나가던 사람이 그 모습을 딱하게 여기고 다가와 말했다.

"저 위 산속에 몽상헌夢想軒이란 절이 있답니다. 거기라면 잠자리를 내어줄 겁니다."

도키요리는 달리 도리가 없어 그 행인이 일러준 대로 산길을 걸었다. 날은 이미 저물어 멀리 보이는 산마루와 바다가 저녁놀에 물들어가고 있었다.

몽상헌은 작은 절이었다. 인기척을 듣고 나온 이는 환갑쯤 돼 보이는 노승이었다. 그의 법명은 교호 엔죠玉峰捐城였다.

"하룻밤 신세를 질 수 있을까 하여 찾아왔습니다."

"어서 오십시오. 이렇게 깊은 산속의 절까지 용케 찾아오셨군요."

노승은 반겨 맞았다. 곧바로 세숫대아에 발 씻을 물을 담아 내오는 등 친절했다. 노승은 그 절에는 혼자 살고 있었다.

"손발을 씻고 잠시 기다려주십시오. 곧 저녁 식사를 준비하겠습니다."

얼마 뒤 밥상이 나왔다. 쌀죽과 콩자반이 전부인 밥상이었다. 쌀죽이라 하지만 쌀알이 얼마 안 든 멀건 죽이었다.

"우리 절의 형편이 이와 같습니다. 이해해주시기 바랍니다."

둘은 함께 식사를 마치고 이야기를 나누다 잠자리에 들었다.

다음 날 아침, 도키요리는 부처님에게 아침 예불을 드리고 절을 둘러보았으나 어떻게 된 까닭인지 노승이 보이지 않았다. 한참을 기다려도 노승은 나타나지 않았다. 괴이한 일이었으나 달리 어쩔 수가 없었다. 도키요리는 절을 나섰다.

산문을 지난 지 십여 분쯤 됐을 때였다. 가쁜 숨을 몰아쉬며 비탈길을 올라오는 이가 보였다. 노승이었다.

"부끄럽습니다. 아침밥을 지을 쌀이 없었습니다. 그래서 일찍 아랫마을에 가서 탁발을 해오느라 이렇게 늦었습니다. 발길을 돌리시어 아침을 드시고 떠나시기 바랍니다."

도키요리는 감동했다.

"정말 고맙습니다. 그렇지만 벌써 길을 나선 데다 예정도 있으니 오늘은 이대로 내려갈까 합니다. 하지만 이 은혜 잊지 않도록 하겠습니다. 부디 안녕히 계십시오."

그 다음 해였다. 어느 날 몽상헌의 노승에게 가마쿠라 막부에서 부르는 편지가 왔다. 까닭은 적혀 있지 않았다. 가마쿠라 막부라면 조정이었다. 나라의 최고 권력자가 사는 곳이었다.

"그곳에서 왜 나를 부를까?"

좋지 않은 일일 것만 같았다. 노승은 걱정이 태산이었지만 가지 않을 수 없었다.

하지만 예상과 달리 막부의 응대는 지극했다. 안내를 받아 간 곳은 최고 권력자의 접견실이었다.

얼마 뒤 접견실에 나타난 이는 놀랍게도 한 해 전에 자신의 절에서 하루를 묵고 간 그 여행승이었다. 깜짝 놀란 노승은 합장한 채 고개를 들지 못했다.

"스님. 반갑습니다. 고개를 드십시오. 작년에 스님 절에서처럼 그렇게 편하게 대해주세요. 그때는 정말 고마웠습니다. 스님의 따뜻한 마음을 아직도 잊지 못하고 있습니다."

노승은 아무 말도 못 했다. 꿈에도 생각지 못했던 일이 벌어지고 있기 때문이었다.

"그날의 답례로 몽상헌에서 동쪽으로 보이는 모든 전답과 산림을 절의 재산으로 드리겠습니다. 어림잡아 천 석의 농토입니다. 이것이 그것을 증명하는 서류입니다."

노승은 기쁜 마음으로 그 증명서를 받아가지고 자신의 절로 돌아왔다. 몽상헌은 그 뒤 호코지法光寺로 이름을 바꾸며, 아오모리 현의 유명한 사찰로 성장했다.

세상은 나와 남으로 이루어져 있다. 우리는 대개 남이 아니라 나를 중심으로 세상을 본다. 누구나 그렇다. 누구나 남이 아니라 내가 잘 살고 싶다. 그런데 하늘은 그 길, 내가 잘 사는 길을 남에게 숨겨놓았다. 내가 잘 살려면 남이 잘 살아야 한다. 남이 잘 살도록 해야 한다. 하지만 이것이 장삼이사의 눈에는 좀처럼 잘 안 보인다.

티 내지 않던 큰스님

이부카伊深라는 지명의 기후현의 한 시골 마을에서 일어난 일
이다.

어느 날 관복을 입은 한 떼의 사람들이 가마를 앞세우고 몰려
왔다. 처음 있는 일이었다. 구경을 하려고 마을 사람들이 모두 몰
려나왔다.

목적지는 간잔이라는 이의 집이었다.

"어라, 왜 저 집이지?"

간잔은 땅 한 뙈기조차 없는 가난뱅이였다. 그런데 왜 그의 집
에 관가에서 사람이 온 것일까? 한둘도 아니고 열 명이 넘는 사람
들이!?

마을의 한 노파가 궁금증을 못 이기고 무리 바깥쪽에 있는 한
사람을 붙잡고 물었다.

"당신들은 무슨 일로 저 집에 오셨수?"

"임금님이 보내서 왔어요."

노파는 깜짝 놀랐다.

"임금님이!"

"……"

"그런데, 임금님이 왜……?"

"스승으로 모셔 오래요. 저기 사는 분을."

"임금님이!?"

"네, 임금님이."

"임금님이 임금님의 스승으로요?"

"네, 임금님의 스승으로요."

노파는 벌린 입을 다물지 못했다.

"……"

무슨 일이 있었던 것일까?

임금인 하나죠노花園는 당대 최고의 선지식에게 법문을 청해 듣기를 좋아했다. 그 선지식을 사람들은 나라의 스승이라는 뜻에서 국사國師라 했다. 당시의 국사였던 다이토大灯는 연로했다. 물러나 쉬고 싶었다. 그 뜻을 접한 하나죠노는 후임자를 물었다.

"그렇다면 간잔입니다. 그 자밖에 없습니다. 그런데 그 자는 숨어 지내기를 좋아합니다. 지금 어디 있는지 아무도 모릅니다."

그 말을 들으니 하나죠노는 더욱 간잔이 보고 싶었다. 사람을 보내 전국을 뒤지게 했다. 많은 사람이 동원됐다. 시간이 걸렸다.

간잔은 이미 크게 깨달은 뒤였다. 스승과의 독좌를 통해 그것을 확인받기도 했다. 그는 그 뒤, 시골 마을에 숨어 살며 오후보림悟後保任, 곧 깨달은 뒤의 수행을 하고 있었다.

하지만 간잔은 그런 내색을 조금도 하지 않았다. 마을이나 이웃에 일이 있으면 무엇이나 가서 도왔다. 농사철에는 모를 심었고, 김을 맸다. 감자를 캤고, 김장 배추 씨앗을 뿌렸다. 망가진 데가 있으면 나서서 고쳤다. 나무를 베어오고, 돌과 흙을 져다 쌓았다. 땔나무를 하러 갔고, 숯을 만들기도 했다.

때로는 마을 사람들 심부름으로 30리 거리의 읍에 나가기도 했다. 간잔은 아침 일찍 소를 몰고 나서서 물건을 사서 싣고 돌아왔다. 공적인 일을 부탁받았을 때는 관가에 들리기도 했다.

소를 끌고 저잣거리까지 갈 수는 없었다. 소는 언제나 읍 외곽에 자리를 잡고 있는 신쵸코쿠지新長谷寺 근처에 있는 소나무에 매어놓았다. 그래서 뒤에 그 소나무를 사람들은 '국사가 소를 맸던 소나무'라 불렀다.

마을 사람에게 간잔은 뭐든지 해주는 고마운 일꾼이었다. 그런 그가 나라에서 국사로 모셔갈 인물이었다는 게 마을 사람들은 도무지 믿기지 않았다.

*

간잔은 임제종의 승려로 1277년에 태어나 1360년에 세상을 떠났다. 그의 숙부는 스님이었다. 그는 일곱 살 때부터 숙부의 절에서 지내며 승려가 됐다.

나중에는 숙부 곁을 떠나 여러 절을 돌며 공부했다. 그렇게 십년, 이십 년, 삼십 년이 갔다.

여러 스님에게 들었다.

"역시 다이토大灯 스님이지."

그 이유는 무엇일까?

당시의 임금은 불교를 몹시 좋아한 하나죠노花園였다. 뒤에 일본에 하나죠노 불교대학교가 생길 만큼 그는 불교를 사랑한 왕이었다.

하나죠노의 귀에도 다이토 스님 이야기가 들려왔다. 하나죠노는 다이토를 만나고 싶었다. 하지만 그가 어디에 있는지 아무도 몰랐다. 그는 절을 버리고 거지의 무리에 섞여 살고 있었다.

그 소문을 듣고 군사는 거지의 무리를 찾아갔지만 다이토는 철저히 자신을 숨기고 있었다. 그러나 왕에게 뽑혀 온 군사였다. 보통 관리가 아니었다. 그 또한 불교에 밝았다. 그는 선문답이라는 낚시를 던졌다.

그는 양질의 음식이 든 상자를 놓고 거지들을 향해 말했다.

"여기 맛있는 음식이 있소이다. 누구나 가져가도 좋습니다. 하지만 다리를 쓰지 않고 오시어 가져가야 합니다."

뭐야? 어떻게 다리 없이 간단 말인가? 거지들은 웅성거릴 뿐 아무도 나서지 못했다. 그때 한 거지가 나서며 말했다.

"좋소이다. 그 대신 손 없이 주시면 내 다리 없이 가서 가져오리다."

이렇게 낚시에 물리며, 다이토는 결국 하나죠노를 만나러 가야 했다. 다이토는 임금인 자신 앞에서도 조금도 주눅이 드는 기색이 없었다. 하나죠노는 감탄하지 않을 수 없었다. 하나죠노는 시 한 수를 즉석에서 지었다.

"불법은 놀라워라.
왕법과 마주 서네."

다이토가 받았다.

"왕법 또한 놀라워라.
불법과 마주 서네."

이런 일화를 들으며 간잔은 다이토 스님을 더욱 만나고 싶었다. 간잔은 어느 날 모든 것을 버리고 다이토를 찾아 나섰다. 그의 나이 쉰하나이던 해였다.

간잔은 다이토 스님의 지도를 받으며 힘써 공부하여, 스님의 법을 이을 수 있었다.

독약이 열어준 길

발 없는 향기가 천 리를 간다고 했던가! 지방의 한 작은 사찰에 사는 만안卍庵 스님이 그랬다. 그는 자신이 드러나기를 바라지 않았으나 그의 향기는 멀리 퍼져나갔다. 그 향기에 끌려 만안을 찾는 사람이 그치지 않았다.

그중의 한 사람이 만안에게 물었다. 그 질문으로써 젊은 날에 만안이 겪었던 한 사건이 밝혀지게 됐다.

"저는 온갖 고생을 하며 여기까지 살아왔는데, 스님은 절에 사시니 아무런 역경 없이 사셨겠지요?"

만안이 빙그레 웃었다.

"있었습니다. 저도 큰 시련을 겪은 일이 있습니다."

"네, 정말요? 그게 뭔데요?"

"독약 세례를 받았던 일이 있습니다."

그렇게 만안은 이야기를 시작했다.

승려가 되고 얼마 안 되었을 때니 젊었을 때였다. 한 동료 스님과 경전의 내용을 놓고 이야기를 나누게 됐다. 하지만 서로 생각이 달랐다. 어느 쪽도 물러서지 않았다. 둘의 말에서 불꽃이 튀기 시작했다. 법전은 원래 그랬다. 서로 최선을 다했다. 진리를 밝히는 일이었기 때문이다. 이 긴 법전은 만안의 승리로 끝났다. 하지만 어렸기 때문이었으리라. 그 과정에서 상대 스님이 마음에 상처를 깊이 입었다. 서로 설익은 시절이었다.

그 스님은 상한 마음을 이기지 못하고 독약을 준비했고, 그 독약을 만안에게 뿌렸다. 독약을 맞은 피부는 금방 시퍼렇게 변했다. 이루 헤아리기 어려울 만큼 아픔이 심했다. 지옥과 같았다. 그 고통 속에서도 보였다. 진리를 밝히려는 마음도 있었지만 그보다 그 스님을 이기려고 했던 이기심을. 만안은 부끄러웠다.

절로 결가부좌를 틀고 앉게 됐다. 만안은 선승이었다. 선승에게는 좌선이 길이었다. 좌선으로 모든 것을 해결해야 했다. 그 정도는 몸에 뱄는지 그 지옥과 같은 고통 속에서도 결가부좌를 틀고 앉을 수 있었다.

아픔을 지켜보았다. 아픔에 끌려가지 않도록 주의했다. 엄청난 싸움이었다. 아픔 또한 만만치 않았다. 견디기 힘들었다. 아차 하면 마음이 끌려갔고, 그렇게 마음이 아픔에 휘말리면 바로 두려움, 후회, 불안이 밀려왔다. 그런 아수라가 없었다. 지옥이었다.

하지만 아픔을 바라볼 수 있으면 아픔 속에서도 견딜 만했다. 때로는 깊은 고요가, 평화가 찾아오기도 했지만, 아픔은 끝없이 이어졌다. 아픔에 빠지기는 쉬웠고, 지켜보기는 훨씬 더 어려웠다.

좌선 속에서 그는 그 스님에게 사과했다. 진심으로 용서를 빌었다. 그 스님만이 아니었다. 살아오면서 그동안 자신이 입으로, 생각으로, 몸으로 상처를 입힌 모든 사람에게 사과했다. 때로는 눈물이 쏟아졌다. 참회의 눈물이었다. 그렇게 악전고투를 하던 어느 순간 마을에서 닭이 우는 소리가 들려왔다. 날이 밝고 있었다.

그때였다. 구역질이 났다. 거세게 솟구쳐 오르는 격렬한 구역질이었다. 만안은 뛰어 일어나지 않을 수 없었다. 많은 양을 토했다. 토사물에서는 악취가 심하게 났다.

다 토하고 나자 몸과 마음이 더할 나위 없이 개운했다. 몸에 난 푸른 반점도 서서히 사라져갔다.

*

역경!

1900년대의 선승으로 유명한 사와키 코도도 그런 사람이었다. 코도는 다섯 살 때 어머니를 잃었다. 여덟 살 때는 아버지를 잃었다. 숙부의 집에 갔으나 숙부도 그해 갑자기 세상을 떠났다. 의지할 곳이 없었다. 코도는 생판 남인 초롱을 만드는 집에 맡겨졌다. 그 집에서의 나날은 창부 출신인 양모의 도를 넘는 히스테리, 그위에 날마다 양부의 노름판 망보기나 잔심부름꾼 노릇 등 밑바닥 인생의 견본과 같은 나날이었다. 어느 날 이 대로는 안 된다는 생각에서 코도는 출가를 결심했다.

"열일곱 살의 봄이었다. 나는 쌀 두 되를 들고 입은 옷 그대로 집을 나왔다. 붙잡히면 안 된다는 생각에 밤낮없이 뛰고 뛰었다.

목표는 절이었다. 절에 닿을 때까지 쉬지 않고 뛰었다.”

사와키 코도는 일본 선계의 거장인데, 위와 같이 남달리 어려웠던 처지가 그를 승려로 만든 셈이다.

역경은 병과 같다. 병에 걸리면 고통스럽다. 그 고통으로 의사를 찾아가 그의 말을 듣고 약을 먹는다. 주사를 맞는다. 그처럼 역경에 이끌리어 구도심이 일어나고, 들을 귀가 열린다. 그렇게 마음이 생기면 사람을 만나고, 가르침을 만난다.

역경과 역경의 고통 덕에 구원을 얻는 것이다.

큰 연꽃이 피려면 연못에 진흙이 많아야 한다. ‘진흙이 많은 생을 산 자 중에서 큰 부처가 난다.’는 말은 그래서 나온 말이다. 온갖 고통, 슬픔, 고난 등이 인생의 진흙이다. 그 진흙을 거름으로 사와키 코도나 만안은 자신을 큰 꽃으로 피워낼 수 있었던 것이다.

자신의 불행을 한탄하는 청년이 있었다. 비구니인 아오야마 슌도 스님은 그 청년에게 이렇게 말했다.

“나무의 연륜은 나이테로부터 생깁니다. 나이테는 추운 겨울이 있어 생깁니다. 한파가 심하면 심할수록 나이테는 아름답게 새겨진다 합니다. 하지만 한파를 못 이기고 부러지면 끝입니다. 추위를 이기고 겨울을 난 나무에만 나이테가 생기니까요.”

사람에게 나이테가 생기는 것도 그와 같다. 괴로운 일이나 슬픈 일을 만나 그것을 이겨낼 수 있을 때 생기는 거다.

“그러므로 어려운 일을 만나면 내 안의 영혼의 나이테를 아름답게 새길 좋은 기회라고 여기고 기쁘게 받아들이는 것이 좋아요. 인생은 그런 것입니다. 누구에게나 힘든 일이 생깁니다. 괴로운 일이 생깁니다. 그때 어떻게 받아들이느냐가 중요합니다."

나무는 겨울로 아름다운 나이테를 갖게 되고, 사람은 고난과 역경을 통해 속이 깊은 사람이 되어 간다.

가톨릭 신부인 리처드 로어는 역경에 대해 이렇게 말한다.

"아래로 내려간 사람들만이 위로 올라가는 것이 무엇임을 이해한다. 아래로 떨어진, 그것도 잘 떨어진 사람들이 위로 올라갈 수 있고 그 '위'를 오용하지 않을 수 있는 유일한 사람들이다."

삼라만상이라는 거울

우주는 위대한 그 무엇이다. 우리는 그 크기를 모른다. 우리의 지혜가 닿지 않는다. 세상살이 또한 그렇다. 한 생에 수만 가지 일이 벌어진다. 그것들은 우리를 웃게도 만들지만 울게도 만든다. 절망에 빠뜨리기도 하고, 기쁨을 주기도 한다. 눈을 멀게 하는가 하면 깨달음을 주기도 한다. 우리의 하루는 수많은 사소한 일들로 이루어지는데, 그 작은 일들에서도 우리는 배우며 나아갈 수 있다. 다이구 소치쿠大愚宗築 스님이 그랬다. 다이구는 큰 대大에 어리석을 우愚로 큰 바보라는 뜻이다. 그는 많은 일화를 남겼다.

그중 하나.

어느 날 대우, 곧 큰 바보가 사는 사찰에 한 여인이 연락 없이 찾아왔다. 뛰어나게 아름다운 여인이었다. 이야기를 들어보니, 도망을 나온 성주의 소실이었다.

성주라면 포와 칼을 가지고 있는 이다. 권세가 하늘을 덮는 자다. 그러므로 그녀를 숨겨주는 일은 환란을 스스로 끌어들이는 일과 같았다. 그것이 불을 보듯 한 일이었다. 하지만 큰 바보는 사람의 목숨이 더 귀했다.

큰 바보는 성주의 소실을 숨겨주었다. 성주의 소실은 그 덕분에 목숨을 보전케 됐다. 하지만 그 일 자체는 덮을 수는 없어 큰 바보에게 외출 금지령이 내려졌다. 거기서 그친 것이 천만다행이었지만, 불편했다. 그때 본사에 있는 한 스님이 생각났다. 그 스님이라면 힘이 돼 줄 것 같았다.

그 스님에게 얼른 다녀올 생각이었다. 말몰이꾼을 불렀다. 사찰 입구에서 말몰이꾼은 자신을 기다리며 노래를 부르고 있었다.

일하다 보니 가을비
어느새 개어 있네

큰 바보는 그 노랫말에 듣고 바로 멈춰 섰다. 크게 깨우쳐지는 게 있었다. 큰 바보 스님은 시자에게 그 말몰이꾼을 돌려보내게 하고 돌아섰다.

그 노래대로였다. 오래지 않아 금지령도 풀렸다. 큰 바보는 그 기간 동안 해야 할 일을 했다. 그 일들에 최선을 다했다. 나쁘지 않은 세월이었다.

두 번째 일화는 한 노파가 주인공이다.

자식을 잃은 노파였다. 큰 바보는 그 집의 장례식에 법사로 참석했다. 장례식을 잘 마치고 났을 때였다. 노파는 큰 바보에게 차 한 잔을 우려서 내어놓으며 물었다.

"스님, 고맙습니다. 덕분에 자식을 잘 보낼 수 있었어요. 그런데 우리 자식은, 그놈은 이제 어디에 있나요?"

큰 바보는 캄캄했다. 어떻게 답을 해야 할지 알 수 없었다. 자신을 바라보는 노파의 얼굴을 바로 볼 수 없었다. 등허리로 식은땀이 흘렀다.

그 뒤로 큰 바보는 사찰을 나섰다. 그 노파의 슬픈 얼굴이 떠올라 견딜 수가 없었다.

"그 할머니가 부처님이었어요. 나는 그때 공부를 마쳤다고 생각하고 있었는데, 그렇지 않다는 걸 그 할머니가 단 한 가지 질문으로 일러줬어요. 여러 해 걸렸습니다. 수많은 사람, 스님을 만났습니다. 공부 많이 했습니다."

*

구세군에서 오래 일했던 한 분에게 들었다. 기부금을 모으러 다니는 일을 했기 때문에, 그분은 한국 사회에서 성공한 사람을 많이 만났다. 그가 만난 성공한 사람은 몇 가지 공통점이 있었다.

첫째는 자신의 업무에 해박했다. 아울러 그것을 문외한도 알아듣기 쉽게 설명할 줄 알았다.

둘째는 타인에 대한 배려가 뛰어났다.

셋째는 항상 공부를 했다. 어디서나 배웠다.

어느 날이었다. 한 사찰에 벼슬이 높은 관리 한 사람이 찾아왔다. 방문 목적은 한 가지였다. 군민에게 도움이 되는 정책을 펴고 싶었다. 소위 선정을 펴고 싶었다. 그러자면 어떻게 해야 하는지 알고 싶었다. 그밖에 처세나 행복의 비결도 얻을 수 있으면 더욱 좋겠다고 그 관리는 생각했다.

스님은 그 손님에게 차를 대접하며 환담을 나눴다. 그때 한 할머니가 찾아왔다. 스님이 얼른 일어나 할머니를 맞았다. 관리를 맞을 때와 다르지 않았다.

할머니는 스님에게 바구니 하나를 내놓았다.

"스님 드시라고 떡을 좀 가져왔어요."

스님이 반색을 하며 물었다.

"무슨 떡입니까?"

"수수팥떡이에요."

할머니는 바구니를 덮었던 보자기를 걷어낸 뒤 접어서 자신의 주머니에 집어넣었다. 깨끗이 빤 것이기는 했으나 얼룩이 진 낡은 보자기였다.

"고맙습니다, 할머니. 잘 먹을게요."

할머니를 친절하게 배웅한 뒤 스님은 말했다.

"드셔 보십시오."

관리는 얼른 손을 대지 못했다. 낡은 바구니가 눈에 거슬렸다. 그 안에 든 떡도 모양을 보나 빛깔을 보나 먹음직스러워 보이지 않았다. 관리가 머뭇거리자 스님은 낯빛을 고치며 말했다.

"억지로라도 드셔 보십시오. 가난한 할머니가 만든 음식입니다."

스님의 목소리는 단호했다.

"군에서 가장 가난한 사람들이 먹는 것을 먹어보는 것, 그런 경험이 필요합니다. 자주는 몰라도 가끔은 그렇게 하십시오. 그들과 함께 먹다보면 군민이 무엇을 바라는지 절로 아시게 됩니다."

"……."

"그리고 앞으로는 저 같은 중이 아니라 가난한 사람을 찾아가십시오."

관리는 크게 깨우쳐지는 바가 있었다.

'지옥처럼 사는 지옥고'라는 말이 있다. 지옥고의 지는 '지하방' 혹은 '반지하실'을 일컫는다. 옥은 '옥탑방'이다. 고는 '고시원'이다. 지하방에서는 습기로 고통을 받는다. 며칠이 가도 옷이 안 마른다. 옥탑방은 찜질방과 같다. 여름이면 내부 온도가 40도가 넘게 올라간다. 고시원도 덥고, 환기가 안 된다.

그런 곳에 가서 살아봐야 어떻게든 나라에서 그들을 도와야 하겠다는 의지도 생기고, 그에 따라 적절하고 바람직한 대책 또한 세울 수 있다. 정책 입안자들은 전문가도 찾아가야 하겠지만 그보다 더 자주 현장에 가야 한다.

5백 나한을 파다

"5백 나한상. 5백 나한상……."

이렇게 '5백 나한상'을 외치며 날마다 시내를 걷는 스님이 있었다. 낮에는 그렇게 기부를 받으러 다녔고, 밤에는 암자에 돌아와 돌로 나한을 깎았다.

5백 나한상을 세우는 게 그 스님의 꿈이었는데, 사람들의 반응은 차가웠다. 빈손으로 돌아오는 날도 있었다. 하지만 그런 날도 스님은 망치를 놓지 않았다. 망치를 두드리다 보면 다시 걸을 힘이 생겼다.

때로는 지난 일들이 주마등처럼 떠오르기도 했다.

스님은 불교용품을 만들고 파는 집에서 태어나 대를 이어 일했다. 가업을 이었으나 부모의 정신은 이어지지 않았다. 스님은 방탕하게 젊은 날을 보냈다. 돈과 가업이 귀한 줄을 몰랐다. 물려받은 가산을 다 날린 뒤에야 정신이 들었다. 하지만 늦었다. 후회해도 소용이 없었다. 터전을 다 잃었기 때문에 다시 시작할 수도 없었다.

번민의 날을 보내다 들었다. 한 스님이 대장경판을 다시 새긴다는 소문이었다. 그 일을 혼자의 힘으로 하고 있다는 데츠겐 도 코鐵眼道光 스님의 소문이었다.

그 소문이 그의 마음을 움직였다. 그 스님을 찾아갔다. 출가를 바랐으나 스님은 쉽게 받아들이지 않았다. 여러 차례 다시 찾아가서야 허락을 얻고 승려가 될 수 있었다. 그의 나이 스물 둘이었다. 법명은 쇼운 겐케이松雲元慶였다.

쇼운은 데츠겐 스님 아래서 대장경판을 다시 새기는 일을 도우며 수행에 힘을 쏟았다. 스님의 허락을 얻고 전국으로 수학을 위한 여행을 하기도 했다. 소중한 시간이었다. 깨우치는 게 많았고, 자극도 많이 받았다.

그중에서도 라칸지羅漢寺를 잊을 수 없었다. 나한을 모시는 절이었다. 석굴 속에 안치된 나한을 보고 쇼운은 크게 감동했다.

나한이란 무엇인가? 아라한의 다른 말이다. 그러면 아라한이란 무엇인가? 모든 번뇌를 끊고 열반에 이른 성자를 이르는 말이다. 달마를 비롯하여 많은 조사들이 떠올랐다.

한편 절차탁마를 위한 여행에서 만난 많은 사람들이 떠올랐다. 그들도 나한이었다. 자신이 나한인 줄 모르는 나한이 세상에는 많았다. 쇼운은 그들을 자신의 손으로 새기고 싶었다.

은사 스님도 찬성해주었다.

흐리나 개나 하루도 쉬지 않았다. 1년이 가고, 2년이 갔다. 소문이 나기 시작했다. 시주가 늘어났다. 나한상도 열, 스물로 늘어났다. 그렇게 10년이 흘렀고, 20년이 가며 염원을 이룰 수 있었다.

당시의 최고 지도자는 장군이라는 뜻의 쇼군將軍이었다. 막부 시절. 무가 시대였다. 말하자면 군사 정권 시절이었다. 5백 나한에 관한 소문은 쇼군 도쿠가와 츠나요시德川綱吉에게도 전해졌다. 쇼군은 감동하여 쇼운에게 넓은 토지를 하사했다.

그 땅에 쇼운은 오백나한사라는 이름의 사찰을 세우고, 자신의 스승인 데츠겐을 큰스님으로 모셔왔다.

*

오래오래 행동으로 모범을 보인 스님이 있다.

고무신이 나오기 전이었다. 그때는 모두 짚으로 만든 짚신을 신었다.

밤만 되면 사람이 많이 다니는 네거리에 누군가 짚신을 걸어놓았다. 그 짚신은 오가는 사람을 위한 것이었다. 아무나 가져가도 되는 짚신이었다.

마을 사람들은 누가 그런 일을 하는지 알고 싶었지만 그는 몰래 짚신을 가져다놓았다. 하지만 사람이 많이 다니는 거리였다. 오래 가지 않았다. 얼마 뒤 그가 누군지 밝혀졌다.

멀리서 보였다. 한 사내가 어둠에 몸을 숨기며 다가와 짚신을 거는 게 보였다. 그는 궁금해서 그 사내를 좇아갔다. 그 사내는 절로 들어갔다. 그는 뇨젠如禪이라는 승려였다.

그 일은 그날로 마을 사람에게 알려졌다. 뇨젠의 행동에 대한 마을 사람들의 생각은 각기 달랐다.

"보기 드문 일이구먼. 요즘에도 그런 스님이 있다니!"

"그러게 말이야. 남이 모르게 그런 일을 하다니, 그것도 날마다!"

"아직은 몰라. 더 두고 보자고. 얼마나 이어지나."

"맞아. 곧 그만둘지도 모르지."

말이 많았고, 의견도 여러 가지였으나 뇨젠은 달라지지 않았다. 하루도 빼먹지 않았다. 그 기간이 자그마치 30년이나 이어졌다. 그 일로 뇨젠 선사의 이름은 널리 퍼져 나갔고, 그의 덕행을 흠모하는 제자가 늘어났다. 속제자만 1천 명이 넘었다.

뇨젠은 자신을 찾아오는 승려가 있으면 반갑게 맞아들여 대접하고, 다음 날 그가 떠날 때는 손수 삼은 짚신과 커다란 주먹밥을 챙겨주는 것으로도 유명했다.

뇨젠 선사가 이와 같은 자비행을 할 수 있었던 것은 서른 살 때의 다음과 같은 깨달음이 계기가 됐다 한다.

지혜는 사랑을 근본으로 하는 덕에 미치지 못한다.

진리는 사찰 바깥에도 있다

"불치하문不恥下問이라고, 모르는 게 있으면 아래 사람에게 묻는 것을 부끄러워하지 말아야 해."

스님은 말씀을 하실 때 한문을 섞어가며 맛있게 하는 재주가 있었다.

"편계부증장偏界不曾藏이라. 무슨 말인가 하면 감추는 게 없다는 거지. 뭐가? 온 세상이. 온 세상이 불법이라 이런 말이지. 천하만물이, 쉽게 말하면 우리가 만나는 모든 것이, 우리를 둘러싼 모든 것이 경전이라는 거지."

1834년에 태어나서 1915년에 세상을 떠난 모리다 고유森田悟由 스님이 자주 하는 말이었다.

고유에게 스승은 그러므로 불교 안에만 있지 않았다. 그는 어디서고 배우기를 꺼리지 않았다. 그의 말이나 행동이 옳으면 그것이 누구의 것이든 배웠다. 그중 두 가지만 소개한다.

하나는 어머니로부터다.

고유는 어려서 승려가 됐다. 그의 나이 일곱 살 때였다. 일곱 살이라면 초등학교에도 들어가기 전이다. 아직 아기다. 엄마 품에 있어야 할 나이다.

아홉 살 때였다. 출가하고 처음으로 집에 갔다. 어머니는 반가워 맨발로 뛰어나왔다. 아들과 어머니는 오랜만에 만나 많은 이야기를 나눴다. 나눌 이야기가 끝도 없이 많았지만 밥때가 됐다. 어머니는 2년 만에 온 아들에게 최고의 밥상을 차려주고 싶었다.

"잠깐, 쉬며 기다리세요, 스님."

어머니는 처음부터 깍듯하게 말을 올렸다. 아들은 이제 수행자였다. 불법승 삼보 중의 하나였다. 존귀한 존재였다.

오랜만에 먹는 집밥이었다. 고유는 기대가 컸다. 얼마나 그리웠던 어머니가 차려주는 밥상이었나!

얼마 뒤 밥상이 나왔다. 어느새 만드셨나! 밥상 한가운데는 떡이 한 접시 놓여 있었다. 묻지 않아도 알 거 같았다. 이 떡은 어머니가 특별히 나를 위해 만드신 게 틀림없다. 그렇게 여기고 떡 한 덩이를 집어 입에 넣었다.

어라? 이게 뭐지? 왜 이렇게 맛이 없지?

고유는 솔직하게 물었다.

"어머니, 이 떡, 왜 이래요? 왜 이렇게 맛이 없어요?"

"이 어미의 선물입니다. 칡가루로 만든 떡입니다. 가난한 집에서 먹을 것이 없을 때 산에 가서 칡뿌리를 캐다가 가루를 내서 만들어 먹는 음식입니다.

이제 스님은 만인을 구원하는 길을 걸어가야 합니다. 만 권의 책을 읽어야 하고, 스승을 찾아 만 리를 걸어야 합니다. 좌선에도 수십 년의 밤과 낮을 써야 합니다. 간난신고가 있을 것입니다. 부디 어떤 어려움이 닥쳐오더라도 이겨내고 큰 공부를 해내시기 바랍니다.

속인들도 고생하며 삽니다. 칡뿌리를 캐다 먹으며 목숨을 이어 갑니다. 재가가 이럴진대 출가한 스님 앞에는 백 배 천 배의 난관이 있을 것입니다. 그럴 때나 마음이 수행으로 모아지지 않을 때는 이 에미의 칡떡을 떠올리고 마음을 다잡기 바라며 이 떡을 만들었습니다."

그날로 어머니의 말씀은 고유의 좌우명이 됐다. 어머니의 그 말씀이 고유의 좌우 양쪽을 막고 앉아 고유를 이끌어갔다.

고유는 어느 부자 이야기도 자주 했다. 그는 요코하마에서 무역으로 크게 성공한 뒤 은행까지 세운 큰 부자였다.

"우연히 기차에서 만났지. 우린 전부터 서로 아는 사이였네. 그래서 한자리에 앉아 가게 됐지. 그날 나는 그분에게서 그분이 살아온 이야기를 듣고, 내 생각이 많이 바뀌는 경험을 했지."

무엇이 바뀐 것일까? 부자는 돈밖에 모르는 사람들이라 여겼는데 아니었다.

먼저 그 부자의 이야기를 들어보자.

"서른까지는 저도 형편이 아주 궁했습니다. 세상을 상중하로 나누면 하였습니다. 그런데도 놀기에 바빴습니다. 주변에서 걱정

을 많이 하는 청년으로 살았습니다. 그러다 이 세상이란 돈이 없으면 사람 꼴을 하기 어렵다는 것을 뼈아프게 깨달았지요. 돈이 얼마나 중요한지 깨닫게 됐지요.

그날로 새로 시작했습니다. 술과 담배를 끊었고, 놀러 다니기를 그만뒀습니다. 그 대신 아침 일찍 일어났습니다. 일어나면 먼저 몸과 마음을 깨끗이 했습니다. 몸은 물로 씻었고, 마음은 기도로 다듬었습니다. 그 뒤에는 하루 내내 부지런히 일했습니다. 그것이 오늘의 저를 만들었다고 저는 생각합니다. 제 나이 벌써 환갑이 넘었지만 그 셋은 아직도 변함이 없습니다."

고유는 어떤 날에는 여기서 이야기를 끝내기도 했고, 어떤 날은 다음과 같은 말을 덧붙이기도 했다.

"성공의 비결이 다 담겨 있는 이야기였습니다. 세 가지입니다. 첫째, 일찍 일어난다. 둘째, 몸과 마음을 씻는다. 셋째, 열심히 일한다. 세상의 성공만이 아닙니다. 승려 또한 같습니다. 이 세 가지면 큰 깨우침을 얻을 수 있습니다."

하나 더 있다. 음덕! 고유는 음덕을 최고의 행동 강령으로 여겼다. 음덕이란 무엇인가? 좋은 일을, 누구에게나 필요한 일을 남이 모르게 하는 것이다. 그중의 하나가 변소 청소다. 고유는 틈나는 대로 변소 청소를 했다.

*

달라이 라마는 이렇게 말한다.

"당신은 영적인 수행을 단지 기도문을 암송하고 찬송을 부르는 것처럼 몸이나 말로 하는 한정된 행위로 이해해선 안 됩니다. 영적인 수행을 단지 그런 행위에 한정해서 이해한다면, 물론 당신은 그런 수행을 하기 위해 특별한 시간을 따로 떼어놓아야 할 것입니다. 왜냐하면 당신은 만트라를 외면서 집안일을 하며 돌아다닐 수는 없기 때문입니다. 만일 당신이 그렇게 한다면 주변 사람들이 굉장히 괴로울 것입니다.

하지만 진정한 의미에서 영적인 수행이 무엇인가를 이해한다면, 수행을 위해 하루 24시간을 모두 이용할 수 있습니다. 진정한 영성은 마음 자세로서, 당신은 그것을 언제 어디서든 실천할 수 있습니다. 예를 들어 다른 사람에게 모욕을 주는 행동을 하고 싶은 마음이 든다면, 즉시 조심스런 마음으로 그런 행동을 자제하는 것입니다. 마찬가지로 화가 날 만한 상황과 마주친다 해도 곧바로 정신을 차리고 이렇게 말하는 것입니다. '안 돼, 이건 올바른 방법이 아니야.' 사실 이것이 진정한 영적인 수행입니다. 이런 시각으로 본다면, 당신에게는 언제나 수행할 수 있는 시간이 있는 것입니다."

이렇게 말하고 달라이 라마는 한 스님의 말을 들려주었다. 티베트의 까담파 승려 중의 한 명인 포타와 스님의 말이었다.

"그분은 자신이 접하는 모든 사건과 경험을 가르침으로 받아들인다고 말했습니다. 모든 일들이 무엇인가를 배우는 경험이라는 것입니다. 나는 그분의 말이 정말 맞다고 생각합니다."

어떻게 수행해야 하나?

다이닌 고쿠센大忍國仙에게 그의 제자인 료칸이 물었다.

"스님의 좌우명은 어떤 것입니까?"

고쿠센이 말했다.

"하나에 돌을 지고 둘에 흙을 나른다."

료칸은 다이닌 고쿠센의 지도를 받으며 새벽 일찍 일어나 예불, 독경, 좌선, 그리고 맡은 바 임무를 게을리하지 않았다. 틈틈이 경전과 조사의 어록 읽기에도 여념이 없었다. 얼핏 보기에는 흠 잡을 데 없는 수행의 나날이었지만 스승인 고쿠센의 눈에는 모자란 데가 있었다.

료칸은 내면의 수양에만 너무 치우쳐 있었던 것이다.

*

도겐 선사의 뜻을 이어받은 고쿠센은 불교 경전이나 조사 어록에 관한 연구보다 실제적인 삶을 통한 깨달음에 더 큰 비중을 두고 있었다. 이론보다 실천을 통해 깨달음에 이르러야 한다는 게 그의 철학이었다.

도겐은 중국 송나라에 가서 공부했다. 그때 우연히 한 늙은 승려를 만나 그에게 큰 배움을 얻는데, 그 사연은 다음과 같다.

도겐이 입국 절차를 밟기 위해 배에 머물 때였다. 그 배로 일본산 표고버섯을 사러 온 승려가 있었다. 도겐이 탄 배에는 여러 가지 일본 물건이 실려 있었다. 그 배는 여객선이자 무역선이기도 했다. 도겐은 반가웠다. 그 스님에게 중국 사정을 듣고 싶었다. 중국 불교에 대해서도 알고 싶은 게 많았다.

"스님, 반갑습니다. 오늘 저녁은 제가 모시겠습니다. 그러니 저를 위해 하루 묵어가시기 바랍니다."

하지만 노승은 고개를 저었다.

"고맙습니다만 아니 되오. 돌아가서 제가 해야 할 일을 해야 합니다."

"다른 스님이 해도 되지 않겠어요. 하루쯤 스님이 빠져도 아무런 문제가 없는 거 아닌가요?"

늙은 승려는 껄껄, 웃었다.

"저는 부엌살림을 맡고 있습니다. 나이 들어 얻은 귀한 직책입니다. 소홀히 할 수 없습니다."

부엌살림이란 한국에서는 원주 소임이다. 만만치 않다. 젊은 스님이 맡아야 하는 게 아닐까?

"스님처럼 나이가 드신 분들은 거기에 맞는 직책이 맡겨져야 하는 게 아닌가요? 경전을 읽는다거나 좌선을 한다거나."

늙은 승려는 다시 껄껄, 웃었다.

"외국에서 온 스님이시어. 스님은 보아하니 문자가 무엇인지, 수행이 무엇인지 모르시는 거 같소."

도겐은 좌선이라면, 경전 읽기라면 자신이 있었다. 그런데 문자가 무엇인지 모른다니? 게다가 수행이 무엇인지 모른다니? 도겐의 등허리에서 식은땀이 흘렀다.

그 답을 듣기에는 시간이 필요했는데, 그날 그 늙은 승려는 돌아가야 했다. 아쉬웠다. 도겐은 그 스님이 그리웠다. 수행이 무엇인지, 그리고 문자란 무엇인지 알고 싶었다.

이태 뒤에야 도겐은 그 스님을 다시 만났고, 궁금했던 걸 물었다. 스님은 대답했다.

"문자란 일이삼사오이고, 수행이란 모든 데서 언제나 하는 것이라오. 왜냐하면 그 어느 것도 감추지 않고 있기 때문이오."

일이삼사오라니? 도대체 무슨 말일까?

'일이삼사오'란 '일이삼사오', 곧 '모든 것'이라는 뜻이다. 모든 것이 감추지 않고 있다는 말은 천지만물이 늘 다 드러내고 있다는 뜻이다. 무엇을? 진리를 드러내고 있다는 말이다. 그것을 보고, 듣는 것이 수행이다.

우리는 경전이 귀한 줄 안다. 좌선만이 수행법인 줄 안다. 그 밖의 것들은 자잘한 것으로, 무시해도 좋은 것으로 알지만 아니다. 불법에서 벗어난 것은 하나도 없다. 수행이 아닌 일도 하나도 없다. 만물이, 만사가 법을 설하고 있고, 수행이 된다. 일러 사사천,

물물천이다. 사사事事, 곧 일마다 하늘의 일이요, 물물物物, 곧 만물이 하늘이다. 물속에 사는 물고기와 같다. 물이 곧 하늘이다. 물이 모든 것을 다 보여주고 있다. 단 한 순간도 감추는 일이 없다.

불법이라든가 수행이라지만 특별한 것은 없다. 하루의 일 일체가 불법이고, 수행이다.

좌우명을 묻는 제자의 질문에 고쿠센이 "하나에 돌을 지고 둘에 흙을 나른다."고 한 것도 실제적인 일을 강조함으로써 이론에 치우치는 경향이 있는 료칸의 공부를 바로잡아 주려는 것이었다.

일을 귀중히 여기며 참선과 탁발행각(도를 닦는 승려가 경문을 외우며 집집마다 다니면서 동냥하는 일로, 물욕에서 벗어나려는 것이 그 목적이다)을 하고, 세속적 명리를 떠나 깊은 산속 암자에서 수행하는 료칸 선사 특유의 생활 방식은 도겐과 직계 스승 고쿠센의 영향 아래 그 틀이 형성되었다고 할 수 있다.

3장

소를 찾은 사람들

글씨보다 사람

중국인인 코센 쇼톤高泉性潡은 일본으로 건너와 일본의 황벽종을 다시 일으켜 세운 승려로 유명하다. 다음 이야기는 그가 황벽산 안에 자리를 잡고 있는 황벽종 본사 만푸쿠지萬福寺에 머물며 젊은 승려들의 공부를 도울 때의 일이었다.

어느 날 본사 일주문에 걸 현판의 글씨를 코센 쇼톤이 쓰게 됐다.

코센은 시자에게 먹을 갈아 한 말의 먹물을 만들도록 하고 아이들 키만큼이나 큰 붓을 들었다. 곁에서는 맏상좌가 지켜보고 있었다. 코센은 단숨에 썼다.

제일의第一義

맏상좌가 나섰다.

"이것으로는 안 되겠습니다."

이런 말과 함께 거침없이 구겨버렸다.

코센은 다시 붓을 들어 정성을 다해 썼다. 하지만 이번에도 맏

상좌는 반가워하지 않았다.,

"이번 것도 됐다고 할 수 없습니다."

이번에도 조금도 거리낌 없이 치워버렸다.

코센은 아무 말 없이 다시 붓을 들어 온 힘을 다해 썼으나 이번에도 맏상좌는 허락하지 않았다. 이렇게 쓰고 버리기가 여든 네 번이나 계속되었다. 오랜 수련 덕분에 남다른 체력과 정신력을 갖고 있던 코센이지만 거기에 이르러서는 더 이상 붓을 들 수 없을 만큼 힘이 빠졌다.

그때 마침 맏상좌가 해우소에 볼 일이 생겼다. 코센은 쉬며 맏상좌를 기다렸다. 사찰에는 해우소가 밖에 있어 시간이 걸린다. 코센은 맏상좌를 기다리다가 다시 붓을 들었다. 코센은 '이번에야말로!'라는 마음으로 자신의 모든 역량을 붓 한 자루에 실었다. 그렇게 쓰기를 마쳤을 때 맏상좌가 해우소에서 돌아와 그 글씨를 보았다. 맏상좌의 얼굴에 웃음이 가득 피어났다. 맏상좌는 스승과 글씨를 향해 큰절을 올리며 말했다.

"이것으로써 황벽산은 부끄럽지 않은 현판 하나를 얻게 됐습니다."

황벽종의 본사인 만푸쿠지 일주문에 지금도 걸려 있는 글씨, 그 글씨와 관련한 일화다.

여든 네 번이나 고쳐 썼다 했다. 제자도 어지간하고 스승도 보통이 아니다. 스승에게 아니다 싶으면 망설임 없이 아니라고 한 제자도, 또 제자가 아니라고 하면 두말 안 하고 다시 쓴 스승도 참 좋다.

글씨와 관련해서는 이런 일화도 있다. 다른 스님 이야기다.

니시아리 보쿠산西有穆山이란 선사가 있었다. 그는 학덕을 겸비한 탁월한 선의 거장이었다. 그는 1821년에 태어나 1910년에 세상을 떠났다.

어느 절에서 일어난 일이었다. 그 절의 주지가 니시아리에게 부탁했다.

"스님, 스님께 청이 있습니다. 저희 절 이름을 써 주실 수 없을까요?"

서예에서도 니시아리 스님은 뛰어났다.

"왜 아니 되겠습니까?"

니시아리는 쾌히 승낙하고, 그 즉시 먹을 갈아 써주었다. 그 글씨는 니시아리 선사의 웅혼한 필체가 잘 나타난 명품이었다. 사찰 측에서도 기뻐하며 눕혀놓고 먹물이 마르기를 기다렸다.

그 잠깐 사이에 일이 벌어졌다. 한 아이가 화선지 위를 뛰어지나가는 일어 벌어진 것이다. 화선지에는 아이의 발자국이 여기저기에 찍혔다. 깜짝 놀란 주지스님이 머리를 조아리며 사과를 했다.

"죄송합니다. 정말 죄송합니다."

하지만 니시아리 선사는 아무렇지도 않다는 듯이 껄껄 웃었다.

"걱정하실 거 없소이다."

선사는 다시 붓을 들어 그 화선지 한 귀퉁이에 썼다.

경사로다

이 절에는

사람의 발길이 끊이지 않네

그랬다. 그 뒤 어린아이 발자국이 남아 있는 이 글씨는 이 절의 보물이 됐다.

제일의라고 했다. 무슨 뜻인가? 사전은 이렇게 말하고 있다.

1. 가장 근본적인 의의, 혹은 가치.

2. (불교) 최고의 도리, 구극의 진리.

그렇다면 만푸쿠지의 일주문은 그 문을 드나드는 이들에게 '제일의, 곧 그대는 생에서 무엇을 최고의 가치로 삼고 있는지?'를 묻고 있는 것이다.

생애 최고의 가치!

내게 그것은 무엇인가?

성주를 꾸짖은 스님

세츠탄 쇼하쿠(雪潭紹璞, 1812~1873)는 매우 기개가 있는 선승이었다. 어느 날이었다. 세츠탄은 이누야마에 있는 한 절의 청으로 그곳에 가서 일반 대중을 상대로 강론을 하게 됐다.

그 자리에는 이누야마의 성주도 동참했는데, 그는 발을 치고 그 안에 앉아 있었다. 이야기를 시작하려다 그 모양을 본 세츠탄은 그 자리에서 바로 큰소리로 성주를 꾸짖었다.

"성주여, 당신은 어찌 그리 무례하오. 내 강의에 찌꺼기란 없소이다. 발을 쓸 필요가 없다는 것이외다. 지금 당장 그 발을 걷도록 하시오."

그 소리가 어찌나 큰지 천둥과 번개가 한꺼번에 치는 듯했다. 성주는 자신의 잘못을 깨닫고 얼른 발을 걷도록 하고 사과한 뒤 세츠탄의 강론에 귀를 기울였다.

*

전국에 이름이 난 게이츄라는 큰스님이 있었다. 어느 날 어떤 멋진 신사가 그 스님을 찾아왔다. 그는 명함을 내어주며 동자승에게 부탁했다.

"큰스님을 뵈러 왔네. 이 명함을 좀 전해주시게."

동자승이 명함을 보고 깜짝 놀랐다. 명함에는 '교토 시장 기타가키'라고 돼 있었다. 교토라면 일본에서 도쿄 다음으로 큰 도시였다. 그 대도시의 최고 지도자가 온 것이다.

"스님, 스님."

동자승의 목소리는 한껏 들떠 있었다. 게이츄가 돌아보았다.

"스님, 귀한 분이 오셨어요."

하지만 웬일인지, 명함을 받아본 게이츄 스님은 반가운 기색이 아니었다.

"나는 이런 사람 모른다. 그냥 돌아가시라 해라."

동자승은 이해할 수 없었지만, 교토 시장에게 그대로 전할 수밖에 없었다.

기타가키는 난처했다. 어떻게 해야 하나? 무엇이 잘못됐나?

"어서 가십시오."

동자승의 재촉하는 말을 듣고서야 퍼뜩 생각이 났다. 기타가키는 명함 한 장을 다시 꺼낸 뒤 줄을 그어 '교토 시장' 넉 자를 지워버린 뒤 동자승에게 부탁했다. 말씨도 이 번에는 존칭으로 바뀌어 있었다.

"수고스럽겠지만 다시 한번 전해주시면 고맙겠습니다."

게이츄는 그 명함을 보더니 그때서야 일어서며 말했다. 얼굴에는 웃음이 가득했다.

"오, 누군가 했더니 내 친구 기타가키로군. 나도 이 녀석을 보고 싶었지. 어서 모시고 와라."

강원도 홍천에 허필홍이라는 이가 있다. 그는 여당의 텃밭이었던 홍천에서 무소속으로 군수에 당선되며 세상을 놀라게 했지만 재선에는 실패했다. 하지만 그는 포기하지 않고 올해(2018년)에 있을 지방자치 단체장 선거에 후보 등록을 마쳤다. 군수 선거에 재도전하는 것이다.

올 3월 3일(음력 1월 15일)에 있었던 우리 마을 정월대보름 윷놀이대회에 그가 왔다. 당연히 6월 선거를 위한 방문이었다. 가까이서 그를 본 것은 그날이 처음이었다.

마을 사람들은 나이에 상관없이 '군수님, 군수님'하며 온갖 알랑방귀를 뀌었다. 하지만 나는 다른 방식으로 그를 대하고 싶었다. 그의 배포를 들여다보고 싶었다. 우리 군의 군수가 되고 싶다는 자가 아닌가? 그렇다면 인물 검증을 해야 한다.

나는 그에게 다가가 한 손을 내밀며 물었다.

"자네가 전임 군수 허필홍이라고!"

나는 그가 나보다 나이가 어리다는 걸 알고 있었다. 그는 반말을 하며 내민 내 한 손을 두 손으로 잡으며 대답했다.

"네, 그렇습니다."

놀랍게도 그는 공손했다. 조금도 기분 나빠하는 기색이 보이지 않았다. 어라! 하지만 거기서 멈출 수도 없었고, 그래서도 안 됐다. 나는 다음 질문을 했다.

"반갑네. 그런데 자네는 군수가 되면 어떤 일을 하고 싶은가?"

이런 질문도 했다.

"잠깐, 그런데 자네는 왜 군수가 되고 싶은가?"

이런 두 가지 질문을 시작으로 자세하게 이런저런 걸 물어보았는데, 그는 끝까지 겸손했고, 또 성실했다. 공부도 제법 한 것 같았다. 솔직히 뜻밖의 귀인을 만난 기분이었다.

그날의 대화로 나는 그를 좋아할 수밖에 없게 됐다. 그는 그렇게 그날, 한 표를 확실하게 챙기게 됐다.

예를 들어 대통령도 한바탕의 꿈이다. 퇴임을 하면 잊어야 한다. 끝났는데도 대통령 행세를 하면, 혹은 전임 대통령입네 하면 꿈에서 깨지 못한 셈이다. 하지만 모두 꿈속에 사니 그가 대통령을 그만하고 싶어도 그렇게 하기 어려운 게 현실이다. 우리는 서로가 서로를 꿈속에서 놓아주지 않으며 살고 있다. 그렇지 않은가?

이누야마의 성주도 훌륭하다. 물론 처음에는 잘못했다. 발을 쳤기 때문이다. 하지만 그는 세츠탄의 지적에 바로 발을 걷었을 뿐만 아니라 사과까지 했다. 거기서 끝이 아니었다. 그는 끝까지 세츠탄의 강론을 들었다. 공부가 된 사람이라고 하지 않을 수 없다.

화두 '파자소암'에 대한 답

잇큐 소쥰一休宗純● 선사는 어느 여름날 히에이산比叡山에 올랐다. 우연이었으나 이 날은 매년 한 번씩 사찰의 경전을 꺼내어 실외의 그늘에서 널어 말리는 날이었다. 무시보시라고 하여 옷이나 책 등에 곰팡이가 슬거나 좀이 먹지 않도록 바깥에 내어 습기를 날려 버리는 날이었던 것이다. 아울러 경전을 훑고 지나온 바람을 쐬면 복을 받는다고 하여 원근각지에서 수많이 사람들이 몰려드는 날이기도 했다.

"아, 오늘이 무시보시 날인가보군! 그렇다면 나의 땀 찬 경전도 바람을 쏘이도록 해야겠군."

이렇게 중얼거리며 잇큐 선사는 큰 나무 그늘에 앉아 앞가슴을 풀어헤친 채 시원한 바람을 맞으며 휴식을 취했다. 그러는 사이 잠이 몰려와 나무뿌리를 베개 삼아 잠이 들고 말았다.

이 광경을 이 절의 승려들이 보았다.

"저거 어떤 놈이야?"

혼을 내줄 생각으로 몰려들었으나 가까이 와서 보니 그는 유명한 잇큐 선사였다. 야단을 칠 수 있는 존재가 아니었지만 날이 날인만큼 그냥 둘 수도 없었다.

"선사님, 일어나십시오. 낮잠도 때와 장소를 가려서 주무셔야죠. 오늘은 저희 절 무시보시 날로 수많은 신도님이 내왕해 계십니다. 이런 데서 주무시면 곤란합니다."

잇큐는 일어나 앉아서 주위를 돌아보며 말했다.

"여보게들, 이 절에는 종이에 쓴 경전밖에 없나 보군. 하지만 보시게. 우리들의 몸 또한 법신이라네. 요컨대 살아 있는 경전이라네. 그러하건만 이 절에서는 종이에 쓴 경전만 알고, 살아 있는 경전을 볼 줄 모르나 보군. 나는 지금 살아 있는 경전의 무시보시를 하고 있는 중이라네."

*

잇큐는 한국의 경허와 같은 인물이다. 많은 일화를 남겼다. 그는 사람들의 위선과 전도몽상을 깨는 데 탁월한 선지식이었다. 다음 일화를 보자.

탁발하러 다니던 잇큐 선사가 어느 부잣집에 가게 됐다. 그 집에서는 마침 수많은 승려와 친척들이 모여 잔치를 벌이고 있었다. 선사는 다행이라고 생각하며 집 안으로 들어가 밥 한 그릇을 청했다. 그러나 집주인은 잇큐 선사의 남루한 옷차림을 보고 동전 하나를 주어 내쫓았다.

그로부터 얼마 뒤 이 집에서 또 잔치가 벌어졌다. 잇큐는 화려한 법의를 입고 다시 갔다. 집주인은 기뻐하며 맞았다.

"초대도 하지 않았는데 이렇게 훌륭한 스님이 오시다니 이보다 기쁜 일이 어디 있겠습니까. 어서 안으로 드시지요."

집주인은 잇큐에게 상석을 권하고 진수성찬을 내왔다.

잔칫상이 앞에 놓이자 잇큐는 입고 있던 옷을 벗어 그 앞에 놓았다. 그리고 정작 자신은 옷 뒤로 가 앉았다. 이 모습을 본 주인이 이상하게 생각하여 그 이유를 물었다.

"무슨 언짢은 일이라도 있으십니까?"

잇큐가 대답했다.

"이전에 내가 볼품없는 옷을 입고 왔을 때 당신은 동전 하나를 주며 나를 내쫓았소. 그런데 오늘은 이렇게 후한 대접을 받고 있소. 그것은 당신이 내가 아닌, 오늘 내가 입고 온 좋은 옷에 존경을 표하고 있음을 뜻하는 게 아니겠소. 그래서 이 진수성찬을 이 옷에게 공양하고 있는 것이라오."

잇큐의 일화에는 이처럼 파격적인 것이 많은데, 그중 최고는 역시 한 여인과의 사연이다.

그의 인생에 한 여인이 왔다. 눈 먼 여인이었다. 정신적 장님을 말하는 게 아니다. 실제로 앞이 안 보이는 여인이었다.

'눈이 안 보이는 여인'이라는 살아 있는 화두였다. 잇큐는 이 화두에 과연 어떻게 대답했을까?

잇큐의 시에 다음과 같은 것이 있다.

잎 떨어지고 시든 나무에 다시 봄이 찾아와
새싹이 돋고 꽃이 피니 옛 약속이 새롭다
신森의 깊은 은혜를 만약 내가 잊는다면
무량억겁 축생의 몸을 받으리

이 시에 나오는 신森이 그 여인이다.

선사가 신을 처음 만난 것은 한 부유한 상인의 집에서 시회를
마치고 마련한 연회 자리에서였다. 연회를 위해 노래와 춤, 악기
를 다루는 예능인이 불려와 있었는데, 그중에 눈먼 소녀인 신이
잇큐의 눈에 띄었다.

"신이라, 퍽 기품이 있는 아이로구나!"

잇큐가 관심을 표하자 신의 선생 격인 이가 말을 받았다.

"예, 그렇습니다. 이 아이는 좋은 가문에서 태어났습니다만, 불
행한 일을 당하며 의지할 곳을 잃었습니다. 그 뒤 어떻게 저와 인
연이 돼서 제가 이렇게 돌봐주고 있습니다."

잇큐 선사는 사랑스럽고 어딘지 모르게 품위가 있어 보이는 신
에게 호감이 갔다. 선사는 신이 북을 가지고 있는 것을 보고 말했다.

"북을 칠 줄 아느냐? 아무것이라도 좋으니 내게 한 곡 들려줄
수 있겠니?"

신은 제 선생에게 허락을 얻은 뒤 북을 치며 노래했다. 그 사랑

스럽고 앳된 신의 목소리가 웬일인지 잇큐 선사의 귀에 오래도록 남았다.

돌아가는 길에 선생으로부터 그 스님이 잇큐 선사였다는 말을 들은 신은 깜짝 놀랐다.

"어머, 그분이 그 유명하신 잇큐 선사님!"

둘이 다시 만난 것은 그로부터 수년 뒤인 가기츠嘉吉의 난 때였다. 잇큐 선사는 재가 제자인 니나가와와 외출을 했다가 돌아가는 길이었다. 병사들의 싸움판을 피해 대로를 버리고 고샅길을 택해 들어섰는데, 거기서 한 앳된 여인을 끌고 가는 병사와 마주쳤다. 니나가와를 시켜 병사들을 쫓고 보니 그 처녀는 전에 연회에서 만난 적이 있는 신이었다.

"아니, 너는 신이 아니냐?"

잇큐가 놀라 물었다.

"아, 잇큐 선사님!"

비로소 안심이 되었는지 신은 눈물을 머금었다. 오랜만에 보는 신은 이미 성숙한 여인으로서의 태가 완연했다.

"그래, 이제 어디로 갈 생각이냐. 어디 갈 데가 있느냐?"

신은 고개를 옆으로 흔들었다. 잇큐는 니나가와를 보고 말했다.

"자네가 당분간 이 아이의 뒤를 좀 봐주게."

선사는 니나가와에게 신을 부탁하고는 암자로 돌아왔다.

그로부터 또 20여 년이 지났다. 둘은 오닌應仁의 난 때 다시 만났다. 잇큐가 머물던 암자에서 대법회가 개최되고 있었고, 그 자리에 많은 사람들이 참석했다. 그때 신도 그 자리에 있었다. 그녀는 잇큐를 사모하고 있었지만 입 밖으로는 내지 못했다.

잇큐가 신을 알아보고 말했다.

"언제라도 좋다. 오고 싶을 때 와라."

신은 잇큐 곁에 있고 싶었지만 폐가 될 것 같아 법회가 끝나자 돌아가고 말았다.

그 다음 해 잇큐는 전란을 피해 거처를 옮겨야 했는데, 공교롭게도 신이 있는 곳에서 가까운 곳이었다.

거처를 옮기고 얼마 지나지 않아 신이 찾아왔다. 사모의 정도 정이었지만 날로 격화되는 전란으로 말미암아 생활고에 시달리고 있었기 때문이다. 그러나 난세를 지나면서 이미 여러 남자를 겪은 몸에다 나이도 중년에 이르러 그녀 쪽에서 먼저 곁에 두어 달라고 부탁할 수는 없는 일이었다.

이를 안 잇큐는 그녀를 두 번 다시 전화의 수렁 속으로 내보내고 싶지 않았다. 그날부터 그녀를 자신의 곁에 머물도록 했다.

잇큐의 시에 다음과 같은 것이 있다.

> 미인과의 운우지정, 애정의 강이 깊다
> 기녀와 늙은 선승이 누상에서 노래한다
> 내게 이미 포옹과 입맞춤의 기쁨이 있거늘
> 어찌 심신 고달프게 수행을 하리오

다음과 같은 시도 있다. 〈미녀의 음부에는 수선화 향이 있다〉라는 제목의 시다.

　　풍염한 여자의 몸,

　　바라보다 오르고야 마는구나

　　깊은 밤　침상 위

　　꿈에 잠긴 그윽한 얼굴

　　한 줄기 매화나무 아래

　　꽃봉오리 벌어지고

　　수선화 향기가 허리를 감싸고 도는구나

　당연히 나이 많은 잇큐가 먼저 세상을 떠나야 했다. 떠날 때 잇큐는 주변 사람들에게 당부했다.

　"신을 부탁한다."

　사람들은 그 말을 잊지 않았다. 가까운 곳에 작은 집을 지어 살게 하고, 신이 세상을 떠날 때까지 불편함이 없도록 잘 돌봤다.

　이 일화를 이해하기 위해서는, 여러분은 '파자소암婆者燒庵'이라는 화두와 만나야 한다. 파자소암이란 '한 할머니가 암자를 태우다.'라는 뜻인데, 이 화두에는 어떤 사연이 있었을까?

　옛날에 신심이 매우 깊은 한 할머니가 있었다. 그 노파는 작은 암자를 짓고 공부하는 스님을 모셨다. 스님은 공부만 하면 됐다.

밥과 빨래는 할머니, 혹은 그녀의 손녀딸이 했다. 그렇게 10년이 갔다. 할머니는 스님의 공부를 시험해보고 싶었다.

그해 나이 열여덟인 손녀딸을 곱게 꾸며 과일과 차를 들려 스님에게 보냈다. 손녀딸의 자태는 고혹적이었다.

스님은 좌선 중이었다. 손녀딸은 할머니가 시킨 대로 스님의 무릎에 가 앉았다. 그러자 두 사람의 몸이 틈 없이 닿았다. 손녀딸은 할머니가 시킨 대로 스님의 귀에 대고 속삭이듯 물었다.

"스님, 지금 심경이 어떠십니까?"

스님은 조용히 대답했다.

"나무에 매미가 날아와 앉은 것 같습니다."

손녀딸에게 그 말을 전해 들은 할머니는 노발대발했다.

"내가 땡초를 키웠구나!"

그 길로 할머니는 스님을 내쫓고 암자는 불을 질러 태워버렸다.

과연 그때 그 스님은 어떻게 대답했어야 했을까? 이것이 '파자소암'의 화두다. 여러분이라면 손녀딸의 물음에 어떤 답을 할 것인가?

잇큐의 대답은 위의 일화다.

부처는 진리를 팔고,
조사는 부처를 팔고,
말세의 중들은 조사를 팔아 사는데
그대는 다섯 자 몸을 팔아서
일체 중생의 번뇌를 편안케 하는구나
색즉시공 공즉시색,
버들은 푸르고 꽃은 붉도다
달은 밤마다 물 위를 지나가건만
그림자를 남기지 않는다

二十六圖

자유와 부자유

깊은 산속의 절이었다.

하루는 그 절의 주지스님과 상좌가 함께 시내로 장을 보러 갔다.

시장 입구에는 한 아주머니가 항아리를 팔고 있었다. 쭈그리고 앉아 있는 그 아주머니의 허벅지를 보고 주지스님은 이렇게 말했다.

"저 여자 참 먹음직스럽다. 자빠뜨려 놓고 한 번 하고 싶구나."

상좌가 깜짝 놀라며 생각했다.

'이 스님이 세상에 나오더니 머리가 돌았나?'

그것으로 끝이 아니었다. 시장 한 복판에는 국밥집이 있었다. 그 앞을 지나자니 구수한 냄새가 코끝에 스쳤다.

"거 냄새 한번 좋다. 고기를 잔뜩 넣은 국밥을 한 그릇 먹으면 참 좋겠구나!"

상좌는 헷갈렸다. 장을 보면서도, 절로 돌아오면서도 그 생각에서 벗어날 수가 없었다. 일주문이 저만큼 보였다.

일주문을 지나면 안 될 것 같았다. 상좌는 용기를 내어 물었다.

"스님."

"왜?"

"스님은 스님의 신분으로 어찌 아까와 같은 말씀을 하실 수 있습니까?"

"뭘?"

"항아리 파는 여인과 국밥집 앞에서 하신 말씀이요?"

주지스님이 그 말을 듣고 껄껄 웃었다.

"뭐야, 너는 여기까지 그 여자와 국밥을 안고 왔단 말이냐!"

*

여자와 국밥만이 아니다. 우리는 지난날에 보고 들은 것 모두를 안고 살아간다. 절대 놓지 않는다. 아니, 놓지 못한다.

누군가 인사를 안 하고 지나가면 그 사소한 일을 1년 동안이나 잊지 못한다. 10년을 잊지 못한다. 심하면 죽을 때까지 잊지 못한다. 거기서 그치지 않는다. 그 사람을 욕한다. 그 사람에게 그때 무슨 사정이 있어 그런 것은 아니었나, 하고 알아보려고 하지 않는다.

그런 일들로 우리는 밤에 잠을 못 이룬다. 심하면 낮 생활도 잘 못한다. 잊으려고 해도 잊을 수가 없다. 기억을 지울 수가 없다. 어떤 기억은 더욱 선명해진다. 억울하다.

그것이 20년 전의 일인데도 그렇다. 물론 시간이 약이다. 전보다는 덜 아프다. 하지만 건드리면 여전히 아프다. 맹렬하게 아프다.

달리 길이 없다. 지워야 한다. 누가? 내가 지워야 한다. 어떻게 지워야 하나?

한 수련 단체의 방법을 소개한다.

1. 시기별로 지운다.
2. 사람별로 지운다.
3. 사건별로 지운다.

지우는 방법은 다음과 같다.

1. 용광로에 넣는다.
2. 폭탄으로 폭파시켜버린다.
3. 우주에 던져버린다.
4. 집처럼 큰 지우개로 지운다.
5. 물에 떠내려 보낸다.

반케이 요타쿠盤珪永琢● 선사는 1600년대 사람으로 사람들에게 선의 진수를 알기 쉽게 전한 것으로 유명하다. 다음 얘기도 그 중의 하나다.

며느리가 밉다, 시어머니가 밉다는 이야기를 자주 듣는데 사실은 며느리가 미운 것이 아니다. 시어머니가 미운 것이 아니다. 며느리의 그때 그 행동이 내 마음을 섭섭하게 했다, 시어머니가 그때 이런 말씀으로 나를 울렸다, 또는 이런 심한 행동을 하셨다, 하는 그 기억이 미운 것이다. 기억만 버린다면 며느리를 미워할 일도 없고, 시어머니를 원망할 일도 없다,

강도를 승려로 만들다

세키오쿠 신료石屋眞梁 선사가 어느 날 산길을 걷고 있었다. 그 길에서 한 젊은이를 만나 그와 길동무를 하게 됐는데, 어느새 날이 저물고 있었다. 큰일이었다. 인가는 보이지 않았다. 이때 젊은이가 나섰다.

"오늘은 저희 집에서 하룻밤 묵어가세요."

고마운 제안이었다. 선사는 그를 따라갔다. 집은 산속에 있었고, 젊은이는 홀로 살고 있었다.

방이 두 개인 집이었다. 두 방 중 한 방을 세키오쿠가 썼다. 선사는 그 방에서 늘 그렇게 하듯 좌선을 했다.

밤이 깊어 갔다. 한밤중이었다. 어느 순간 누군가의 조심스런 발소리가 세키오쿠의 귀에 들려왔다.

'누굴까?'

이어서 자신이 쓰고 있는 방문을 살며시 여는 소리가 들려왔다.

"누구냐?"

잠이 들었으리라 여겼는데 아니었다. 작지만 위엄이 서린 목소리였다. 그는 허를 찔린 나머지 맥없이 그 자리에 주저앉고 말았다. 세키오쿠가 돌아보니 그는 보자기로 얼굴을 가리고 있었다.

"복면을 벗어라."

기를 완전히 빼앗겼는지, 그는 세키오쿠의 말대로 순순히 얼굴을 가렸던 보자기를 풀었다. 낮에 만난 길동무, 곧 집주인이었다.

"뭐야, 자넨가?"

"예, 사실은 노상강도 노릇을 하며 살고 있습니다."

"그렇다면 날 이 집에 데려온 것도 내가 가진 돈을 얻기 위함이었던가? 좋다. 그건 그렇다 허고, 자네 그렇게 한 번 해서 며칠이나 지낼 수 있나?"

"훔친 금액에 따라 다릅니다만 얼마 못 버팁니다."

"그럴 거야. 그렇다면 기왕 하는 거 크게 한 번 해보지 않겠나?"

젊은이는 놀라며 물었다.

"그렇다면 스님도 도둑놈입니까?"

"그렇다고도 할 수 있다네."

"스님은 한번 해도 크게 하시는 모양이지요?"

"그렇다. 한번 훔치면 평생 부자유를 모른다. 죽을 때까지 써도 다 쓸 수 없다."

"헤에, 대단하군요!"

젊은이는 감탄하지 않을 수 없었다.

"어디, 그대도 한 번 크게 해보지 않으려나?"

젊은이는 부쩍 마음이 동하는지 무릎걸음으로 선사를 향해 다가앉았다.

"부디, 그 방법을 저에게도 일러주세요."

그 순간이었다. 선사는 젊은이의 멱살을 움켜쥐고 소리쳤다.

"여기, 그것은 여기 있다. 아무리 써도 다 쓸 수 없는 게 네 가슴, 여기에 있다. 보석을 제 가슴에 두고 노상강도짓이나 하고 살다니 이 한심한 놈아."

평생을 써도 다 못 쓰는 보물, 그것을 사람은 누구나 날 때부터 가지고 태어난다. 그것을 불교에서는 불성, 혹은 본래면목이라 한다.

"알았느냐?"

단박에 될 일이 아니었다. 수행이 필요했다. 젊은이는 그 길로 선사를 따라나서 중이 되었다.

*

모든 종교는 말한다. 착한 일을 하면 좋은 결과가 있고, 나쁜 짓을 하면 좋지 않은 결과가 있다고.

씨앗으로 비유한다. 뿌린 씨앗은 반드시 난다. 언제 날지는 알수 없다. 천 년이 걸리는 씨앗이 있는가 하면 그 자리에서 바로 나는 씨앗도 있다. 시간상의 길고 짧음은 있지만 반드시 뿌린 씨앗은 돋아나고 열매를 맺기 때문에 자신이 뿌린 씨앗은 거두어들이지 않을 수 없다고 한다.

자, 그럼 새로 시작하려면 어떻게 해야 할까?

"지금 이 자리부터다."

지나가 버린 과거도 아니다. 올지 안 올지 알 수 없는 미래도 아니다. 오늘 지금 이 자리부터 착한 일을 하면 된다. 마음을 바르게 쓰면 된다. 그것이 과거의 잘못을 지운다. 건강한 미래를 연다.

사람들은 좀처럼 과거로부터 나를 해방시켜주지 않는다. 10년이 가도 여전히 뒤에서 수군거릴 것이다.

그때도 달리 길이 없다. 그때도 좋은 씨앗을 심어야 한다. 몰인정한 사람들의 지적을 약으로 여기며 지금 여기를 바르게 살아야 한다. 달리 수가 없다.

세키오쿠 신료는 조동종의 승려로 1345년에 태어나 어려서 출가했고, 1422년에 세상을 떠났다.

그에게 강도는 묻는다.

"스님도 도둑놈입니까?"

신료는 그 질문에 이렇게 대답한다.

"그렇다고도 할 수 있네."

큰스님이다!

귀신을 깨우다

귀신!

없는 나라가 없다. 한국에도 있다. 한국에는 물귀신, 몽달귀신, 달걀귀신, 두억시니, 걸귀, 쪽박귀신, 객귀 등이 있다.

일본 귀신 중에는 텐구天狗가 가장 유명하다. 기본적으로 개 모양인데 코가 높고 얼굴은 붉다. 신통력이 있어 하늘을 자유자재로 날고, 깊은 산에 사는 것으로 알려져 있다. 텐구는 한국의 도깨비와 같은 존재다. 못된 짓도 하지만 복을 가져다주기도 한다. 그런 이유로 텐구는 신앙의 대상이 되기도 한다.

온천으로 유명한 하코네의 한 절이 그랬다. 그 절에서는 법당에 부처님 대신 나무로 깎아 만든 텐구를 모셨다.

그 사찰에 새로운 스님이 왔다. 하라 탄잔原坦山●이었다. 그 스님의 첫 법회가 있는 날이었다. 신도들이 많이 모였다.

법당에 들어온 하라 탄잔은 말없이 텐구를 안아 내려놓고, 자신이 그 자리에 앉았다. 그 광경에 신도들은 벌린 입을 다물지 못했다. 모두 곧 큰일이 일어날 것 같아 두려웠다. 몇 곳에서는 불평이 튀어나오기도 했다. 그중에는 용기 있는 이들도 있었다. 그들은 큰 소리로 말했다.

"거기 앉으시면 안 돼요. 앙화를 입어요."

"스님, 어서 내려오세요. 큰일 나요."

"무슨 일을 당하려고 그러세요. 어서 내려와 죄를 비세요."

하지만 하라 탄잔은 조금도 흔들리지 않았다. 그는 개의치 않고 법문을 시작했다.

"걱정하지 마세요. 왜냐? 텐구는 인간보다 급수가 낮습니다. 인간계 위에는 천상계가 있을 뿐입니다. 텐구는 인간보다 아래인 축생계에 속합니다. 인간이 축생을 겁내다니 말이 안 되지 않습니까? 그러므로 여러분, 조금도 걱정할 거 없습니다."

어떻게 되었을까?

당연히 아무 일도 일어나지 않았다.

*

유령의 깨우침을 도운 스님도 있다. 그의 이름은 전해지지 않고 있다. 세상을 법당으로 여기고 공부하던 한 방랑 승려로만 전해지고 있다.

해가 지고 있었다. 어디선가 하룻밤 묵어갈 곳을 찾아야 했다. 마침 한 사찰이 보여 찾아갔으나 인기척이 없었다.

마을 사람을 붙잡고 물었다. 농부 같아 보였다.

"이 절에는 스님이 없습니까? 왜 이렇게 사람 기척이 없습니까?"

마을 사람이 대답했다.

"그렇습니다. 이 절에 묵을 생각은 아예 마십시오."

마을 사람은 결론부터 말하고, 그 까닭을 털어놓았다.

"이 절에 살던 스님은 한시를 대단히 좋아했어요. 틈만 나면 한시를 지었다 합니다. 한시로 목숨을 잃을 만큼 말이지요."

"아니, 한시로 목숨을 잃다니요?"

"저야 뭘 알겠습니까만, 시를 짓다가 마무리 말이 떠오르지 않아, 그걸로 애면글면하다 돌아가셨다 합니다."

짐작이 갔다.

"스님은 이로리(일본 전통 가옥에 있는 난방 및 취사용 화덕) 가에 앉아 나뭇재 위에 부젓가락으로 지웠다 쓰기를 계속했다 합니다. 몇 날 며칠을 말이죠. 그러다 결국 그 일로 병을 얻어 돌아가시고 말았죠. 그 뒤로는 그 스님이 매일 밤 유령이 돼서 나타나며 절이 이 지경이 됐지요."

방랑승은 이 말을 듣고 결연히 말했다.

"그렇다면 더욱더 저는 이 절에서 하룻밤 묵어가야겠습니다."

마을 사람이 펄쩍 뛰었다.

"안 돼요. 큰일 나요."

이렇게 말하며 마을 사람이 간곡히 만류했으나 방랑승을 이를 뿌리치며 절 안으로 들어갔다.

마을 사람의 말이 맞았다. 사찰은 하루 묵어가기도 힘들만큼 많이 망가져 있었다. 어디 한 군데 몸을 둘 곳이 없었다.

방랑승은 이로리가 있는 방을 대충 치우고 좌선을 하며 밤이 깊어지기를 기다렸다. 얼마나 지났을까. 마을 사람의 말대로 이로리 건너편에 노승이 나타났다. 노승은 나뭇재 위에 같은 글을 반복해서 쓰며 한숨을 쉬었다.

적적한 산간의 사찰
더욱이 뒤를 이을 승려 하나 없네

방랑승은 노승이 쓰다 놓은 부젓가락을 집어들고 썼다. 대구對句였다.

하지만 바람이 절을 쓸고
달이 대웅전을 밝히거늘
무엇이 걱정

방랑승의 대구를 건너다보던 노승의 얼굴이 환해졌다.
그때였다.
"할!"
벼락같은 대갈일성이 방랑승의 입에서 터져 나왔다. 그 소리에 노승은 방랑승을 향해 합장 배례한 뒤 미소를 지으며 사라져갔다.
당연히 그 뒤로 노승은 나타나지 않았다.

적적한 산간의 사찰

더욱이 뒤를 이을 승려 하나 없네

하지만 바람이 절을 쓸고

달이 대웅전을 밝히거늘

무엇이 걱정

눈은 옆으로 놓여 있고,
코는 세로로 서 있다.
아침마다 해는 동쪽에서 뜨고,
달은 밤마다 서쪽으로 진다.
닭은 새벽에 운다.
이런 것을 알았을 뿐 달리 불법이라 할 것은 한 터럭도 얻지 못하고
빈손으로 돌아왔다

깨어 있기

　미쓰쿠니光國는 천하의 대장군이었다. 그는 전국을 돌며 작은 권세를 등에 업고 백성을 괴롭히는 무리들에게 철퇴를 가한 것으로 유명하다. 그래서 서민들은 그를 매우 좋아했다.

　이 미쓰쿠니를 키워낸 이가 있었으니 그가 곧 심월心越 선사이다. 심월 선사는 본래 중국 사람인데 나라가 망하며 일본 나가사키 지방으로 망명한 사람이다. 그가 걸물이라는 소식을 전해 들은 미쓰쿠니는 그를 당시의 수도였던 에도로 불러 이름난 사찰에 머물게 했다.

　미쓰쿠니는 때때로 심월 선사를 찾아가 그의 법담에 귀를 기울였다. 그러던 어느 날, 미쓰쿠니는 선사의 담력을 시험해보고 싶어졌다.

　그는 만반의 준비는 마친 뒤 선사를 자신의 집으로 초대했다. 차를 마시며 이런저런 이야기를 나눈 뒤, 미쓰쿠니는 하인에게 술상을 차려 내오게 했다. 잘 차려진 술상이 들어오자 미쓰쿠니는 먼저 큰 잔에 넘치도록 술을 따라 선사에게 권했다.

"자, 선사님, 드시지요."

선사가 감사의 뜻을 표하고 술잔을 막 입을 대려는 순간이었다. 갑자기 바로 옆방에서 총소리가 났다. 어찌나 소리가 컸는지 벼락 치는 것과 같았다.

미쓰쿠니가 심복 부하를 시켜 한 일이었다. 하지만 선사는 총소리에 놀라기는커녕 안색 하나 바꾸지 않고 술잔을 비웠다.

미쓰쿠니는 사과했다.

"실례가 많았습니다."

선사는 아무 일도 없었다는 듯이 빈 잔을 미쓰쿠니에게 건네고, 그곳에 술을 따르며 말했다.

"총포 소리는 이 곳과 같은 무가에서는 늘 있는 일이 아닙니까? 염려하지 마십시오."

이렇게 말하면 선사는 미쓰쿠니의 술잔에 술을 따랐다. 미쓰쿠니가 그 잔을 들었다. 그 잔이 입에 막 닿을 때였다. 이번에는 선사의 대갈일성이 터져 나왔다.

"할!"

선사의 갑작스런 외침에 놀란 미쓰쿠니는 그만 술잔을 떨어뜨리고 말았다. 다다미 위로 술이 쏟아지며 질펀하게 퍼져 갔다.

미쓰쿠니가 하얗게 질린 얼굴로 따지듯 물었다.

"무슨 짓입니까?"

선사는 아무렇지도 않은 듯 말했다.

"방이나 할은 선가에서 늘 있는 일입니다."

선사를 시험해보려고 마련한 자리에서 미쓰쿠니는 이렇게 자신이 시험을 당하고 말았다.

방棒과 할喝은 선사들이 제자를 훈육하고 깨우치기 위해 쓰는 방편이다. 방이란 막대기로 때리는 것을, 할이란 말 그대로 "할" 하며 지르는 대갈일성을 말한다.

*

남의 글이나 그림을 기려 쓰는 글을 찬讚이라 한다. 다음 일화는 그와 관련된 것이다.

한 젊은이가 한 폭의 그림을 가지고 다쿠앙 소호澤庵宗彭 선사를 찾아왔다. 두 눈이 번쩍 뜨일 정도로 아리따운 한 창녀를 그린 그림이었다.

젊은이는 다쿠앙에게 그 그림을 내어놓고 부탁했다.

"이 그림 옆에 시 한 수를 적어주실 수 없을까요? 부탁드립니다."

사실 그 젊은이는 화려하고 요염한 여인의 그림으로 선사를 시험해보려는 속셈이었다.

다쿠앙은 그림을 보고 이렇게 말했다.

"야, 이거 대단히 아름다운 여인이로군. 이런 미인과 함께 살면 얼마나 좋을까!"

이렇게 뜻밖의 말을 하고 다쿠앙은 창녀 옆의 빈자리에 술술 써 내려갔다.

부처는 진리를 팔고,

조사는 부처를 팔고,

말세의 중들은 조사를 팔아 사는데

그대는 다섯 자의 몸을 팔아서

일체 중생의 번뇌를 편안케 하는구나

색즉시공 공즉시색,

버들은 푸르고 꽃은 붉도다

달은 밤마다 물 위를 지나가건만

그림자를 남기지 않는다

단무지!

일본말로는 다쿠앙이라 한다. 한국에서도 단무지를 '다쿠앙' '닥꽝' '다꾸앙'이라는 사람이 있다.

일본에서는 단무지를 왜 다쿠앙이라고 할까? 거기에는 다음과 같은 재미있는 일화가 있다.

그 당시 일본의 최고 권력자였던 도쿠가와 이에미쓰가 다쿠앙 소호 선사를 찾아왔다. 두 사람은 함께 이야기를 나누다가 그곳에서 식사를 하게 됐다.

차려내온 식탁을 보니 도쿠가와로서는 난생 처음 보는 음식이 있었다. 도쿠가와는 그것을 먹어보고 나서 물었다.

"야, 참 맛있군요. 처음 보는 이게 도대체 무엇입니까?"

상에 놓인 절인 무를 보고 하는 말이었다.

"보잘것없는 찬입니다."

다쿠앙은 웃으면서 겸손히 말했다. 도쿠가와는 일본 최고의 권력자로 온 세상의 산해진미를 맛보아온 터라 오히려 소박하고 담백한 다쿠앙, 곧 단무지에서 새로운 맛을 느꼈는지도 모를 일이었다.

도쿠가와는 진지한 얼굴로 물었다.

"무로 만든 것 같은데 어떻게 만들었습니까?"

"소금을 넣은 쌀겨에 절였을 뿐입니다."

"그런데 이렇게 맛이 있군요. 선사님, 이것을 누가 처음 만들어 냈습니까?"

다쿠앙은 웃으면서 대답했다.

"제가 했습니다. 보잘것없는 것에 칭찬이 과하십니다."

"아닙니다. 참으로 별미예요. 선사님께서 고안하신 거라면 앞으로 이것을 선사님의 이름을 따서 다쿠앙이라고 합시다. 어때요. 괜찮지 않습니까?"

이렇게 해서 단무지는 다쿠앙이란 이름으로 불리게 되었다.

아이를 낳은 스님

사람의 진짜 실력은 어려운 일을 당했을 때 나타난다. 궁지에 몰렸을 때나 억울한 일을 당했을 때 드러난다. 평소에는 감춰져 있던 것이 그때는 모습을 드러낸다.

시도 부난至道無難은 구도愚堂의 법을 잇고, 쇼쥬 노인에게 법을 전한 임제종의 큰스님이었다. 1603년에 태어나 일흔셋이던 1676년에 세상을 떠났다.

시도 부난은 경영에 성공한 대형 호텔의 사장으로 53세라는 뒤늦은 나이에 출가한 것으로도 유명하다. 53세라면 그가 승려로 지낸 시간은 스무 해밖에 안 된다. 길지 않은 그 기간에 그는 공부를 마쳤고, 쇼쥬 노인과 같은 뛰어난 제자를 여럿 길러냈다.

아름다운 일화도 남겼다. 그중의 하나.

큰 사업을 하는 이가 있었다. 볼 일이 있어 부난이 그를 찾아갔다. 넓은 부지 안에 사업장과 집이 한 곳에 있었다.

사업하는 집다웠다. 손님과 종업원으로 붐볐다. 더욱이 그날은 대청소를 하는 날이었다. 어수선할 수밖에 없었다.

부난은 사무실에서 사장과 이야기를 나눴다. 사업처였다. 이야기 중에도 사장을 찾는 사람이 적지 않았다. 한 거래처 직원은 종이에 싼 돈을 놓고 가기도 했다.

부난이 떠난 뒤였다.

거래처에서 가져온 돈이 보이지 않았다. 온갖 곳을 뒤져도 찾을 수 없었다. 있을 수 없는 일이었지만 부난을 의심하지 않을 수 없었다. 사장은 부난을 찾아갔다.

"그날 저희 거래처 직원이 종이에 싸서 들고 왔던 돈 보셨죠?"

"봤죠."

"그게 안 보여요. 그래서 혹시 스님이, 오해는 마십시오. 혹시 스님이 생각 없이 걸망에 넣어 오신 것은 아닌지 해서요. 그런 일이 있지 않습니까? 의식 못 하고 무망중에 그렇게 되는 일이."

부난은 그때 다른 말을 하지 않았다. 바로 사장에게 금액을 물었고, 그 만큼의 돈을 가져다주었다. 그뿐 더는 아무 말도 하지 않았다. 석연치 않은 데가 있었지만 사장은 그 돈을 받아서 돌아왔다.

그런데 며칠 뒤 생각지 못한 곳에서 그 돈이 나타났다. 사장은 맥이 빠져 아무 일도 못하고 한참을 앉아 있어야 했다. '이 일을 어찌하면 좋단 말인가?' 아무리 생각을 해봐도 달리 길이 없었다. 사죄가 답이었다.

사장은 부난을 찾아가 돈을 내어놓고 엎드려 사과했다. 부난은 내 일처럼 기뻐하며 말했다.

"그것 참 잘 됐습니다."

그뿐 더는 그 일에 대해 말하지 않았다.

그 둘.

크게 성공한 부자가 있었다. 그는 부난을 스승으로 섬겼다. 암
자를 짓고, 그곳을 부난에게 내어주었다. 그리고 자주 들러 살아
가는 데 불편함이 없도록 먹을 것을 비롯하여 이것저것을 친절하
게 챙겼다. 그 일을 결코 소홀히 하지 않았다.

부자에게는 딸이 있었다. 그런데 그 딸이 언제부터인가 배가
불러왔다. 결혼을 하지 않은 딸이었다. 부자는 놀라서 물었다.

"이게 어떻게 된 일이냐?"

딸은 말없이 울기만 했다. 부자는 그런 딸에게 화가 나서 견딜
수 없었다. 절로 목소리가 거칠어졌다.

"말해봐, 어서. 도대체 어떤 놈의 씨냐?"

딸은 겁이 났다. 털어놓지 않을 수 없었다.

"부난 스님의……."

딸은 부난을 좋아했다. 자주 놀러갔다. 하지만 부난이 그런 일
을 벌일 줄은 몰랐다. 있을 수 없는 일이었다. 나이 차이도 많이
나지 않는가? 아버지뻘이 아닌가?

부자는 부난을 찾아갔다. 참을 수가 없었다. 아니, 참고 싶지 않
았다. 나오는 대로 욕을 했다.

"어찌 이럴 수가 있소. 어떻게 당신이 내 딸과 그럴 수가 있소?

당신이 사람이오 짐승이오? 짐승이 아니고야 어찌 이런 일을 벌일 수 있단 말이오?"

부난은 이때도 한마디 변명을 하지 않았다. 묵묵히 듣기만 했다. 그 모습이 부자의 화를 더욱 키웠다.

"당장 이곳에서 떠나시오. 지금 당장. 알았소? 꼴도 보기 싫으니 지금 당장 떠나시오."

부난은 말없이 그곳을 떠났다.

그렇게 시간이 지나갔다. 부난이 당한 고초는 딸에게도 전해졌다. 딸은 오래 번민했다. 그 끝에 자백을 하기로 했다. 어차피 언젠가는 알려질 일이었다.

"아버지, 사실은 부난 스님이 아니에요."

무섭다 보니 엉겁결에 나온 이름이 부난이었다.

부자는 황망했다. 부난에게 어떻게 죄를 빌어야 할지 길이 보이지 않았다. 달리 길이 없었다. 사람을 써서 부난을 찾았다.

부난에게로 가며 절로 가슴으로 두 손이 모아졌다. 그 모욕을 받으며 부난은 어떻게 변명의 말 한마디를 하지 않을 수 있었는지!

사죄의 말과 함께 머리를 조아리는 부자에게 부난은 긴 말을 하지 않았다.

"잘 됐네요."

부자는 그래도 머리를 들지 못했다. 부난이 한마디 보탰다.

"딸아이 너무 야단치지 마세요. 그리고 혹시 좀 마음에 안 들더라도 딸아이의 사내를 받아들이세요."

★

하쿠인 스님은 깨달음을 얻은 제자가 많은 것으로 유명하다. 후세 사람들로부터 황벽종 중흥의 아버지라는 소리를 듣는 것도 그 때문이다.

그런 하쿠인이 제자들을 깨우는 방법은 남달랐다. 하쿠인은 그만의 방법을 썼다.

"외손뼉 소리를 내놔봐라."

이것이었다. 물론 외손뼉으로는 소리를 낼 수 없다. 소리를 내자면 양손을 써야 한다. 외손뼉은 아무리 흔들어도 소리가 나지 않는다.

어떻게 해야 할까? 답을 말하기 전에 하쿠인이 남긴 일화 하나를 살펴보자.

하쿠인에게도 부난과 같은 일화가 전해지고 있다. 그 또한 신도의 딸과 맺어져서 자식을 낳았다. 물론 신도 딸의 모함이었다. 하지만 하쿠인은 부난처럼 아무 말 없이 받아들이는 것으로 끝나지 않았다. 하쿠인은 그 아이를 키워야 했다. 갓난아이였다. 젖을 얻어 먹여야 했다. 온 동네가 벌집을 쑤셔놓은 듯 했다. 하쿠인은 온갖 욕을 얻어먹어 가며 아이에게 동냥젖을 얻어먹여야 했다.

그 뒤는 부난과 같다. 딸이 사실을 털어놓았고, 딸의 아버지는 달려와 사죄를 한다. 아이를 데려간다. 이때도 하쿠인은 나무라는 말 한마디를 하지 않는다. '정말 잘 됐다.'는 말 한마디뿐이었다.

이것이 외손뼉 소리다. 신도가 아이를 안고 와서 욕설과 함께 아이를 던져놓고 갔다. 이때 하쿠인은 아니라 하지 않았다. 묵묵히 받아들였다. 여인들이 아이에게 젖을 주며 하쿠인에게 욕을 했다. 이때도 하쿠인은 사실을 밝히려 하지 않았다. 욕됨을 참았다. 아이의 아빠가 누군인지 밝혀지며 신도가 와서 사죄를 하고 아이를 데려갔다. 이때조차 하쿠인은 신도에게 바른 소리 한마디를 하지 않았다. 다만 잘 됐다며 웃을 뿐이었다. 이것이 외손뼉 소리다.

사장은 부난을 도둑으로 의심했다. 아니었지만 부난은 아니라고 하지 않았다.

외손뼉 소리란 '나'가 사라진 소리다.

시로 나눈 문답

간쿄쿠 칸케이(頑極官慶, 1682~1767)는 조동종의 고승이다.

어느 날 어떤 사람이 그림 하나를 가지고 간쿄쿠를 찾아왔다.

"이 그림을 보세요. 그 유명한 하쿠인 스님의 그림입니다."

하쿠인이라면 임제종을 일으켜 세운 최고의 스님이다. 뛰어난 제자를 여럿 길러낸 것으로도 이름을 떨친 스님이다.

빗자루를 그린 그림이었다. 빗자루 옆에는 하쿠인이 쓴 짧은 시 한 수가 적혀 있었다.

　　천하의 가짜 선지식을

　　쓸어버리는 빗자루

그림이나 글씨가 호방했다. 하쿠인의 그림과 글씨가 분명했다.

"스님, 스님의 시를 한 수 부탁해요. 이쪽에요. 하쿠인 스님의 이 시 옆에."

간쿄큐는 붓을 들어 손님이 바라는 곳에 썼다. 손님이 오기 전에도 글을 썼는지 벼루에는 먹물이 남아 있었다.

딱 네 글자였다.

'선소백은先掃白隱.'

무슨 뜻인가? 앞 선先에 쓸어버릴 소掃, 그리고 백은白隱은 하쿠인의 이름이다. 풀면 이런 뜻이 된다.

먼저 하쿠인을
쓸어버려라

이 시로써 그 그림은 더욱 명품이 됐음을 두 말할 것도 없다.

천하의 선지식을
쓸어버리는 빗자루
먼저 하쿠인을
쓸어버려라

*

이런 기개는 스님들 것만은 아니었다. 하쿠인의 제자 중에 오상阿三이라는 이가 있었다. 재가 제자였다.

오상은 재가 신도였지만 길을 밝히겠다는 마음이 누구보다 강했다. 새벽 좌선시간이었다. 새벽을 알리는 첫 닭이 울었다. 그 소리를 듣고 오상은 활짝 밝아졌고, 그때의 심정을 이렇게 노래했다.

들도 산도 내 몸도 닭소리
무엇이 남아서 듣는다 하리

그가 어느 날 하쿠인을 만났다. 하쿠인은 물었다.
"외손뼉 소리를 내놔보라."
오상은 머뭇거리지 않았다.

외손뼉 소리 따위 던져버리고
두 손을 쳐가며 물건을 팔아라

하쿠인은 껄껄 웃었다. 그리고 손수 그림을 그리고 글씨를 써서 오상에게 주었다. 대나무 빗자루 그림이었다. 글은 '천하의 가짜 선지식을 쓸어버리는 빗자루'였다. 오상은 바로 그 옆에 썼다.

제일 먼저 하쿠인을

하쿠인은 다시 껄껄 웃었다. 이번에는 오상도 함께 웃었다.

천하의 가짜 선지식을
쓸어버리는 빗자루
제일 먼저 하쿠인을

여자에 관한 두 일화

일본의 서울대학은 도쿄대학이다. 하지만 처음부터 도쿄대학 교는 아니었다. 그 앞의 한때는 도쿄제국대학교라 하기도 했다. 그 이전에는 쇼헤이자카 학문소昌平板學問所라 했다. 그 이름으로 출발했다. 나중에 도쿄제국대학교에서 불교철학을 강의했던 하라 탄잔 스님은 쇼헤이자카 학문소에 다녔다.

그가 쇼헤이자카 학문소에 다닐 때의 일이었다고 한다. 스님이 되기 전이었다. 하라 탄잔은 한 여성과 사랑에 빠졌다. 둘의 사이 는 장래를 약속하는 데까지 발전했지만 오래 가지 못했다. 다른 남자가 생긴 것인지, 여성의 마음이 바뀌었기 때문이다.

하라 탄잔은 천국에서 지옥으로 떨어졌다. 사랑이 증오로 바 뀌었다. 하라 탄잔은 참을 수 없었다. 분노가 하라 탄잔을 태웠다. 죽여 버리고 싶었다. 그럴 마음으로 여자를 찾아갔다. 다행히 여 자는 집에 없었다.

기다렸지만 여자는 좀처럼 돌아오지 않았다. 여자의 책장에 눈 길이 갔다. 하라 탄잔은 아무 생각 없이 그중의 한 권을 꺼내 들었다. 아무 데나 펼쳐들고 읽어보았다. 여색을 조심해야 한다는 내용이었다. 왜 그래야 하는지도 곡진하게 일러주고 있었다.

"하늘이 도왔지!"

그 책 덕분에 불길이 꺼졌다. 꿈에서 깨어났다. 하라 탄잔은 크게, 크게 반성하고 여자의 집을 나왔다. 그날로 그 여자를 향한 마음도 끊어졌다. 그 일 때문인지는 몰라도 그는 그 뒤로 불교에 귀의하여 승려가 됐다.

*

그다지 특별한 이야기가 아니다. 어쩌면 이 책에 실을 내용이 아닌지 모른다. 그런데도 게재를 하는 데는 이유가 있다.

하라 탄잔은 한중일 삼국을 통해서 가장 유명한 일화를 가진 승려이기 때문이다. 그런 승려에게 저런 과거가 있었다는 걸 소개하고 싶었기 때문이다.

그 일화는 '아리따운 여성을 업고 강을 건넌 스님' 이야기다. 여러분 모두 알고 있는 일화일 것이다. 그 일화는 다음과 같다.

스님 둘이 길을 가고 있었다. 강이 나왔다. 강가에는 한 여성이 있었다. 여성은 울 것 같은 얼굴을 하고 있었다. 여성이 건너기에는 물이 깊었다. 그걸 보고 둘 중의 한 스님이 여성을 업어 건네주었다.

두 스님은 다시 길을 걸었다. 한참 가다 한 스님이 비난 섞인 목소리로 물었다.

"그대는 승려다. 승려는 여자를 멀리해야 한다. 그런데 그대는 여자를 업어 건네주었다. 그것은 승려로서는 해서는 안 되는 행동이었다."

그때 여자를 업어 건네주었던 승려는 대답했다.

"그대는 내가 강을 건너며 내려놓은 그 여성을 아직도 업고 있단 말인가!?"

이 일화 속의 스님이 하라 탄잔이다. 물론 여성을 업어 건네준 스님이다.

앞의 일화에서의 탄잔은 애욕에 빠져 사랑했던 여인을 죽이러 간다. 뒤의 일화에서는 여인을 내려놓는 순간 그것으로 끝이다. 여자로부터 자유롭다. 둘은 한 사람이지만 하늘과 땅처럼 다르다.

하라 탄잔 스님은 1892년에 74세를 일기로 세상을 떠났는데, 죽는 날을 미리 알고 죽기 20분 전에 친구에게 이러한 편지를 쓴 것으로 유명하다.

"나의 거푸집이 곧 임종을 맞을 것이니 그 사실을 알리는 바이네."

그리고 좌정 상태에서 이 세상을 떠났다.

비록 짧기는 했지만 죽기 20분 전에 편지를 썼다니 대단하다. 깨어있는 훈련을 오래 하지 않고는 얻기 어려운 경지다. 앉아서 죽는 좌탈 또한 그렇다. 탄잔은 좌정 상태, 곧 앉아서 이 세상을 떠났다.

그런 그에게도 사랑했던 여인을 죽이러 갔던 날이 있었다니!

도깨비에게 팔을 잡히다

게슈(月舟, 1618~1696) 선사는 조동종 내에 쌓인 폐단들을 모두 일소하면서 조동종 부활운동을 이끌었던 승려로 유명하다.

한편 게슈 선사는 서예가로도 유명했다. 당시 유행하던 죽필을 이용한 까닭에 필세가 날카롭고 웅혼했다.

게슈 선사가 방장실에서 쉬고 있던 어느 날이었다. 무슨 일이 있었는지 하늘이 갑자기 어두워지더니 당장 비라도 쏟아질 것처럼 날씨가 험악해졌다. 방안이 점점 어두워지던 어느 순간 천장에서 정체불명의 커다란 물체가 쑥 내려와 선사의 오른쪽 팔뚝을 꽉 움켜잡았다.

"누군가?"

선사는 별로 놀라는 기색도 없이 낮고 태연한 목소리로 물었다. 위쪽에서 소리가 들려왔다.

"나는 도깨비다."

"도깨비? 그런데 왜 내 팔을 잡고 있는가?"

"나는 당신의 글씨에 반했다. 그래서 당신 팔이라도 한 번 만져 보고 싶어서 이렇게 하는 거다. 만지기만 할 테니 잠시 허락을 해주면 좋겠다."

"그런가. 그러면 마음 편히 그렇게 해라."

"고맙다."

팔을 잡힌 상태로 잠시 시간이 지났다. 도깨비가 다시 말했다.

"이것으로 충분하다. 그런데 나도 답례를 하고 싶다."

"무슨 소리인가?"

"팔을 만지게 해준 답례를 하고 싶다는 거다. 앞으로 당신이 쓴 글이 있는 집은 내가 모두 지켜줄 테니 그런 줄 알아라."

도깨비는 이 말을 남기고 어디론가 사라졌다.

이 일이 있은 뒤, 선사가 있는 절은 그 절이 어디에 있건 각지에서 글을 받으려고 몰려드는 사람들로 문전성시를 이루었다.

*

나무집이란 이름을 가진 스님이 있었다. 모쿠도木堂. 생몰연대는 알려져 있지 않다. 이름과 일화만이 입에서 입으로 전해지고 있을 뿐이다.

일이 있어 모쿠도는 길을 나섰다. 자동차가 생기기 전이었다. 어딜 가나 걸어야 했다. 날이 저물고 있었다. '어디서 자야 하나?' 할 때였다.

한 여인이 다가왔다. 고운 여자였다.

"스님, 모쿠도 스님."

모쿠도는 깜짝 놀라며 물었다.

"뉘신데, 제 이름을 아시는지요?"

여인이 깔깔깔, 웃으며 대답했다.

"이 동네에 스님 모르는 사람이 어디 있어요? 스님 절에 가서 뵌 적도 있는 걸요. 저는 어려서부터 스님을 뵈었어요. 우리 집에서 스님 절에 다녀요. 신도예요."

"……."

"스님, 오늘 밤은 저희 집에서 주무시고 가세요."

모쿠도는 망설이지 않을 수 없었다. 여인이 가리키는 집은 여인들이 몸을 파는 집이었다.

'그렇다면 이 여인도 몸을 파는 여인?!'

갈 수 없는 집이었다. 하지만 망설이는 모쿠도를 여인이 잡아끌었다.

여인의 방은 분 냄새로 가득했다. 한 눈에도 보였다. 모든 것이 남녀가 정을 나누는 데 좋게 꾸며져 있었다. 분위기며 가구 배치 등이.

모쿠도는 겉옷도 벗지 않은 채 앉았다. 벽을 향해 앉았다. 좌선이었다. 여인이 이불을 펴며 재촉했다.

"스님, 이리 와 주무세요. 하루 종일 걸어서 피곤하실 거 아니에요."

모쿠도가 대답했다.

"그대는 자는 것이 장사고, 나는 좌선이 장사일세. 그러니 내

걱정은 말고, 그대 혼자 편히 주무시게나."

모쿠도는 잠든 여인 곁에서 좌선을 하며 밤을 새웠다.

모두 수행 덕분이다. 도깨비에 팔을 잡히고도 놀라지 않고 실컷 잡아보고 가게 한 스님이나, 몸 파는 아름다운 여인의 방에서 좌선으로 밤을 새운 스님이나.

승려가 된 미인

　어렸을 때의 이름은 후사였다. 교토의 부잣집 맏딸로, 어린 시
절을 왕실의 시녀로 보냈다. 외모가 뛰어났다. 시를 지을 만큼 학
식도 뛰어났다. 기품이 있었다. 말 그대로 재색을 겸비한 여인이
었다.

　열일곱 살에 왕실에서 나와 한 의사와 결혼했다. 조건이 있었다.

　"자식 셋을 낳으면 이혼을 한다."

　아이 셋을 낳는 데 10년이 걸렸다. 아이들을 두고 그냥 떠날 수
는 없었다. 새엄마를 들였다. 그 일까지 마치고, 후사는 집을 나왔
다. 그때 후사의 나이는 스물일곱이었다.

　후사는 왜 집을 나왔을까? 후사는 승려로 살고 싶었다. 궁궐에
서 보았다. 권력과 부귀는 허망한 것이었다.

　후사는 스스로 머리를 깎고, 데츠규 도키鉄牛道機 선사를 찾아
갔다. 그는 당대의 선지식으로 이름이 높았다. 데츠규는 후사를
보고 말했다.

　"그대를 이 절에 들일 수는 없다. 그대는 참으로 아름답다. 그

대의 뛰어난 미모는 이 절의 수행자들의 수행을 방해할 것이다. 그러므로 나는 그대를 이 절에 들일 수 없다."

후사는 거기서 포기할 수 없었다. 하쿠오白翁라는 스님을 찾아 갔다. 그 또한 만인의 사랑을 받는 큰스님이었다. 하지만 하쿠오 도 후사를 받아들이지 않았다. 까닭은 같았다.

후사는 그때 사하촌의 한 민가에 머물고 있었다. 어떻게 해야 하나? 갈 곳이 없었다. 아니, 가고 싶은 곳이 없었다. 그렇게 막막 한 심정으로 앉아 있는데, 어느 순간 그 집 아낙이 쓰는 부젓가락 이 눈에 들어왔다. 화로에 꽂혀 있던 그것은 벌겋게 달아 있었다.

후사는 그 부젓가락을 집어들었다. 망설이지 않았다. 부젓가락 으로 자신의 얼굴을 지졌다. 살 타는 냄새가 진동했다.

사람들은 모두 감옥에 살고 있었다. 어느 한 사람만이 아니었 다. 모든 아버지와 어머니가 그랬다. 벼슬이 높거나 낮거나 다 같 았다. 많이 가진 자나 적게 가진 자나 갇혀 살기는 마찬가지였다. 무엇에? 돈에, 명예에, 앎에 갇혀 살았다. 후사는 그것들로부터 훨 훨 벗어나고 싶었다.

부젓가락을 화로에 다시 꽂을 때 시 한 수가 후사를 찾아왔다.

예전에 나는 궁중에서 향을 피웠지만

지금 나는 여기서 내 얼굴을 불로 지지고 있다

누가 아리, 사계절이 변화해가듯

이 내 마음 바뀌어 가는 것을

하쿠오는 후사의 얼굴과 시를 보았다. 더는 거절할 수 없었다. 후사는 그 자리에서 비구니 료젠了然이 됐다.

밤낮을 잊었다. 깊은 몰두였다. 보람이 있어 5년 만에 공부를 마칠 수 있었다. 그때를 기다렸다는 듯이 스승 하쿠오도 세상을 떠났다.

료젠은 새 터전에 절을 짓고, 누가 오거나 반겨 맞았다. 어려운 사람이 있으면 찾아갔다. 자신과 자신의 절이 그들의 쉼터가 되기를 바랐다. 그렇게 살다가 료젠은 1711년에 예순여섯을 일기로 이 세상을 떠났다.

*

석가모니 어머니의 이름은 마야다. 마야는 석가를 낳고 이레 만에 세상을 떠난 것으로 알려져 있다. 어린 석가를 길러준 이는 마야의 여동생 마하파자파티였다. 마하파자파티는 불교의 역사에서 최초의 비구니로 알려져 있다.

그녀가 수천 리를 걸어와 석가에게 승려가 되게 해 달라고 했을 때, 석가는 선뜻 허락을 하지 않았다. 이유는 데츠규나 하쿠오와 같았다.

"성욕은 불같은 것이다. 여성 출가자가 교단 안에 있으면 남성 출가자들의 성욕을 자극하여 수행을 방해할 우려가 크다."

아난다의 중재가 필요했다. 아난다는 마하파자파티가 어린 석가에게 얼마나 사랑을 쏟았는지를 일깨웠다. 게다가 마하파자파티는 벌써 일흔을 넘긴 나이였다. 석가는 마하파자파티를 받아들이지 않을 수 없었다.

뒤에는 석가의 출가 전 아내인 야쇼다라도 비구니가 됐다.

석가 또한 '여성이라고 다른 건 없다. 수행할 수 있고, 수행을 통해 최고의 경지를, 깨달음을 얻을 수 있다.'고 보았고, 그런 말을 하기도 했다.

잘 알려져 있지 않은 사실이지만, 일본 불교 역사에서 최초의 승려는 비구가 아니라 비구니였다고 한다.

일본에 불교가 전래된 것은, 다 아시다시피, 백제로부터다. 백제 성명왕이 불상과 경론을 일본에 보낸 것이 그 시초였다. 최초로 수계를 받고 승려가 된 이는 사마달등의 딸 시마죠島女라는 여인으로, 승명은 젠신善信이었다.

젠신은 제자 둘을 두었다. 젠죠禪藏와 겐젠惠善이었는데, 그들은 백제로 유학을 갔다. 물론 불법을 배우기 위한 유학이었다.

일본 불교는 이처럼 비구가 아니라 세 비구니로부터 시작되었고, 사찰 또한 비구니 사찰로부터 출발했다.

중국에는 관계 지한灌溪志閑이라는 당나라 말기의 스님이 있었다. 그는 임제 의현의 법을 이은 선승이었다.

임제 아래에서 공부를 마친 지한은 여행을 떠난다. 구법의 여행이었는데, 지한은 임제의 6촌 누나인 말산 료연末山了然 비구니 문하로 갔다.

지한은 료연 비구니 아래서 농장을 관리하며 3년을 수행한다.

배우기를 마치고 남을 가르칠 때 지한은 자주 이런 말을 하고는 했다.

"나는 임제를 아버지로 반 국자를 얻었고, 료연을 어머니로 반 국자를 얻었다. 둘을 합쳐 한 국자를 마시고 나니 지금까지 배가 부르다. 두 사람의 요리로 차린 밥상이라 더욱 맛이 좋았다."

남자는 화성에서 왔고, 여자는 금성에서 왔다. 둘은 다를 뿐 어느 쪽이 더 뛰어나다 할 수 없다. 그러므로 둘에게서 배우면 한 쪽에서만 배운 사람보다 넓고 깊은 자리에 이를 확률이 높다 해야 할 것이다.

4장

소를 타고 돌아오다

자연을 사랑한 스님

한 장의 그림으로 유명한 스님이 있다. 나무 그루터기 위에 앉아 좌선 삼매에 빠져 있는 한 승려의 모습을 그린 수상좌선상樹上坐禪像이라 불리는 그림이다.

묘에明憲 스님의 그림이다. 그는 일본의 화엄종을 중흥한 이로도 알려져 있다.

묘에는 젊은 시절 바닷가에 있는 한 산기슭에 암자를 짓고 10년 동안 수행에 몰두했던 적이 있다.

묘에는 그때 자연과 친해졌다. 바다와 이야기를 주고받았고, 산을 진심으로 좋아했다. 가까이 있는 섬에도 자주 갔다. 자신의 암자에서 보이는 그 섬에 가서 묘에는 해변을 거닐며 파도 소리를 듣고 새들을 보았다. 그는 기도를 할 때면 육지는 물론 바다 속에 있는 모든 생물의 행복까지 축원했다.

그림 그대로였다. 숲과 나비와 새가 있고 좌선이 있는 삶, 그것이 묘에의 한 생이었다. 말년에 묘에는 자신이 사랑하는 섬에게 편지를 썼다. '사랑하는 섬에게'로 시작되는 긴 편지였다. 심부름

하는 이에게는 어이없는 일이었다. 섬이라고 하면 어디에 갖다 줘야 한단 말인가? 이 질문에 묘에는 이렇게 대답하고는 했다.

"그 섬에 가거든 묘에 스님이 보낸 거라고 크게 한 번 외치고 아무 데나 두고 돌아오면 돼."

묘에 스님에게는 자연은 경전보다 더 큰 가르침은 주는 존재였다. 그에게는 자연이 최고의 스승이었다. 그는 이렇게 말하고는 했다.

"모름지기 불교의 수행에는 아무런 준비물도 필요 없다. 소나무 숲으로 부는 바람 소리에 잠을 깨고, 밝은 달을 벗 삼아 도를 닦을 뿐이다."

*

자연을 사랑한 승려로는 료칸도 유명하다. 그에게는 다음과 같은 일화가 전해지고 있다.

어느 날 대나무 순 하나가 료칸 선사의 변소 안에서 돋아나 자라기 시작했다. 점점 자라 얼마 뒤에는 변소 천장까지 닿았다. 대나무는 거기서 갈 곳을 잃고 엉거주춤 서 있었다.

료칸은 그 대나무가 불쌍해 보였다. 어떻게 하면 좋을까? 여러 가지 궁리 끝에 료칸은 한 가지 방법을 찾아냈다. 장대 끝에 초를 매달아 변소 천장을 태워 구멍을 내는 것이 그것이었다.

하지만 뜻대로 되지 않았다. 구멍만 뚫어지기를 바랐으나 그만 지붕 전체로 불이 번지고 말았다. 야단났다 싶었지만 달리 도리가 없었다. 료칸은 변소 바깥으로 나와 불에 타는 변소를 대책 없이 바라볼 수밖에 없었다.

변소가 타는 것은 그다지 애석하지 않았다. 당분간 하늘이 보이는 변소를 이용해야겠지만 그것도 나쁘지 않겠다는 생각이었다.

그보다도 료칸 선사의 마음을 아프게 한 것은 변소와 함께 타버린 대나무였다.

얼마 뒤, 이번에는 변소가 아니라 마루 밑에서 대나무순 하나가 돋아났다. 료칸은 그 대나무를 위해 마루 판자를 뜯어놓았다. 대나무는 그 구멍을 뚫고 올라와 쑥쑥 잘 자랐다.

시인 백석도 같은 세계를 살았다. 그는 〈수라修羅〉라는 제목으로 이런 고백을 하고 있다.

거미새끼 하나 방바닥에 나린 것을 나는 아모 생각 없이
문 밖으로 쓸어버린다
차디찬 밤이다
어니젠가 새끼거미 쓸려나간 곳에 큰거미가 왔다
나는 가슴이 짜릿한다
나는 또 큰거미를 쓸어 문 밖으로 버리며
찬 밖이라도 있는 새끼 있는 데라도 가라고 하며
서러워한다
이렇게 해서 아린 가슴이 싹기도 전이다

어데서 좁쌀알만한 알에서 가제 깨인 듯한 발이 채
서지도 못한 무척 작은 새끼거미가 이번엔 큰거미
없어진 곳으로 와서 아물거린다
나는 가슴이 메이는 듯하다
내 손에 오르기라도 하라고 나는 손을 내어미나
분명히 울고불고 할 이 작은 것은 나를 무서우이
달아나버리며 나를 서럽게 한다
나는 이 작은 것을 고히 보드러운 종이에 받어
또 문밖으로 버리며
이것의 엄마나 누나나 형이 가까이 이것의 걱정을
하며 있다가 쉬이 만나기나 했으면 좋으련만 하고
슬퍼한다

참교육은 할아버지부터

한 아빠가 있었다. 아들 하나를 얻었다. 잘 키우고 싶었다.
큰스님을 찾아가 물었다.

"아이가 하나 있는데, 어떻게 가르쳐야 할까요?"

큰스님은 망설이지 않고 대답했다.

"벌써 늦었습니다."

말도 안 되는 소리였다.

"아직 태어난 지 1년도 안 됐는데요?"

"1년이 아니라, 아직 한 달이 안 됐어도 같아요."

"……무슨 말씀이신지……?"

"늦지 않으려면 당신의 아버지부터 시작했어야 했어요."

당대로는 안 된다는 지적이었다. 2대는 준비가 돼야 한 아이를
된 사람, 사람다운 사람으로 키울 수 있다는 스님의 말씀이었다.

사장이나 대학교수, 고위 공무원은 당대로도 된다. 하지만 사
람다운 사람은 당대로는 안 된다. 할아버지와 아버지의 뛰어난
훈도가 필요하다. 그러자면 할아버지와 아버지가 밝은 눈을 지니

고 있어야 한다. 할아버지와 아버지가 대를 이어 공부가 된 사람이어야 한다는 말씀이다.

*

한 할머니가 비구니 아오야마 슌도靑山俊董에게 말했다.

"돈이나 명예는 범부의 모이 아니겠어요. 모이가 있는 곳에는 그 모이를 탐내는 사람들이 모이지요."

아오야마 슌도는 이 말을 석가모니의 말씀처럼 여기고 그 할머니 앞에 머리를 숙였다.

이런 일화도 있다.

시치리라는 담력이 좋은 선사가 있었다. 어느 날 그의 절에 칼을 든 강도가 들었다. 선사는 그때 좌선을 하고 있었다. 강도가 칼을 들이대며 말했다.

"목숨을 보전하고 싶거든 가진 돈을 모두 내놔라."

시치리 선사는 좌선 자세를 조금도 흐트러뜨리지 않은 채 조용히 말했다.

"저 장롱 서랍 속에 있으니 다 가져가시게."

강도가 잽싸게 돈을 챙겨 달아나려고 할 때 선사는 고요한 목소리로 말했다.

"선물을 받았으면 고맙다고 인사라도 하고 가야 하지 않겠나?"

이 말을 듣고 강도는 엉겁결에 꾸벅 인사를 하고 달아났다.

얼마 후 이 강도는 다른 곳에서 같은 짓을 하다가 경찰에 붙잡혔다. 취조를 하는 과정에서 시치리 선사를 턴 사건도 드러났다. 경찰은 그 강도를 데리고 시치리 선사를 찾아와 피해자 진술을 받고자 했다. 그러나 선사는 정색을 하고 말했다.

"이 사람은 강도가 아닙니다. 그때 그것은 내가 이 사람에게 준 것이지 이 사람이 훔친 것이 아닙니다. 이 사람이 나에게 고맙다고 인사까지 하고 갔습니다."

강도는 다른 범행 때문에 그 자리에서 풀려날 수는 없었지만 시치리 선사로 인해 가벼운 처벌을 받을 수 있었다.

훗날 죗값을 치른 그는 시치리 선사를 찾아와 승려가 되기를 바랐다. 선사는 흔쾌히 그를 제자로 받아들였다. 한편 그 전에도 그랬지만 그 뒤로도 시치리 선사는 단 한 차례도 그의 과거를 입에 올리지 않았다.

다섯 살부터 절에서 생활한 것으로 알려진 아오야마 슌도는 일본에서 가장 유명한 비구니 스님 중의 한 명이다.

아오야마는 열린 스님이다. 인도에 있는 마더 테레사의 수도원에 가서 열흘이나 그 수도원에서 돌보는 버려진 자들을 보살피며 그곳의 수녀들과 똑같은 하루를 보내며 지낸 것이 그 증거의 하나다.

아오야마는 여러 권의 책을 쓰기도 했다. 내가 읽어본 책 중에서는 선어록으로 유명한 『종용록從容錄』에 대해 쓴 세 권의 책(『빛을 전한 사람들』, 『빛에 이끌리어』, 『빛 속을 걷다』)이 가장 좋았지만, 그의 책은 영어, 이탈리아어, 독일어 등으로 번역될 만큼 세계적인 인기를 끌고 있다.

『빛을 전한 사람들』에서 아오야마는 이런 말을 하고 있다.

"예로부터 '어버이 말대로는 안 되고, 어버이 하는 대로 된다.' 하고, '어버이 뒷모습을 보며 자식은 자란다.'고 한다. '말대로'라 하는 것은 불교로 말하면 설법을 말하고, 경사나 논사들의 역할이라 할 수 있다. '어버이가 하는 대로', 혹은 '뒷모습'이란 묵묵히 실천하는 것이자 '어버이의 나날의 생활 그 자체야말로 중요하다'는 게 아닐까."

말이 아니다. 어떻게 살고 있느냐다. 그것을 시치리 선사는 위의 일화로 우리를 일깨우고 있다.

거지와 함께 사는 선사

　도스이 운케이桃水雲溪라는 선사가 있었다. 사람들은 그를 "거지 도스이"라 불렀다.

　그 별명 그대로 도스이는 거지 무리 속에서 그들과 함께 살았다. 그 속에서 도스이는 사람이나 말의 짚신을 삼았고, 그것을 팔아서 살았다.

　어느 날 짚신을 사기 위해 마부와 가마꾼들이 선사의 오두막에 와서 보고 말했다.

　"스님, 스님이 사시는 곳에는 불상을 모시지 않았군요. 이대로라면 기독교도로 의심을 받을지 모르겠는데요?"

　그때 나라에서는 그리스도교를 금지하기 위해 관리들이 집집을 돌아다니며 신앙을 조사하고 있었다. 조사에서 그리스도인으로 밝혀지면 처벌을 받거나 교도소에 수감이 됐다. 그것을 염려하며 하는 말이었다.

　"이 좁고 더러운 오두막에 부처님을 모신다는 것이 죄송스럽게 생각되어 모시지 않고 있을 뿐이지 별다른 뜻은 없다네. 그리스도교 교인이라니 당치도 않은 소리일세."

이렇게 대답하고 도스이는 조금도 개의치 않는 모습으로 짚신을 삼기에 여념이 없었다. 그 다음 날 마부 한 사람이 다시 찾아왔다.

"스님, 이곳에 부처님을 모시지 않으면 그리스도교 신자로 오해를 받아 시끄러운 일이 생길지도 모릅니다."

"……."

"그리고 나이를 먹으면 다음 생에 좋은 곳에 나기를 바라는 것이 제일 아니겠습니까? 여기 부처님 그림이 든 두루마리를 가져왔으니 벽에 걸도록 하십시오. 누가 압니까? 이 부처님이 부잣집에 태어나도록 도와주실지."

이런 말과 함께, 그는 아미타 부처님이 그려진 두루마리 그림한 폭을 꺼내놓고 돌아갔다. 도스이는 별로 내키지 않는 얼굴로그 그림을 벽에다 걸었다. 그로부터 얼마 뒤 이웃에 사는 자가 도스이의 오두막에 와서 보니 선사는 부재중이었고, 방에는 전에못 보던 두루마리 그림이 한 폭 걸려 있었다.

"부처님에게 방을 맡기고 어딜 가셨나?"

이렇게 중얼거리며 둘러보니 그림에는 무슨 글인가가 쓰여 있었다. 그 글은 다음과 같았다.

좁더라도 편히 계십시오, 아미타 부처님
내세에 좋은 곳에 나기를 부탁하기 위해서 하는 말은
절대 아닙니다

부처님에게 무엇인가를 부탁하는 것은 순수한 신앙심이 아니다. 바라는 것 없이도 부처님을 모실 수 있어야 한다. 부처님은 삶의 모범이다. 그의 형상이나 그림을 놓고 거는 것은 부처님처럼 살겠다는 뜻이다. 거울로 삼겠다는 뜻이다. 길로 모시겠다는 뜻이다. 도스이는 그것을 시로 읊고 있는 것이다.

도스이는 뛰어난 지혜를 지닌 선승이었다. 따르는 제자가 많았다. 대표적인 제자는 친슈琛洲와 치덴智傳, 그리고 지호知法 셋이었다. 그중 지호는 비구니였는데, 지호와 관련돼서는 다음과 같은 일화가 전해지고 있다.

어느 날 갑자기 도스이가 절에서 모습을 감추고, 그 소식을 알수가 없자 그를 스승으로 모시고 수행하던 지호로서는 낙망하지 않을 수 없었다.

기다려도 도스이는 돌아오지 않았다. 어쩔 수 없었다. 어느 날지호는 스승을 찾아 나서기로 마음을 먹었다.

스승에게 드릴 새 옷과 돈을 준비한 뒤 남녀 한 사람씩을 데리고 교토를 향해 출발했다. 스승이 교토 어딘가 있다는 풍문이 있었기 때문이었다.

교토의 아는 사람들의 집을 옮겨 다니면서 스승의 행방을 찾았으나 좀처럼 소식을 접할 수가 없었다. 그렇게 열흘이 가고, 한 달이 갔다.

그러던 어느 날인가 지호가 동행인들과 함께 다리를 건너려는데, 그 다리 밑에 한 무리의 걸인들이 있었다.

'그렇다. 저 사람들에게 물어보면 좋은 소식을 들을 수 있을지도 모른다. 저 사람들은 여기저기 동냥을 다니며 사니 어쩌면 스승님에 대해 알지 모른다.'

이런 생각을 하며, 지호는 다리 아래로 내려가 그들에게 스승의 풍모를 설명해주면서 짐작이 가는 사람이 없냐고 물어보았다. 그러자 병자처럼 보이는 이가 나섰다.

"요즘 병든 나를 돌보아주는 사람이 있습니다. 이 부근에 사는 사람은 아닌 것 같은데 매우 친절한 사람입니다. 어디 사느냐고 물어도 대꾸를 안 해요. 그 양반이 오늘 약을 가지고 온다고 했으니 좀 기다려보세요. 당신이 찾고 있는 사람과 상당히 비슷한 거 같으니."

지호는 그가 자신이 찾는 스승임을 알았다. 스승은 충분히 그럴 만한 사람이었다. 설레는 가슴으로 스승이 나타나기를 기다렸다.

그 걸인의 말대로, 얼마쯤 시간이 지나자 나이 든 한 걸인이 나타났다. 쉽게 알 수 있었다. 스승이었다. 스승의 남루한 옷차림을 보고 지호는 자신도 모르게 얼굴이 어두워졌다.

선사는 지호에게 눈길 한 번 주지 않고 곧바로 병든 걸인에게로 다가갔다. 정답게 말을 걸며 가져온 약을 꺼냈다. 그 모습을 옆에서 지켜보던 지호는 자기도 모르게 엎드려 울기 시작했다.

"스승님, 오래간만에 뵙습니다."

도스이는 그때서야 제자를 돌아보았다. 지호는 자신이 여기까

지 온 경위를 털어놓았다. 제자의 이야기를 다 듣고 난 뒤 도스이
는 말했다.

"지호야, 나는 여기서 이렇게 산다. 이것이 나의 불법이다."

사람들에게 들어서 잘 알고 있었다. 그는 남을 위해 살았다. 아
무것도 가지려고 하지 않았다. 스승은 거지처럼 형편이나 처지가
어려운, 나라에서 돕지 못하는 사람들에게 특히 애정이 깊었다.
스승은 여러 가지 방식으로 그들을 도왔다. 짚신을 삼는 것도 그
중 하나였다. 큰 절에서 깨끗한 옷 입고 설법을 하는 것은 스승의
길이 아니었다. 그것이 싫어 스승이 사찰의 삶을 버린 것을 지호
는 잘 알고 있었다.

"지호야, 너도 잘 알다시피 출가자란 불법승 삼보에 귀의하여
수행을 목적으로 사는 자다. 그러므로 출가자는 집을 나설 때의
초발심을 잃지 않는 것이 중요하다.

무소의 뿔처럼 혼자서 가거라. 수행은 누가 도와줄 수 있는 것
이 아니다. 돌아가서 수행에 수행을 거듭하거라."

냉정하기는 했지만 맞는 말이었다.

"예, 잘 알았습니다. 말씀에 따라 돌아가겠습니다. 그러나 그 전
에 제 일생의 소원이 있습니다."

"내게 바라는 것이 있다고?"

"예, 오늘부터 아무 데서나 주무시지 말고 집다운 집에 머물러
주십시오. 돈과 의복을 준비해 왔습니다. 이 돈이라면 암자 정도
는 얼마든지 짓거나 구하실 수 있을 겁니다."

제자의 따뜻한 제안이었다. 하지만 도스이는 단호했다.

"어리석게 굴지 마라. 절이나 암자가 필요했다면 네 힘을 빌릴 필요가 있겠느냐? 나는 그것이 싫어서 이렇게 산다. 나는 네 소원을 들어줄 수 없다."

아무래도 스승은 자신의 소원을 받아들여 주지 않을 것 같았다.

"알았습니다. 그렇다면 제가 가져온 돈과 새 옷만이라도 받아주십시오. 만약 마음에 들지 않으시다면 버려도 좋고, 강에 떠내려 보내도 좋습니다."

지호는 가져온 돈과 새 옷을 도스이 앞에 내놓았다. 도스이는 비로소 얼굴을 풀었다.

"그렇다. 버려도 좋고 강에 떠내려 보내도 좋다는 그 마음이야 말로 참다운 보시다. 좋다. 내 이것을 받으마."

돈과 옷을 받아 든 선사는 병든 걸인을 향해 돌아섰다.

"이보시오, 형제. 좋은 것을 얻었소. 그 누더기를 벗고 이 새 옷을 입으시오."

도스이는 제자가 정성껏 지어 온 옷을 그 자리에서 걸인에게 내어주었다. 돈은 거기 모인 걸인들에게 나누어주었다.

"지호야, 너는 훌륭한 보시를 했다. 자, 이것으로 이별식을 대신하자. 나를 기다리고 있는 또 한 사람의 걸인이 있다. 나는 이제 그에게로 갈 것이다. 자, 잘 가거라."

도스이는 아무 일도 없었다는 듯이 갈 곳을 향해 갔고, 지호는 합장한 채 눈물을 흘리며 스승의 뒷모습을 바라보았다.

도스이는 짚신을 만들어 팔아 돈이 생기면 그 돈을 남을 위한 데 썼다. 말년에는 짚신을 접고, 식초를 만들어 팔았다. 잘 팔렸다. 많은 돈이 들어왔다. 그 돈으로 도스이는 어려운 사람을 도왔다. 절대 모아두려고 하지 않았다. 아낌없이 베풀었다.

도스이는 1612년에 태어나 1682년에 세상을 떠난 것으로 알려져 있다.

『거리의 성자 도스이 큰스님』이란 책이 있다. 1958년에 미야자키 야스에몬宮崎安右衛門이라는 이가 썼다. 그 책 서문에서 저자인 미야자키는 이렇게 말하고 있다.

'석가도 그리스도도 거지였다. 탁발을 하여 살았다. 참다운 출가자는 거지로 산다. 자신이 사는 곳을 오가는 통행인들로부터 돈이나 물건을 얻는 탁발은 탁발의 부류에 들지 않는다. 진짜 탁발은 정신적인 양식을 주는 거다. 석가나 그리스도에게 구원을 받은 사람들이 감격한 나머지 받친다. 그것을 받는다. 그것이 진정한 탁발이다. 오늘의 승려는 어떤가? 불심보다 욕심 쪽이 더 크다. 종교에 관한 관심보다 경제 활동에 더 열심이다.

도스이 큰스님은 자주 이렇게 말했다.

"땀을 흘리며 일을 하는 신도들의 보시로 사는 승려가 어째서 그들보다 따뜻한 옷을 입고, 사치한 식사를 하며 사는가? 신도들이 가져다주는 것으로 사는 자가 빈둥거리며 산다면 그는 승려로서의 자격이 없다."

미야자키 자신도 '무無와 거지/탁발'을 인생철학으로 삼고 그렇게 살았다. 도스이, 료칸, 성 프란치스코 등을 바람직한 삶의 모범으로 여기고 그 자신 또한 그렇게 거지로 살았다. 동시에 『거리의 성자 도스이 큰스님』 등 자신의 철학을 알리는 여러 권의 책을 썼다.

어느 것에도 걸리지 않는 스님

운고 키요雲居希膺는 임제종의 승려로 깨달음을 얻고, 그 증표로 스승 잇츄一宙로부터 인가를 받았다. 그 뒤로는 세상을 돌며 깨달음 이후의 공부를 했다.

한 절에 머물 때였다. 그 지역의 고을 원님이 찾아와 문답을 나눈 뒤 감복하고, 운고의 제자가 됐다. 하지만 세상은 얄궂어서 그것을 시기하는 자가 있었다.

운고는 그게 싫어 바로 그 절을 떠났다.

그가 쓰던 방의 한 벽에는 한 장의 종이가 붙어 있었고, 그 종이에는 다음과 같은 시 한 수가 적혀 있었다.

3독이 일어나면
두 눈이 머네
업보가 끊어진 곳이 내 집
어딘들 못 가랴!

운고는 여기저기 옮겨 다니며 살았다. 그 길에서 온갖 경험을 했고, 그 속에서 그의 공부는 더욱 깊어져 갔다.

그래서 그가 남긴 일화는 모두 여행길에서 일어난 것들이다.

산적을 만난 일도 있었다. 자동차가 없던 옛날이었다. 큰 산의 재나 령에는 산적이 진을 치고 있는 곳이 많았다.

한 놈이 아니었다. 모두 다섯이었고, 그중 한 놈이 운고의 몸을 뒤져 값나갈 만한 물건을 모두 빼앗았다.

거기서 끝인가 했는데, 아니었다. 다른 놈이 나섰다.

"승복을 벗어라."

운고는 마음을 바꿨다. 겨울이었다.

"가다가 얼어 죽으니 여기서 죽겠다. 자, 그 칼로 내 목을 잘라라. 그 뒤에 내 옷을 벗겨 가져라."

운고는 그 자리에 앉았다.

운고는 오래 좌선을 한 승려였다. 위엄이 있었다. 조금도 두려워하는 기색이 없었다. 산적들도 느끼는 바가 있었다.

그중 하나가 운고 앞에 무릎을 꿇었다. 그걸 보고 나머지도 옆에 와 무릎을 꿇고 앉았다. 그중의 하나가 말했다.

"당신은 그 누구와도 다르다. 당신의 그 당당함을 배우고 싶다. 나를 당신의 제자로 받아들여 달라."

나머지 산적들도 '저도요' '저도요'하며 머리를 조아렸다.

운고는 그들의 요청을 받아들였다.

그중의 하나였는지 아니었는지 기록은 전하지 않는다. 운고는 시자 하나를 데리고 어디론가 가고 있었다.

시골길이었다. 그 길가에 무슨 일인지 시체 하나가 버려져 있었다.

"그냥 갈 수는 없지."

운고는 시신 옆에 가 앉았다.

"너도 이리 와 앉아라. 우리 함께 이 이의 왕생극락을 빌고 가자."

운고는 경을 읊고 축복을 했다. 시자는 놀랐다. 운고는 대충하지 않았다. 하나도 빼먹지 않았다. 목소리나 자세에서 정성이 묻어났다.

그 뒤의 일은 더 놀라웠다.

기도를 마치고 가던 길을 한 오리쯤 갔을 때였다.

"어이쿠, 우리가 한 가지 할 일을 잊었구나!"

시자를 돌아보며 운고는 이어 말했다.

"우리가 보시 받는 걸 잊지 않았냐? 그걸 빼먹으면 우리가 한일이 저 사람의 공덕이 되지 않는다. 그러니 가서 그 사람 몸을 뒤져 뭐라도 보시가 될 만해 보이는 걸 찾아와라."

시자는 이해할 수 없었고, 또 겁도 났지만 운고가 시키는 대로 시신에게로 갔다.

'에이, 보시도 받을 사람에게 받으려고 해야지. 스님도 참!'

속으로 이렇게 투덜거리며 주검의 주머니를 뒤지고 품 안을 열어보았으나 비어 있었다. 아무것도 없었다. 머리맡에 물 한 바가지가 있을 뿐이었다. 오래 됐는지 깨끗해 보이지도 않는 물이었다.

'하는 수 없지.'

시자는 물이 든 그 바가지를 들고 운고에게로 왔다.

"거지였나 봐요. 이것밖에 없어요."

운고는 바가지를 받아 그 안의 물을 거리끼는 기색 하나 없이 마시고 나서 말했다.

"이제 이것으로 됐다. 그분은 큰 공덕을 지었으니 좋은 데로 가실 거다."

이번에도 길이다.

운고는 걸음새가 특별했다. 지팡이를 가졌으나 짚지 않고 허리에 걸치고 두 손을 뒤로 돌려 잡고 걸었다. 그 자세로 서두르는 일 없이 천천히 걸었다.

그 길을 함께 걷는 이도 적지 않았다. 그들은 일반인, 곧 보통 사람이었다. 한둘일 때도 있고, 두셋, 혹은 대여섯이 동행을 하는 날도 있었다. 그들은 그 길에서 운고에게 궁금한 것을 물었고, 이야기를 들었다. 그 길은 말하자면 움직이는 법당이었다.

하루는 동행인 중 하나가 길가에 겉옷을 두고 왔다. 잠깐 앉아 쉴 때 벗어놓고, 잊고 온 걸 시오리나 지나서야 알고 호들갑을 떨었다.

운고는 말했다.

"잊어버리게."

239

운고의 말에 그 사람은 성을 냈다.

"새로 산 옷이란 말이에요. 비싸게 준."

"그렇다면 더욱 잊어버려야 돼. 벌써 누가 가져갔을 거 아닌가?"

운고는 빙그레 웃으며 이어 말했다.

"자네, 진여법계라는 말 아는가?"

그 남자는 대답을 못 했다. 아직도 얼이 빠져 있었다. 그는 두고 온 옷을 잊을 수 없어 안달이 나 있었다.

"불법은 그걸 얻자고 배우는 걸세."

옆사람이 물었다.

"그게 뭔데요?"

"나도 없고, 너도 없는 거지."

잠시 틈을 두었다 이어 말했다.

"내 것도 없고, 네 것도 없는 세계, 거기가 진여법계야. 거기 가지 않고는 진정한 평화는 없어. 거기가 극락이야. 죽은 다음에 가는 게 아니야."

*

운고 선사가 시자와 함께 여행을 할 때였다. 해가 저물어 어느 마을에서 하루 묵어가게 됐다. 마침 길가에 여관이 있었다.

시자가 빈 방이 있는지 알아보기 위해 여관에 들어갔으나 웬일인지 시간이 지나도 나오지 않았다. 궁금해서 운고가 들어가 보니 시자는 여관 주인과 숙박비를 놓고 다투고 있었다. 들어보니 큰 금액도 아니었다. 적은 금액을 가지고 깎아달라는 둥 안 된다는 둥 다투고 있었다. 운고는 시자에게 말했다.

"달라는 대로 드려. 저 분이 이득을 봐도 좋잖아?"

운고 선사에게는 이런 일화도 전해지고 있다. 앞의 것과는 조금 다른 느낌의 일화다.

운고 선사가 즈이간지瑞巖寺라는 절에서 주지 역할을 맡고 있을 때였다. 운고는 매일 밤 근처에 있는 동굴에 가서 좌선을 했다. 이것을 본 마을 청년들이 모의를 했다.

"우리 한 번 저 선사의 담력을 시험해보자."

절과 동굴 사이에는 긴 소나무 숲이 있었고, 그중 한 그루가 길 위로 굵은 가지를 드리우고 있었다. 그 굵은 소나무 가지에 개구리 모양으로 엎드려 있다가 운고 선사가 지나갈 때 위에서 선사의 머리를 만져 놀라게 하자, 그렇게 마을 청년들은 의견을 모았다.

계획대로 한 청년이 나무에 올라가 선사를 기다렸다. 선사는 정해진 시간에 나타났고, 청년은 지나가는 선사의 머리를 손으로 덥석 잡았다.

놀라웠다. 그 갑작스러운 행동에도 선사는 놀라는 기색이 전혀 없었다. 머리를 잡힌 채 가만히 서 있을 뿐이었다. 선사의 이 같은 행동에 놀란 청년이 손을 거두어들이자 선사는 아무 일 없었다는 듯이 조용히 다시 걷기 시작했다. 나무 위를 한 번 올려다보지도 않았다. 청년은 나무 위에 엎드린 채 감탄하지 않을 수 없었다.

"대단한 스님이다. 정말 뭔가 다르긴 다르구나!"

그래도 조금은 놀랐을 거라며 다음 날 그 청년은 선사를 찾아가 물었다.

"선사님 최근에 이 근방에서 매일 밤 귀신이 나온다는 말이 있는데 알고 계십니까?"

이 질문에 운고 선사는 딱 잘라 대답했다.

"그런 것은 없다네."

"그렇습니까. 밤에 귀신이 길 가는 사람의 머리를 잡는 일이 있다던데요?"

"나도 어젯밤에 그런 일이 있었네만 그것은 귀신이 아니라네."

"귀신이 아니라면 누가 그랬다는 겁니까?"

마을 청년이 시치미를 떼며 물었다.

"사람이지."

청년은 뜨끔했으나 태연하게 되물었다.

"어떻게 사람의 짓이라는 것을 아셨습니까? 무슨 증거라도 있으십니까?"

스님이 빙그레 웃으며 대답했다.

"귀신의 손은 차다고 하지 않던가? 그런데 어제 손은 따뜻했어. 그래서 사람의 손임을 알았지."

좌선과 여행!

사람을 키우는 두 가지 방법이다. 『호모 사피엔스』라는 책으로 세계적인 베스트셀러 작가가 된 유발 하라리는 하루 두 시간씩 반드시 명상을 한다고 한다. 그리고 1년에 한 차례씩 60일간 집중 수련의 시간을 갖는다 한다. 이때 하라리는 노트북과 스마트폰은 물론 전화도 받지 않는다 한다. 그 무엇에도 방해받는 게 없는 상태에서 자기만의 시간을 갖는다 한다.

한편 여행은 움직이는 좌선이자 선문답이다. 여행은 고생스럽다. 모든 게 내 집 같지 않다. 그런 상황에서 마음의 평화를 지켜야 한다. 그러므로 움직이는 좌선인 거다.

여행에서는 수많은 사람을 만난다. 그중에는 좋은 사람도 많지만 그렇지 않은 사람도 있다. 산적도 있고, 사기꾼도 있다. 좋은 사람이든 나쁜 사람이든 그들과의 만남은 모두 살아 있는 선문답이다.

작고 소박한 게 좋다

도쿠가와 이에야스는 쇼군의 자리까지 올랐다. 쇼군이라면 한 나라의 임금이며 대통령인데, 그의 성이 본래는 마츠다이라松平였다는 걸 아는 사람은 많지 않다. 이름 또한 어렸을 때는 이에야스가 아니었다. 부모가 지어준 이름은 다케치요竹千代였다. 마츠다이라 다케치요.

이 이야기는 이에야스가 다케치요라고 불리던 때, 그러니까 그가 어렸을 때의 일로부터 시작된다.

다케치요는 무가인 이마카와 집안의 인질로서 린쟈이지臨濟寺에 갇혀 지내야 할 때가 있었다. 그때 린쟈이지의 방장 데츠잔 소돈鐵山宗鈍●은 다케치요를 힘써 돌봤다. 마음을 다해 가르쳤고, 다케치요도 잘 따라 배웠다.

세월이 흘렀다.

데츠잔은 어느 해 교토의 묘신지妙心寺로 옮겨가게 됐고, 그 무렵에 마츠다라이 다케치요는 이름이 도쿠가와 이에야스로 바뀌어 있었다. 그리고 그는 일본 최고 지도자인 쇼군이 돼서 교토로

왔다.

둘은 당연히 만났다. 여러 기록은 데츠잔이 도쿠가와를 찾아갔다고 한다. 데츠잔은 귤을 선물로 가져갔다.

자리는 흥겨웠다. 옛날이야기도 했고, 신상에 관한 이야기도 나눴다. 그 끝이었다. 도쿠가와가 몸가짐을 바로잡으며 말했다.

"제가 알기로는 석가모니 부처님은 불법을 힘 있는 시주에게 맡겼다고 들었습니다. 지금 이 나라에서는 저보다 힘 있는 사람이 없습니다. 저는 스님의 사찰 묘신지의 시주가 되어 드리고 싶습니다. 받아들여 주시기 바랍니다."

데츠잔이 대답했다. 조용한 목소리였다.

"석가모니 부처님이 말하는 힘 있는 시주란 쇼군의 생각과 다릅니다. 기분 상하실지 모르지만 쇼군이 아실 수 없습니다. 불법에 힘이 되는 이가 있다면 저는 지금이라도 당장 달려가 배우고 싶습니다. 불법에 힘이 되는, 불법을 바르게 일으킬 수 있는 이는 사실 중도 잘 알아보기 어렵답니다."

도쿠가와는 그래도 무엇이라도 보은을 하고 싶었다.

"좋습니다. 그럼 서동원西洞院을 묘신지에 기증하겠습니다. 이것은 거절하지 말아주시기 바랍니다."

서동원이라면 왕실 소유였다. 넓은 면적에 잘 지은 건축물이 있는.

"안 됩니다. 크고 화려한 것을 좇는 데서 불법이 타락합니다. 작고 소박한 것으로 충분합니다."

데츠잔의 목소리는 단호했다.

★

데츠잔 쇼돈은 임제종의 승려로 1532년에 태어나 1617년에 세상을 떠났다.

가난한 삶, 작고 소박한 삶을 추구한 것은 데츠잔만이 아니다. 여러 승려가 그렇게 살았다. 그중에는 하라 탄잔이라는 이도 있다. 그는 이런 일화를 남겼다.

절, 사찰, 가람, 암자는 모두 불교 시설을 이르는 말이다. 가람은 해인사처럼 큰 절을 말한다. 사찰은 대웅전과 요사채, 산문이 있는 정도의 절을 말한다. 암자는 대개 법당과 요사채가 있을 뿐이다. 이것 말고 토굴이라고 불리는 것도 있는데, 사람들은 잘 모른다.

토굴은 스님이 살지만 그곳이 절임을 드러내지 않는 민가를 말한다. 스스로 짓거나 얻어 산다. 홀로 자유롭게 공부하고 싶은 스님들이 주로 토굴 생활을 한다.

하라 탄잔도 그랬다. 하라 탄잔은 손수 작은 집을 지었다. 놀랍게도 수레를 단 집이었다. 이동이 가능한 집이었다. 캠핑카의 시조라 해도 되리라. 이름도 그에 걸맞게 달팽이 와蝸에 오두막 려廬, 달팽이집이라 지었다.

하라 탄잔은 마음에 드는 곳에 달팽이집을 세워놓고, 그곳에서 공부하고, 좌선을 했다, 염불을 했고, 사경을 했다. 하루 전체를 수행으로 보냈다. 먹을 것이 떨어지면 집집을 돌며 탁발을 했다. 식량이 모이면 다시 달팽이집에 들어앉아 불경을 읽었고, 좌선을 했다.

그런 하라 탄잔이 한 작은 사찰에 머물 때였다.

어디나 심보가 나쁜 사람이 있는가 보다. 한 사내가 속여서 사찰의 땅을 팔아먹었다. 당연히 난리가 났다. 감옥에 보내야 한다, 그냥 둬서는 안 된다, 마땅히 대가를 치르게 해야 한다고.

하지만 하라 탄잔은 생각이 달랐다.

"그냥 봐 줍시다. 빼앗겼다 하지만 우리나라 바깥으로 가져간 것은 아니잖아요."

큰 창, 큰 배포

니시아리 보쿠산西有穆山 선사가 도쿄의 소산지宗參寺에서 생활할 때의 일이었다.

3백 년간 이어졌던 도쿠가와 가의 권세도 마침내 막을 내리려고 하고 있었다. 신하의 일부는 황실의 적, 또는 조정의 적이라는 오명을 무릅쓰고 창의대를 결성하여 주군인 도쿠가와 가의 은혜에 보답하고자 죽기를 각오하고 싸웠다. 하지만 싸움에 이기지 못하고 패배에 패배를 거듭했다.

니시아리 선사가 주지로 있던 소산지의 신도에는 무사가 많았다. 창의대는 패전을 거듭하다가 결국에는 조직적인 저항력을 상실하고 말았다. 그중 한 이는 소산지로 도망을 와서 니시아리 선사에게 숨겨줄 것을 부탁했다.

그는 여러 대를 이어온 소산지의 신도이기도 했다. 그러나 그보다는 목숨이 있는 자가 궁지에 몰려 도망을 쳐 온 것을 그냥 돌려보내는 것은 부처의 길이 아니었다. 그런 생각 아래 니시아리 선사는 그것이 얼마나 위험한 일인지를 잘 알면서도 그를 숨겨주었다.

예상대로 대략 3백 명은 돼 보이는 관군이 소산지 주변을 포위하고 그중 계급이 높아 보이는 자들이 칼을 뽑아들고 경내에 들어왔다. 살기가 등등했다.

"조정의 적이 한 놈 이곳으로 도망을 쳐 왔을 것이다. 그놈을 어서 우리에게 내놔라."

니시아리 선사가 나섰다.

"분명히 이리로 도망을 왔소이다. 그러나 숨겨줄 수 없다고 하자 다른 데로 가버렸다오."

"거짓말 마라. 그놈은 도망을 치려고 해도 그럴 수가 없다. 절 주위를 우리 병사들이 개미 한 마리 빠져나갈 수 없도록 둘러싸고 있기 때문이다. 그러니 공연히 시간만 끌지 말고 어서 내놔라. 만약 내놓지 않으면 그놈 대신에 우리는 당신의 목을 가지고 갈 것이다."

"내 목으로도 된다면 가지고 가도 좋소이다. 그러나 사형인도 마지막 소원은 들어주는 것처럼 내 소원도 좀 들어줄 수는 없겠소이까?"

무사들이 잠시 멈칫거리다가 말했다.

"그것이 무엇인지 빨리 말하시오."

"나는 곡차를 대단히 좋아하오. 이번 생을 마치는 마지막 날이니 배불리 마시고 죽고 싶구려. 그러니 잠시만 기다려주시구려."

무사들은 썩 내키지는 않았으나 마지막 부탁이라는 말에 잠시 망설이다가 들어주기로 하였다.

"좋소. 그 대신 빨리 마시도록 하시오."

니시아리 선사는 부엌에 가서 두 말의 술을 가지고 와서 큰 술
잔에 가득 따라 마시고, 다시 따라서 마셨다. 한참을 마시다가 병
사들을 보고 말했다.

"어떻소이까, 같이 한 잔 하는 것이? 이별의 술잔이니 한 잔씩
하는 것도 좋지 않겠소?"

병사들은 그렇지 않아도 목이 잔뜩 말라 있는 참이었다. 그때
까지 물 한 모금 마시지 못하고 뛰어다녔던 것이다. 목이 말라도
지독하게 말랐다. 그런 상태에서 선사가 술을 권하니 참을 수가
없었다. 술독은 금방 비었고, 그에 따라 병사들의 마음도 훨씬 부
드러워져 갔다. 그것을 니시아리 선사는 간파하고 말했다.

"죽기 전에 당신들에게 한마디 해두고 싶은 것이 있소이다."

병사들이 응해 왔다.

"좋소. 뭐든지 말해보시오."

"여러분들이 폐하를 위해 일하는 그 마음이나 여기로 도망을
쳐 온 자가 3백 년이나 자신과 자신의 집안을 돌보아준 주군의 은
혜에 보답코자 그를 위해 싸우는 마음이나 어느 입장에 서 있느
냐는 차이가 있을 뿐 실제로는 차이가 없습니다. 여러분들은 황
실을 위해 충성을 다하고 있고, 그는 창의대를 위해 그렇게 하고
있을 뿐입니다. 크게 보면 같은 나라 사람끼리의 충성이 아니겠
소이까. 어째서 서로를 꼭 죽여야만 하겠습니까? 이 부분을 잘 생

각해보시오."

이렇게 일장 연설을 한 다음 니시아리는 덧붙여 말했다.

"어떻습니까? 알겠습니까? 알았다면 어서 내 목을 베어 가시오."

병사들은 니시아리 선사의 배포에 감복했다. 생각해보니 그른 말이 아니었다. 넓게 보면 선사의 말이 맞았다.

"그냥 돌아가자. 이런 스님이라면 앞으로 우리가 열어가야 할 새 시대에도 도움이 될 것이다. 죽이면 국가적 손실이다."

병사들은 이렇게 수군거리며 물러갔다.

*

오래 수행을 한 사람의 눈은 사람이나 일을 넓게 볼 수 있다. 창이 크다. 그 예를 들어보자.

여기 사진 한 장이 있다. 창가에 한 남자가 외롭게 서 있는 사진이다. 이 사진만으로는 혼자 사는 남자 정도로 보인다. 다음 사진은 좀 더 멀리서 찍었다. 그 사진은 그 남자가 교도소에 갇혀 있는 사람임을 알려준다. 자, 그러면 그보다 더 멀리서 찍은 사진은 어떨까? 그 사진은 그곳이 연극 무대임을 일러준다.

이처럼 창문에 크기에 따라 사람과 일은 달라진다. 외로운 남자 → 수형자 → 배우로 바뀌는 거다. 위의 일화에서는 적 → 나와 다른 주군을 모시는 자 → 충성이라는 점에서는 다르지 않은 자가 된다. 서로 처지가 다를 뿐이다. 창문을 키우면 보다 평화로운 길을 걸을 수 있는 거다.

이와 관련된 다음과 같은 일화도 있다.

소운지早雲寺라는 절이 있다. 온천 지역으로 유명한 하코네에 있는 절이다. 도쿄에서 그다지 멀지 않은 곳이다.

이 소운지에는 '호죠 소운北條早雲 21개조'라는 호죠가家의 가훈이 기록으로 남아 있다. 호죠 소운이 평생토록 실천한 자신의 생활 지침을 정리하여 후대를 위해 기록으로 남긴 문건이다.

그 내용은 기상에서 취침까지 어떻게 하루를 보내야 하는지를 자세히 적고 있다. 그 당시는 무사라면 누구나 선을 가까이했다. 차이는, 다른 무사들이 선을 생활의 일부로 받아들였다면 소운은 모든 일상생활을 선, 곧 선승의 생활처럼 했다는 것이다. 소운은 늘 깨어 있고자 했고, 청빈하게 살았다.

그런 소운을 백성도 사랑했다. 소운은 좋은 사람이었다. 어떻게 아나? 이런 일화가 있다.

그 당시는 말이 귀했다. 그때의 말은 요즘의 차와 같았다. 그러므로 말을 훔쳐가는 자는 큰 벌을 받았다.

소운의 영지에서 말 한 필이 사라졌다. 얼마 뒤 범인이 잡혔다. 어느 젊은이의 짓이었다. 그는 재판을 통해 사형에 처해졌다. 공개 처형이었다. 소운도 그곳에 있었다.

도둑은 자신을 죽이러 모인 사람들을 향해 외쳤다.

"나는 말 한 필을 훔쳤을 뿐이다. 하지만 세상에는 나라를 팔아먹는 이도 있고, 나라의 것을 도둑질하는 자들도 있다. 그래도 그들은 잘 먹고 잘살고 있다. 거기, 그대들은 어떤가? 그대들은 도둑이 아닌가? 그렇게 말할 자신이 있는가?"

그의 말을 들으며 관리들의 얼굴은 파랗게 변해갔지만 웬일인지, 소운이 커다란 목소리로 웃었다. 웃으며 말했다.

"풀어줘라. 저 젊은이 말이 맞다."

그런 호죠가도 5대 뒤에는 도요토미 히데요시에게 망한다. 그리고 호죠가의 땅은 도쿠가와 이에야스의 것이 되지만, 이에야스는 그곳에서 큰 고생을 한다. 호죠가를 흠모하는 백성들이 이에야스에게 좀처럼 마음을 내주지 않았기 때문이다. 협조하려고 하지 않았기 때문에 무슨 일이든 다른 곳보다 몇 배나 더 힘들었기 때문이다.

사람의 마음은 다 다르다. 누구나 같은 마음이 아니다. 어떤 사람은 넓고, 어떤 사람은 좁다.

넓은 마음을 가지려면 다양한 경험, 수련, 독서 등이 필요하다. 그냥은 커지지 않는다. 명상이나 여행, 경전 읽기 등이 필요하다. 잡담이나 하며 나이를 먹으면 노인이 돼서도 어둡다.

마음이 넓어야 말을 훔친 젊은이를 풀어줄 수 있다. 자신을 향한 비난이더라도 그 말이 옳다면 받아들일 수 있다. 그런 도량이 생긴다.

좁은 마음은 나와 주변을, 나라를 망친다.

도둑이라는 화두

집에 도둑이 들었을 때 어떻게 해야 할까? 그 대처 방식에서 자신의 모든 것이 드러난다. 어떤 사람인지? 세상을 어떻게 보는지? 좌우간 그 순간 그의 생각, 그의 세계관이 모두 드러난다.

한 비구니 스님이 있었다. 미모로도 유명했지만, 그보다 큰 자비심으로 만인의 사랑을 받는 스님이었다. 그녀의 법명은 지문慈門이었다.

지문의 절에 어느 날 밤에 도둑이 들었다. 소한이 지난 몹시 기온이 낮은 어느 날이었다. 도둑은 추위에 떨었다. 허기도 져 보였다.

어쨌든 도둑이라는 살아 있는, 쉽게 풀기 어려운 질문이었다. 지문은 그 질문에 이렇게 대답했다.

"잠깐 기다리시구려. 당신은 먼저 뭘 좀 드시는 게 좋겠소. 여기 와 이 화로에 몸을 녹이며 잠깐만 기다리고 있으시오."

스님의 따뜻한 응대에 도둑의 마음이 녹았다. 도둑은 스님이 시키는 대로 화롯가에 앉았다.

얼마 뒤 스님이 밥과 반찬이 놓인 밥상을 들고 왔다. 찌개 냄비는 화로 위에 놓았다. 스님은 차를 마셨다. 식은 차였다. 정신이 더욱 맑아졌다. 스승의 말씀이 떠올랐다.

"오늘부터 너는 지문慈門이다. 네 법명이 이르듯, 그대는 이제 자비의 문에 들어섰다. 자비는 수행의 길이자 목적지다. 불교는 자비의 길이다. 그대여, 그대 전체를 자비로 바꿔가라."

도둑이 불쌍해 보였다. 밥을 다 먹고 난 도둑에게 그사이 화로에서 따듯해진 차 한 잔을 권하며 지문은 말했다.

"당신에게 제안 하나 하리다. 당신은 건강하고 튼튼한 몸을 가졌으니 일만 있으면 될 거 같소. 우리 절에 있는 것은 무엇이나 가져가시오. 가져가 그걸 팔아 장사 밑천을 만들어보시오."

놀라운 제안이었다. 도둑은 기쁜 마음으로 스님의 다음 말을 기다렸다.

"물론 이 절에는 값이 나갈 만한 물건이 없소. 하지만 무엇이든 가져가 그것으로 새 출발을 해보시구려. 오늘부터 새롭게 시작해보시오. 처음에는 힘들어도 한 발 두 발 나아가다 보면 자리가 잡힌다오."

지문 스님의 말이 도둑의 가슴속으로 깊이 들어왔다. 그러고 싶었다. 오늘부터, 아니 지금 이 순간부터 새 사람으로 살고 싶었다. 처음 알았다. 자신이 튼튼한 몸을 가졌다는 걸.

길이 보였다. 날품을 팔자. 몸으로 하는 일이라면 자신이 있었다. 아니, 그냥 몸만 쓰는 일에는 미래가 없다. 기술을 익혀야 한다. 그런 생각이 들자 어둠으로 가득 차 있던 가슴이 밝은 해가 비치는 것처럼 환해져 왔다.

도둑은 일어나 지몬에게 큰절을 했다.

절의 물건에는 손 하나 대지 않았다. 그는 빈손으로 떠났다.

지몬은 바깥에까지 따라 나와 그를 배웅했다. 밖에는 그새 눈이 내리고 있었다. 그는 여러 차례 뒤돌아보았고, 그때마다 스님을 향해 고개를 숙이며 갔다.

*

지몬에게 박수를 치지 않을 수 없다. 두말 할 거 없다. 지몬은 도둑이라는 질문에 최고의 답을 했다. 그 이상의 답은 없으리라.

예수는 마태복음 10장 8절에서 전도를 떠나는 열두 제자에게 이렇게 말한다.

"너희가 거저 받았으니 거저 주라. 전대에 금도 은도 구리돈도 지니지 마라. 여행 보따리도 여벌의 옷도 신발도 지팡이도 지니지 마라."

무전여행을 하라는 명령이다. 비구 또한 그래야 한다. 비구는 걸식, 빌어먹는 자라는 뜻이다. 아무것도 가지려고 해서는 안 된다. 비구가 구할 것은 돈이나 물질이 아니다. 그가 추구해야 할 것은 단 하나 바른 길이다. 바른 눈이다. 그것으로 만인을, 중생을 돕는 것, 그것이 비구, 혹은 비구니의 길이다.

여기 그렇게 소유의 산을 넘어서 산 이가 또 하나 있다.

에사이榮西라는 이다. 그는 처음으로 일본에 임제선을 전한 사람이다. 다음 일화는 임제선이 신흥 종교로서 기성 교단에 박해를 받을 때의 일이다.

먹을 것이 없어서 때로는 도리 없이 단식을 해야 할 정도로 에사이 선사의 절 겐닌지建仁寺는 가난했다.

그러던 어느 날이었다. 한 신도가 선사로부터 법문을 들은 뒤 그 사례로 비단 한 꾸러미를 보시했다. 에사이 선사는 기쁜 나머지 그것을 제자들의 손에 들리지 않고 손수 들고 왔다. 곧바로 원주스님을 불러 비단을 주며 식사 준비에 보태게 했다. 그것을 팔아 식량을 사라는 거였다.

공교롭게도 원주스님이 물러가자마자 한 신도가 찾아왔다. 장사를 하는 신도였다. 그는 에사이를 붙잡고 애걸했다.

"스님, 지금 당장 비단 두세 필이 필요합니다. 혹시 갖고 계신 것이 있으면 제게 융통해주실 수 없으십니까? 제발 도와주시기 바랍니다."

하늘의 장난 같았다. 줬다가 빼앗으러 온 것 같았다. 하지만 에사이는 자신이 승려임을 잊지 않았다.

"그런가요, 그렇다면 오늘 어느 분이 주신 게 있으니 그걸 가져가도록 하세요."

이렇게 말하며 에사이는 좀 전에 원주스님에게 맡겼던 비단을 가져오게 하여 상인에게 선뜻 내주었다.

이 모습을 보고 스님들은 불만이 많았다.

"내일 아침에는 모처럼 제대로 된 식사를 할 수 있을 줄 알았는데……."

"어이구, 내일도 굶었구나!"

"내 코가 석 자인데도 큰스님은 남 도울 생각만 하시다니!"

선사는 스님들의 불평을 듣고 말했다.

"물론 우리도 어렵지만 우리는 수행을 목표로 여기 모였다. 밥을 못 먹고 굶어 죽는다 해도 괴롭지 않지만 속세간의 생활은 그렇지 않다. 비단 한 필 때문에 귀중한 신용을 잃을 수도 있다. 지금 비단이 필요한 사람은 그 상인이지 우리가 아니다. 여러분이 이해해주기 바란다."

그 일만이 아니었다.

하루는 어떤 가난한 사람이 와서 간청했다.

"저희 집은 며칠째 먹을 것이 없어 굶고 있습니다. 이러다가는 우리 부부와 아이들이 다 굶어 죽을 판입니다. 부디 자비를 베푸시어 우리 식구를 살려주시면 고맙겠습니다."

다시 말하지만 겐닌지는 가난한 절이었다. 겐닌지에도 먹을 게 없었다. 딱했지만 나누어 줄 게 없었다.

'그렇다면 돈 될 만한 것은 없을까?'

그런 물건이 있을 리 없다는 걸 잘 알면서도 에사이는 가난한 사람을 돕고 싶었다. 마음이 있으면 길이 있다고, 에사이의 머리에 약사여래상의 광배를 만들려고 준비해둔 쇠가 생각났다.

광배란 불상과 같은 신성한 존재의 등 뒤에 밝은 빛이 어리는 모습을 나타내기 위해 두르는 장식을 말한다.

에사이는 그것을 가져다가 들고 가기 좋도록 두드려 접어서 주며 그 가난한 사내에게 말했다.

"이것을 가져가서 먹을 것과 바꾸어 우선 허기라도 면하도록 하세요."

사내는 대단히 기뻐하며 돌아갔으나 제자들은 스승의 행동을 비난하여 말했다.

"그것은 다른 것도 아니고 불상의 광배를 만들려고 준비해둔 쇠였습니다. 아무리 큰스님이라 해도 부처님에게 공양된 것을 사사로이 써서는 안 됩니다. 그것은 부처님의 것을 나를 위해 쓰는 불물기용佛物己用 죄에 해당합니다."

에사이 선사는 제자들의 비판에 대해 이렇게 대답했다.

"진실로 너희들의 의견이 옳다. 그러나 부처님이라면 당신의 살점이나 팔다리를 떼어서라도 중생을 살리고자 하셨을 것이다. 눈앞에서 죽어 가고 있는 사람이 있다면 그에게 불상 전체를 주더라도 부처님은 좋아하실 것이다. 나는 이 죄 때문에 지옥에 떨어진다 해도 살아 있는 자를 굶주림으로부터 구해야 한다고 생각한다."

절에서 다시 출가하다

후가이 혼코(風外本高, 1779~1847) 선사는 조동종의 큰 인물이다. 그 문하에서 에키도, 하라 탄잔, 겐죠를 비롯하여 수많은 인재가 난 것으로도 유명하다.

후가이 선사는 늘 이렇게 말했다.

"절에서 다시 한번 출가하다."

선사는 이렇게 말하며 큰 절의 주지가 되는 것은 또 한 마리의 이리가 되는 것이라 여겼다.

어느 날 한 지방 관리가 선사를 찾아왔다. 그는 깍듯이 예를 갖추고 그 지방의 어떤 이름 있는 큰 절을 맡아 달라는 성주의 청을 전했다. 하지만 선사는 평소의 신념대로 그 청을 딱 잘라 거절했다. 곤란한 일이었다. 그는 어떻게든 임무를 완성하고 오라는 성주의 명령을 받고 왔기 때문이다. 그냥 물러설 수 없었다. 어떻게든 마음을 돌려보려고 그는 선사를 붙잡고 늘어졌다.

그때 선사가 한 꾀를 냈다. 지방 관리를 향해 갑자기 혀를 길게 내밀어 보인 것이다. 아이들이나 하는 행동으로 단호한 거절의 뜻을 나타낸 것이다. 이 돌발적인 행동에 지방 관리도 더는 조르지 못하고 돌아갈 수밖에 없었다.

*

"출가 수행자(사람)는 무엇보다 먼저 가난해야 한다. 자신의 분수와 가난의 의미를 알아야 한다. 가난 속에서 도심이 우러난다. 가진 것이 많고 거느린 것이 많으면 출가(삶)의 뜻을 잃는다.

옛날의 수행자(사람)들은 갈아입을 옷과 바리때(밥그릇) 하나로 족할 뿐, 더 이상 아무것도 가지려고 하지 않았다. 거처에 집착하지 않고 음식이나 옷을 탐하지 않았다. 오로지 자신의 마음을 밝히는 일에만 열중하였다."

이 글은 법정 스님의 『오두막 편지』에서 옮겨온 것이다. 그중 몇 단어를 바꿔 읽어보았다. 괄호 속의 것이 그것이다.

4~5세기에는 그리스도 수행자 중 많은 이가 사막에 갔다. 사막에 가서 작은 암자를 짓고, 그곳에 은둔했는데, 사람들은 그들을 사막의 사부, 혹은 사모라고 했다.

그중에 이삭이라는 이름의 사부가 있었다. 그는 자주 이런 말을 했다. "나의 사부 팜보는 이렇게 말씀하셨다. 수도자가 입는 옷은 암자 바깥에 던져놓고 사흘이 지나도 아무도 가져가지 않는, 그런 옷이면 좋다." 왜 가져가지 않을까? 값싼 옷이기 때문이다. 혹은 낡았기 때문이다.

스님이 돈을 밝힌 까닭

미에현에 있는 어느 절이었다. 그 절에는 그림을 아주 잘 그리는 게츠센月僊이라는 승려가 살았다. 그는 산수화, 화조화(꽃과 새 그림), 인물화 등 모든 그림에서 뛰어났다. 뿐만 아니라 그의 그림에는 좀처럼 범하기 어려운 기품까지 있었기 때문에 그림을 찾는 사람이 끊이지 않았다.

게츠센 스님은 그림을 부탁하러 오는 사람에게 제일 먼저 그림값으로 얼마를 줄 거냐고 묻곤 했다. 그래서 금액이 자신의 예상 이하이면 결코 상대의 부탁에 응하지 않았다. 사람들은 그것을 스님답지 않은 행동이라며 모두 비난했다.

"그림은 더할 나위 없이 좋지만 그 스님은 돈을 너무 밝혀 틀렸어."

"보통 그림쟁이들도 그처럼 돈에 집착하지는 않을 거야. 그 스님은 승려의 신분으로 도대체 왜 그러는지 모르겠어?"

"돈을 너무 밝혀서 싫긴 하지만 그림은 정말 좋단 말이야."

스님을 욕하면서도 그의 그림을 얻고자 하는 사람은 점점 늘어만 갔다.

이런 이야기를 들은 그 지방 게이샤(일본 기생) 하나가 게츠센 스님을 골려줄 생각으로 한 꾀를 냈다.

"스님, 제게 목단 그림을 하나 그려 주세요. 사례는 원하시는 대로 얼마든지 드리겠어요."

게츠센은 바로 비단에 목단을 그려서 게이샤가 부탁한 날 가져갔다. 그날은 손님이 많았다. 그들은 모여 술판을 벌이고 있었다. 모두 게이샤가 꾸민 일이었다.

게이샤는 손님 속에 섞여 앉아 스님의 그림을 받았다. 눈이 번쩍 뜨일 정도로 훌륭한 그림이었다. 그러나 그것도 한 순간, 게이샤는 사람들 가운데 서서 그것을 치마처럼 허리에 묶으며 말했다.

"돈을 주면 뭐든지 그리는 스님. 부처님을 섬기는 스님의 신분이면서 돈이면 최고인 줄 알고 거리의 유녀에게까지 머리를 숙이는 거지 스님. 그런 스님이 그린 이런 그림 따윈 이런 허리 치마로 족합니다. 어때요, 손님들. 어울리지 않나요?"

게이샤는 말을 마친 뒤 손님들 향해 몇 바퀴 돌아 보였다. 그러자 치마 모양으로 허리에 두른 그림이 펄럭이며 돌아갔다. 손님들은 그녀의 말에 모두들 맞장구를 쳤다.

"아주 잘 어울리는구나."

"네 말 그대로다."

게이샤는 돈 꾸러미를 들어 보이며 게츠센에게 말했다.

"자, 사례는 약속대로……."

게이샤는 놀랍게도 그 돈 꾸러미를 게츠센을 향해 던졌다. 얼굴에는 냉소가 흘렀다. 더할 나위 없이 무례한 행동이었다. 언제 끈이 끊어졌는지 동전이 흩어지며 떨어졌다.

하지만 게츠센은 게이샤의 무례한 행동에 전혀 개의치 않았다. 묵묵히 흩어진 돈을 주워 모은 뒤 감사하다는 말을 남기고 자리를 떠났다.

"출가한 스님의 몸으로 금전에 집착하여 유녀에게까지 놀림을 받다니……."

이 소문을 듣고 가장 안타까워한 사람은 당대 최고의 화가였던 이케 타이가池大雅였다. 타이가는 전부터 게츠센 스님의 그림에 외경심을 품고 있었다.

그가 어느 날 게츠센 스님을 찾아왔다.

"스님의 그림은 진실로 뛰어나 저 같은 범인은 도저히 흉내조차 낼 수 없습니다. 전부터 한번 뵙고 싶었는데 이제야 걸음을 하게 되었습니다."

"과찬이십니다. 당대 최고의 화성께서 이런 누추한 곳까지 왕림해주셔서 이 못난 중은 황송스러울 뿐입니다."

두 대가는 이런 인사말을 시작으로 여러 가지 대화를 나눴다. 얘기 끝에 타이가는 뛰어난 그림과는 달리 수없이 들려오는 게츠센에 대한 악평들에 대해 솔직히 얘기하고 그것에 대처해 줄 것을 바랐다. 그러나 스님은 고개만 끄덕일 뿐 아무 말도 하지 않았다.

자, 과연 게츠센 스님은 왜 그렇게 욕까지 먹어 가며 돈을 모으려 했던 것일까? 거기에는 일반 사람들은 모르는 다음과 같은 사연이 있었다.

게츠센은 모은 돈을 남모르게 쓰고 있었다.

당시 게츠센이 살던 곳은 여러 해 동안 흉작이 계속되며 굶는 사람들이 많았지만 구제책이 전혀 강구되지 못하고 있었다. 이때 게츠센은 사람들 모르게 지방 정부에 아주 많은 돈을 내놓아 항구적인 대책을 세우도록 했다.

이세신궁伊勢神宮(미에현 이세시에 있는 일본 황실의 선조를 모신 신사로서 일본에서 가장 유명한 신사 중의 하나다)의 도로와 다리를 수리한 것도 게츠센 스님이었다.

또한 대불전 개축의 뜻을 이루지 못하고 세상을 뜬 스승의 유지를 이어 그것을 재건한 것 역시 게츠센 스님이었다.

알려진 것만 이와 같다. 그밖에 어떤 데 돈을 썼는지는 사람들은 알지 못한다. 어찌 됐든 게츠센 스님은 이런 일들을 하기 위해 사람들의 비방과 멸시를 모두 감수하며 돈을 모았던 것이다. 게츠센 스님은 자신이 계획한 이런 일들을 모두 이룬 뒤에는 화필을 던져버렸다.

이런 사연 때문이리라, 게츠센 스님의 그림은 지금까지도 많은 사람들에게 큰 사랑을 받고 있다..

*

학문의 번영을 위해서는 뛰어난 학자도 있어야 하지만 좋은 학교도 있어야 한다. 좋은 학교에는 학생과 선생이 마음껏 연구와 조사를 할 수 있는 큰 도서관과 실험실, 연구실, 식당, 기숙사 등이 있어야 한다. 그러므로 배움터에는 훌륭한 학자도 필요하지만 연구 기반 시설을 마련하는 사람 또한 필요하다.

이 점은 불교에서도 마찬가지다. 승려가 머물며 수행을 할 수 있는 사찰을 누군가 지어야 하고, 그것을 유지 보수해야 한다. 게 츠센은 그런 기반 사업을 자신의 일로 알고, 그 일에 자신의 재능을 쓴 스님이다.

데츠겐 도코鐵眼道光 스님도 그랬다. 그에게는 다음과 같은 일화가 전해지고 있다.

책이 우리의 전 존재를 흔들 때가 있다. 데츠겐 도코 스님이 그랬다. 어느 경에 나왔다. 이런 글이었다.

"우리가 하는 일 중에서 최고는 불법을 널리 알리는 일이다."

데츠겐에게는 이 글이 가슴 깊이 와 닿았다.

불교에는 세 가지 보물이 있다. 불법승 삼보다. 첫째는 불, 곧 부처다. 둘째 법이다. 불법을 말한다. 셋째는 승, 곧 스님이다.

불법이 무엇인지를 밝혀 놓은 것이 불경, 곧 불교 경전이다. 불교 경전을 널리 펴야 하는 이유다.

데츠겐 스님은 그 일, 불교 경전을 널리 보급하는 일을 하고 싶었다. 그것이 자신의 사명임을 그 책을 통해 알았다.

사찰이나 불상에서는 다른 나라에 뒤처지지 않았다. 하지만 대장경이 일본에 없었다. 내가 해야 할 일이었다. 데츠겐은 그렇게 생각했다.

대장경 출판은 대사업이었다. 많은 자금이 필요했다. 데츠겐은 멀리까지 가서 자금을 모았다. 온갖 어려움을 겪어야 했다. 그렇게 힘들게 사업을 시작할 자금이 모였다. 그때 오사카에 큰 비가 내렸다. 엄청난 규모의 장마였다. 이재민이 수도 없이 생겼다. 그 참상은 눈을 뜨고 보기 어려웠다. 언제 원상복귀가 될지 알 수 없는 재난이었다.

데츠겐은 대장경 간행을 위해 모은 돈을 이재민을 위해 내놓았다. 자, 거기까지는 좋았지만 모든 걸 다시 시작해야 했다. 더위 속을 다시 걸어야 했다. 다시 눈보라를 맞아야 했다. 때로는 노숙을 해야 했다. 그 덕분에 다시 대장경 사업을 할 만한 자금이 모였지만 이번에는 교토였다.

대단한 흉년이었다. 가뭄 때문이었다. 가뭄이 워낙 심해 어떻게 한 해를 나야 할지 길이 안 보일 만큼 농사가 안 됐다. 거둘 게 없는 흉작이었다. 데츠겐은 이번 재해에도 눈을 감을 수 없었다. 대장경도 사람을 위한 것이었다. 사람이 먼저였다. 데츠겐은 모은 돈을 다 내놓았다.

데츠겐은 다시 나서야 했다. 세 번째였다. 이번에는 하늘이 데츠겐을 도왔다. 홍수도 지지 않았다. 가뭄도 없었다. 마침내 무사히 대장경 간행 사업을 시작할 수 있었고, 아무 탈 없이 마칠 수 있었다.

하나에서 보이는 전체

열심히 공부하는 세 명의 승려가 있었다. 그들은 서로를 격려하며 치열하게 수행했다.

수행에는 스승의 몫이 크다. 스승은 제자를 바른 길로 이끈다. 샛길로 빠지지 않게 하고, 헛고생을 하지 않도록 돕는다.

어느 날 그 세 명의 승려는 스승을 찾아 길을 나섰다. 훌륭한 스님이 있다는 얘기를 들었던 것이다.

그 사찰로 가는 길은 시냇가로 나 있었다. 절 가까이 갔을 때였다. 시냇물에 야채 조각 하나가 떠내려 오는 것이 보였다. 그걸 보고 세 승려는 동시에 이렇게 말했다.

"돌아가자. 우리가 헛소문을 듣고 왔나보다."

하나를 보면 열을 안다. 겨우 야채 조각 하나라고 할지 모르지만 그런 것을 작다고 소홀히 하는 절이라면 더 볼 것이 없다는 게 세 승려의 생각이었다.

그때 그 절에서 스님 하나가 뛰어 내려왔다. 그의 손에는 뜰채가 들려 있었다. 그 스님은 물에 떠가는 야채 조각을 뜰채로 건져

들고 갔다. 그 모습을 보고 세 승려는 발길을 다시 돌려세웠다.

"헛소문이 아닌가 보다. 역시 훌륭한 스님이 계시는 것이 틀림 없다. 어서 가서 뵙자."

★

임제종의 승려로 와타나베 난인渡辺南隱이라는 이가 있다. 1834년에 태어나 1904년에 세상을 떠났다.

어렸을 때, 난인은 불교가 아니라 유학을 배웠다. 거대한 가람을 보고 그는 불교란 인민의 고혈을 빨아먹으며 살아가는 악마로 알았다. 그는 그처럼 불교를 싫어했는데, 더 공부를 하며 생각이 바뀌며 출가했다.

그런 그가 어떤 승려였는지를 보여주는 일화가 하나 있다.

난인이 돈을 잃어버렸다. 물건을 사오는 길에 어딘가에서 떨어 뜨린 모양이었다. 그 이야기를 들은 신도 한 사람이 걱정을 하며 말했다.

"지금이라도 가서 찾아보는 게 좋지 않을까요?

하지만 난인의 생각은 달랐다.

"돈보다도 그걸 주운 사람이 걱정이다. 돈을 보고 욕심이 생기면 그 사람은 정신적으로 고통을 받는다. 만약에 보는 사람이 없었다 해도 그의 양심이 알기 때문에 그는 가책을 느끼지 않을 수 없다. 나는 그처럼 그 돈으로 누군가 죄를 짓게 되는 게 걱정이다. 돈이야 아무래도 좋다. 부디 그런 일이 없었으면 좋겠다."

이 일화도 단 하나의 이야기지만 난인이 어떤 사람인지를 일러준다. 살아 있는 사람이라면 가서 만나보고 싶다. 그가 쓴 책이 있다면 구해 읽어보고 싶어진다. 그가 이끄는 수행 코스가 있다면 그 과정에 참여해보고 싶다.

가난함을 지켜낸 스님

불교에는 정해진 계율이 있다. 스님이라면 그것을 지켜야 한다. 그런가 하면 아무렇지 않게 깨버리는 스님도 있다. 1774년에 태어나 1849년에 떠난 다이슈 시신諦洲至信 스님은 계율을 엄하게 지키는 스님이었다.

다이슈 스님은 점심 이후에는 평생 식사를 하지 않았다. 그 스님은 비단 옷을 입지 않았다. 떨어지면 기워 입었다. 좀처럼 새 법의를 장만하지 않았다.

그 스님은 특히 짚신으로 유명했다.

외출이 많은 스님이었다. 누가 부르든 갔다. 그는 오는 사람을 기다리고 있을 게 아니라 찾아가야 한다고, 그런 불교를 해야 한다고, 그런 승려로 살아야 한다고 여기고 그렇게 행동했다. 사찰이 있는 이유는 단 한 가지, 사람을 돕는 데, 한 사람이라도 더 고난에서 건져내는 데 있다고 여기고, 그렇게 하루를 사는 승려였다.

그때는 짚신밖에 없었다. 그런 시절이었다. 다이슈 스님은 새 짚신을 신지 않았다. 길을 가다 버려진 짚신이 있으면 가져다 고

271

쳐 신었다. 한 짝만 버려진 것도 주어다 두었다가 나중에 다른 쪽 짚신이 생기면 짝을 맞춰 신었다.

말년에는 사찰 하나를 더 맡았다. 다이슈는 그 두 절을 하루 한 두 번은 오가야 했다. 십 리가 넘는 길이었다. 그 길을 다이슈는 낡은 짚신을 신고 오갔다.

누가 초대하며 가마를 보내도 타지 않았다. 가마를 앞서 보내고, 그 뒤를 따라서 걸었다.

*

1,200킬로미터.

시코쿠 오헨로미치라는 일본의 유명한 순례지를 56일간에 걸쳐서 걸었던 적이 있다. 그때 나는 로쿠만지六萬寺라는 절에서 괜찮은 노스님 한 분을 만났다. 그 작은 절에는 노스님 단 한 분이 살았다.

순례객에게 방 하나를 내어놓고 있는 절이었다. 나는 그 절 그 방에서 하룻밤 신세를 졌다. 그 방은 다른 어느 절에서 내놓은 방보다 정갈했다. 다른 절들은 규모는 훨씬 컸지만 내놓은 방은 실망스러웠다. 이부자리가 너무 더러웠다. 아무렇게나 넣어놓은 물건들도 눈에 거슬렸다. 길손을 위한 마음이 보이지 않았다.

로쿠만지의 노스님은 내게 차와 과자, 그리고 자신의 욕실까지 내어주면서도 오히려 더 못 주는 걸 미안해했다. 조금도 베푼다는 거드름이 없었다.

"절은 승려를 위한 공간이 아닙니다. 모두를 위한 곳입니다. 저는 이 절을 이 지역의 문화 공간으로 내어놓고 있습니다. 사경 모임도 있고, 요리 모임도 있습니다. 어린이 교실도 있고, 잡담 모임도 있습니다. 저는 이 절을 개방하고 있습니다. 이 지역 사람 모두의 집으로 알고, 그렇게 하고 있습니다."

운영은 어떻게 할까? 절도 계속 내어줄 수만은 없는 게 아닌가?

"와서 보면 아십니다. 알고 보시함에 넣어주십니다."

노스님은 우리가 앉아 있던 의자를 손으로 두드려 보이며 말했다.

"이 의자도 보시를 받은 겁니다. 어느 분이 자신은 필요 없다며 가져다주신 겁니다."

나는 찔러보고 싶었다.

"사찰은 부처님이 사시는 곳이 아닌가요? 헌 물건을 써서는 안 되는 거 아닌가요?"

노스님이 껄껄 웃었다.

"그렇지 않아요. 헌 물건을 써도 돼요. 게다가 이 의자는 새 것과 다를 바가 없었어요. 지금도 그렇지만."

"……."

"저는 말하자면 관리인입니다. 우리는 모두 함께 힘을 모아 이곳을 가꿔갑니다."

"……."

"우리가 바라는 것은 더 많은 무엇이 아닙니다. 더 화려한 무엇이 아닙니다. 재활용품은 의자만이 아닙니다. 더 많이 있습니다."

2미터가 넘는 굵은 막대기를 들고 '나를 이기는 자는 그가 일곱 살 아이라도 스승으로 삼겠지만 지는 자는 그가 큰 절의 큰스님이라도 이 막대기로 패버리겠다'며 천하를 돈 스님 나카하라 토슈. 그도 자주 말했다.

"도심道心, 곧 바른 마음을 기르는 첫 발은 물건을 아끼는 데서부터 시작된다. 이 세상에는 버릴 것이 하나도 없다. 모든 걸 아껴야 한다.

예를 들면 종이도 버리지 않고 모아두면 쓸 데가 있다. 몇 푼 안 한다며 마구 사들이고, 마구 써서는 안 된다."

이렇게 말하며 그는 쓰고 남은 종이도 크기에 따라 나누어 보관했다.

"작은 종이가 필요할 때 작은 종이가 있으면 큰 종이를 잘라 쓰지 않아도 된다. 남았다고 버리는 게 습관이 되면 아주 작은 종이가 필요할 뿐인데도 전지에 손을 대지 않을 수 없다."

그것만이 아니었다.

"만든 분의 노고를 생각해야 한다. 종이의 재료가 되는 나무도 무한정 있는 게 아니다. 아끼지 않으면 안 된다."

5장

소를 잊다

스승을 따라 죽은 제자

일본에는 후지산이라는 아름다운 산이 있다. 그리고 그 산에는 안잔●과 큐엔이라는 두 승려를 기리는 탑이 서 있다.

안잔과 큐엔, 이 두 승려는 참으로 기이한 인연으로 맺어졌다.

큐엔은 본래 산적이었다. 큰 산이 큐엔의 가게였다. 큐엔은 산길이 한눈에 잘 보이는 숲에 숨어서 손님을 기다렸다. 맞춤한 손님이 있으면 달려내려 가 칼을 들이대고 가진 것을 빼앗았다.

어느 날 중 하나가 나타났다. 단신이었다.

'오호, 좋은 손님이 오네.'

큐엔은 하나 이상은 손을 대지 않았다. 홀로 걷는 사람만을 손님으로 삼았다. 겨울이었다. 추웠다. 큐엔은 그 중이 입은 가사가 탐이 났다. 솜을 넣고 누빈, 따뜻해 보이는 가사였다.

중은 순순히 옷을 벗어줬다. 얼굴에 두려워하는 기색은 물론 미워하는 기색도 없이 그는 자신의 옷을 벗어주고 갔다. 보통 중이 아니었다.

큐엔이 중이 준 가사를 몸에 걸치기도 전이었다. 제 길을 가던 중이 돌아섰다. 큐엔은 만약의 사태에 대비해 주머니에 손을 넣었다. 주머니 속에는 칼이 들어 있었다. 큐엔은 가만히 칼자루를 거머쥐었다. 하지만 승려의 반응은 큐엔의 예상과는 전혀 달랐다.

"미안, 미안하오. 내가 깜빡한 게 있소. 속주머니 속에 돈이 있는 걸 깜빡 잊었지 뭐요."

큐엔을 향해 내민 중의 손에는 돈이 놓여 있었다.

그 중은 대자유 속에서 살고 있었다. 그것을 큐엔은 그 중의 얼굴과 행동에서 보았다. 그 순간 큐엔의 몸이 무너졌다. 몸 안의 어떤 힘이 나와 큐엔의 무릎을 꿇렸고, 고개를 숙이게 만들었다. 입에서는 이런 말이 흘러 나왔다.

"저를 도와주십시오. 당신의 제자가 되고 싶습니다."

안잔은 흔쾌히 큐엔을 제자로 받아들였다.

안잔은 호후쿠지保福寺에서 공부하고, 공부를 마쳤다는 인가를 받았다. 호후쿠지의 큰스님이 입적한 뒤, 사찰 안팎에서는 안잔을 다음 지도자로 추대했다. 하지만 안잔은 홀로 자유롭게 살고 싶었다. 안잔은 신도회와 승려들의 간청을 뿌리치고 호후쿠지를 떠났다. 그는 멀리 떠나 어느 산속에 갈대를 엮어 지붕을 올린 작은 암자에서 살았다.

그는 그곳에서 산이 주는 열매와 뿌리를 먹으며 수행했다. 아무에게도 알리지 않고 왔건만 어떻게 알았는지 호후쿠지에서 사람들이 왔다. 와서 졸랐다.

"스님밖에 없습니다. 저희 절을 맡아주십시오."

"네, 스님이 이끌어주셔야 합니다. 부디 저희의 청을 받아들여주시기 바랍니다."

달리 길이 없었다. 안잔은 암자를 버리고 다시 떠나야 했다.

그 길에서 큐엔을 만났다.

세월이 흘러갔다. 죽을 때가 되었다. 그걸 안 안잔은 홀로 후지산으로 갔다. 그곳에서 아무에게도 폐 끼치지 않고 죽고 싶었다.

안잔은 후지산에 있는 한 동굴에서 죽음이 자기를 데려가기를 기다렸다. 먹지도 마시지도 않았다. 그것이 그가 죽음을 부른 방법이었다.

큐엔이 뒤를 캐어 물어 안잔을 쫓아왔다. 큐엔이 동굴에 도착했을 때는, 안타깝게도 안잔은 벌써 이 세상 사람이 아니었다.

큐엔은 안잔 곁에 결가부좌를 하고 앉았다. 죽음이 올 때까지 큐엔 또한 자리를 뜨지 않았다. 안잔은 자신에게 새 삶을 열어준 사람이었다. 그런 사람이 떠났다. 큐엔은 더 이상 이 세상에 남아 있고 싶지 않았다.

나중에 두 사람은 미이라 상태로 사람들에게 발견됐다. 1677년 8월 15일의 일이었다.

＊

　스님들의 제자나 후학을 향한 자비심은 다양한 모습으로 드러난다. 이런 일화가 있다.

　야마오카 뎃슈山岡鐵舟는 일본인이라면 모두가 아는 검의 달인인 동시에 뛰어난 정치가이자 선의 대가로도 유명하다. 그는 검의 지극한 경지에 이르러 무도류無刀流라는 독자적인 세계를 개척했다.

　무도류란 무도無刀란 말 그대로 칼이 없는 세계다. 온 우주가 모두 한마음이다. 한마음이란 안팎으로 본래 한 물건도 없는 까닭에 적과 마주 섰을 때도 앞에는 적이 없고 뒤에는 내가 없는, 대립을 넘어선 경지를 말한다. 뎃슈는 이런 무도류의 세계로 제자들을 이끌었다.

　야마오카 뎃슈의 문하에는 전국 각지에서 다양한 부류의 사람들이 구름처럼 몰려들었다. 그중에는 몽상에 빠진 제자도 있었다. 그는 뎃슈가 매일 좌선에 힘쓰는 것을 보고 비웃으며 말했다.

　"선생님, 하느님이나 부처님에게 예배를 하거나 좌선을 하면 무슨 공덕이 있는 줄 아십니까? 저는 때로 절의 일주문이나 신사의 도리(신사의 입구에 세운 문)에 오줌을 누는데도 아직 한 번도 벌을 받은 적이 없습니다. 이걸 보면 신이나 부처에게 절하는 것은 쓸 데 없는 짓이 아니겠습니까?"

　제자의 말을 듣고 뎃슈는 큰소리로 꾸짖으며 말했다.

"어리석게 굴지 마라. 벌을 받지 않았다고 했지만 이미 넌 천벌을 받고 있지 않으냐? 그런 곳에 오줌을 싸는 행동은 개와 고양이나 하는 짓이다. 적어도 무사가 할 짓이 아니다. 너는 겉모습은 무사지만 그 성근은 이미 개나 고양이가 다 됐다. 인간의 얼굴을 한 축생이란 말이다. 그것이 이미 네가 천벌을 받고 있다는 증거가 아니고 무엇이겠는가?"

나쁜 일을 하면 그 죄로 벌을 받는 것이 아니라 나쁜 일을 하는 그 자체가 이미 벌이라는 것이다.

뎃슈는 다시 소리 높여 말했다.

"가문의 번영을 위해 사용해야 할 물건을 그런 하잘것없는 데 쓰다니 참으로 한심스러운 일이다. 내가 오늘 너의 그 물건을 단칼에 베어버릴 테니 당장 이리 꺼내 놓거라."

제자는 사색이 되어 용서를 빌었다.

이런 일화도 있다.

어디나 괴짜가 있다. 하쿠인 문하에도 그런 승려가 있었다.

"나는 부처다!"

어느 날 그렇게 외치고, 그 뒤에 그가 보인 행동은 가관이었다. 경전을 화장실의 밑씻개로 썼다. 동료 승려가 말려도 듣지 않았다. 오히려 큰소리를 쳤다.

"나는 부처다. 부처가 부처의 구멍을 닦는 데 경전을 쓰는 게 뭐가 문제란 말인가?"

그 소리가 곧 하쿠인에게도 전해졌다. 하쿠인은 그를 불러 온 유한 목소리로 말했다.

"그대 말대로 그대 엉덩이에 난 구멍은 부처의 구멍이다. 그런데 그 존귀한 구멍을 경전처럼 손때 묻은 종이로 닦아서는 안 되는 거 아닌가? 그대 생각은 어떤가? 앞으로는 깨끗한 종이를 쓰는 게 좋을 거 같다."

그 승려는 그때서야 정신을 차리고, 다시 수행에 힘을 썼다.

제자에게 절을 한 스님

절에서는 승려가 되고 싶다고 찾아온 사람을 바로 받아들이지 않는다. 승복을 내어주기 전에 6개월, 혹은 1년씩 행자 기간을 두어 정말로 승려가 될 사람인지를 시험한다. 혹독한 과제가 주어진다. 오죽하면 군대 생활보다 고되다 할까. 청소, 빨래, 요리, 농사, 수리 등으로 아침부터 밤까지 눈코 뜰 새 없는 생활이 이어진다. 그리고 스님을 만나면 누구에게나 허리를 90도로 숙여 절을 해야 한다.

샤쿠 소엔釋宗演이 행자일 때의 일이었다.

소엔의 스승 에츠케이 슈켄이 바깥나들이를 한 날이었다. 소엔은 법당 문가에 잠시 앉았다가 그만 쓰러져 잠이 들고 말았다. 잠자는 시간이 부족했고, 끊임없이 이어지는 일로 너무 피곤했기 때문이었다.

그 사이에 스승 에츠케이가 돌아와 그 모습을 보았다. 웬일일까? 스승은 잠이 든 소엔을 보고도 야단을 치지 않았다. 야단은커녕 조용한 발걸음으로 발치께로 가서 소엔을 향해 합장을 하고 절을 하는 것이 아닌가!

잠결에 스승의 행동을 본 소엔은 깊이 감동하지 않을 수 없었다. 소엔은 그 뒤 자주 이렇게 말하고는 했다.

"우리는 어떤 일에서나 그 스승님과 같이 겸허하고 자애로운 마음가짐을 잃어서는 안 될 것입니다."

*

불교에서는 지은 대로 받는다 한다. 내가 남에게 한 대로 남도 나에게 한다는 뜻이다. 남을 존경하면 남도 나를 존경하고, 욕을 하면 그도 나를 욕한다. 내가 한 것이 돌아서 내게 온다.

잠이 든 자식에게 절을 하는 부모는 복을 받는다. 설혹 내일이 시험 치는 날임을 잊고 잠이 들었더라도 두들겨 깨워 나무라기보다 가만히 절을 하는 쪽이 현명하다. 자식의 학업성적을 위해서도 그쪽이 효과적이다. 우리 자신을 보면 잘 알 수 있다. 누군가 내게 잘 하면 나도 그에게 잘해주고 싶다. 야단을 치면 그 말이 맞더라도 상한 기분 때문에 따르고 싶은 생각이 들지 않는다.

그러므로 여편네가 밥도 안 해놓고 잠이 들어 있더라도, 서방이 일요인데도 밉살맞게 종일 잠만 자더라도 진심으로 절을 할 일이다. 일터에서도 같다. 이야기 속의 스승이 제자에게 절을 한 것처럼 윗사람이 아랫사람에게 절을 해야 한다. 남을 위할 줄 아는 사람이라야 남에게 위함을 받는다. 그렇지 않으면 겉으로는 복종하는 척해도 속으로는 거스른다.

샤쿠 소엔은 1859년에 태어나 1919년에 떠난 임제종의 선승이었다. 어려서 불문에 들었으나 소엔은 게이오대학을 다녔다. 그곳에서 소엔은 불교학이 아닌 일반 학문을 배웠다. 영어를 할줄 하는 승려로 그는 그 뒤에 스리랑카, 인도, 중국 등에 유학했다. '선禪'을 처음으로 '젠ZEN'이라는 이름으로 미국과 유럽에 소개한 이로도 알려져 있다. 미국에서 오래 참선을 지도했고, 루즈벨트 대통령과도 회견을 할 만큼 소엔은 사회활동이 활발한 현대적인 선승이었다. 만국종교대회에 참가하기도 했다.

소엔은 에츠케이 슈켄 선사를 인연으로 출가했는데, 그 일화 또한 유명하다.

에츠케이 선사는 유명한 선승이었고, 소엔의 가족과도 친했다. 에츠케이 선사가 어느 날 소엔의 집에 왔다. 소엔은 동네 친구들과 놀고 있었다. 에츠케이 선사가 과자를 놓고 물었다.

"이 과자를 선물로 줄 테니 너희 중 누가 내 제자가 되지 않겠니?"

아무도 대답을 하지 않았다. 소엔만이 그러겠다고 했고, 정말 그는 에츠케이의 제자가 됐다. 그런 만큼 에츠케이는 소엔을 아꼈다. 에츠케이가 잠이 든 소엔을 향해 합장하고 절을 할 수 있었던 것도 이런 사연과 전혀 무관하지는 않을 것이다. 제자에게 스승이 어떤 사람이냐는 너무나 중요하다.

안거가 필요한 이유

불교에서는 안거라는 이름으로 여름과 겨울에 각각 100일씩 한 곳에 머물며 집중적으로 참선을 하는 시간을 갖는다. 안거에는 여러 사찰에서 승려들이 모여든다. 안거에 참가를 바라는 승려는 그 전에 등록을 마쳐야 한다.

한 승려가 참가 신청서를 내려 왔다. 그것을 본 한 승려가 안거 담당 총책임자를 찾아가 말했다.

"저 승려는 남의 것을 훔치는 버릇이 있어요. 그래서 어느 절에서나 골치를 앓는 자입니다. 거절하시는 게 좋을 듯합니다."

책임자는 방장스님인 반케이 요타쿠盤珪永琢를 찾아가 들은 대로 전하고 처분을 기다렸다. 반케이는 다 듣고 난 뒤 이렇게 말했다.

"안거란 제일 먼저 그런 이를 위해 있는 것이다. 그 자가 나쁜 마음을 고쳐먹고 착한 이가 될 수 있도록 우리가 노력하기로 하자. 그것이 우리가 여기에 있는, 안거를 하는 까닭 아니겠는가?"

반케이 요타쿠는 1622년에 태어나서 1693년에 이 세상을 떠났다. 일본 연호로 하면 에도 시대 사람이다. 한국은 이조시대였다.

반케이는 열한 살에 아버지를 잃었다. 홀어머니 아래서 자랐다. 아버지가 떠나고 난 다음 해 반케이는 마을 서당에 다녔다. 한국과 같았다. 논어, 맹자, 대학, 중용과 같은 유학의 주요 경전이 교과서였다.

대학을 배울 때였다.

"대학지도는 재명명덕이라, 무슨 말인가 하면, 대학지도는 곧 큰 학문의 길이란 재명명덕이라. 명덕, 밝은 덕을 밝히는 데 있다, 이런 말이다."

'큰 학문의 길이란 밝은 덕을 밝히는 데 있다!'는 거였다.

밝은 덕!?

학당 선생님은 대학은 물론 논어와 중용을 인용하며 설명해주었다. 하지만 밝은 덕이 무엇인지는 선생님의 자세한 설명으로도 분명치 않았다. 아, 그렇구나! 하고 속이 후련해지지 않았다. 그 뒤로 반케이는 '밝은 덕'이 마음의 목에 걸렸다. 그 의문이 밤이고 낮이고 떠나지 않았다.

사람을 만나면 물었다. 유학자를 붙잡고 물었다. 스님을 불러 세워놓고 물었다. 하지만 누굴 붙잡고 물어도 체기가 가시는 답을 들을 수 없었다. 반케이는 자기 방에서 침식을 잊고 물었고, 때로는 높은 산에 올라가 홀로 앉아 물었다.

결국 반케이는 승려가 됐다. 승려가 돼서도 여전히 '밝은 덕'을 못 놓았다. 전국의 유명한 큰스님을 찾아다녔다. 선방에 머물며 정진을 했다. 이런 간절한 노력에도 불구하고 '밝은 덕'은 여전히 아리송했다.

노숙에다가 침식을 소홀히 하는 수행 끝에 반케이는 병을 얻었다. 그 당시에는 죽음에 이르는 병, 결핵이었다. 하지만 결핵조차 반케이를 막지 못했다. 반케이는 개의치 않고 정진했지만 결핵 또한 만만치 않았다. 반케이는 피를 토하기 시작했다. 그러던 어느 날 아침이었다. 가슴이 답답했다. 숨쉬기가 곤란했다. 폐에 무엇인가가 걸려있었다. 거센 기침 끝에 검붉은 빛깔의 커다란 핏덩이가 튀어나왔다. 가래였다. 개운했다. 살 것 같았다.

그때였다. 향기가 났다. 매화 향기였다. 그 순간 반케이는 오랜 의심이 풀렸다. 확철대오, 곧 의문이 남김없이 풀어지는 경험이었다.

"뭐야, 구할 게 없었잖아! 나는 벌써부터, 태어나면서부터 부처였잖아! 그걸 모르고 여태까지 온갖 고생을 해왔잖아!"

반케이는 그때 깨달은 세계를 불생不生이란 말로 표현했다. 생기는 게 아니라는 뜻이다. 날 때부터 가지고 나온다는 뜻이다. 그것만 알면 어디서나 쉽게, 수행 따위 안 하고도 편히 바로 활불, 곧 살아 있는 부처가 될 수 있다는 뜻이다.

반케이는 이렇게 말한다.

"여러분, 지금, 저 뒤쪽에서 컹컹, 개가 짖고 있지요? 어, 개가 있다고 여러분은 제 이야기를 들으면서도 그렇게 생각하셨을 것이 틀림없지요. 누구에게 배운 것도 아닌데 뒤에서 들리는 소리를 들을 수 있다, 그것이 중요합니다. 태어난 뒤에 배우는 앎도 중요하지만 그 이전에, 누구나 가지고 태어나는 근본 앎이 있고, 그것이 소중합니다. 그 자리에서 세상을 보는 게 가능하면 그것이 깨달음이지 달리 깨달음이 있는 게 아닙니다."

반케이 선사가 있는 절에서 동안거가 열리고 있었다. 전국 각지에서 많은 스님들이 몰려와 수행에 힘쓰고 있었다. 그러던 어느 날 한 선승이 반케이 선사의 방문을 두드렸다.

"억울한 일이 있어서 찾아왔습니다. 어제 제 옆에 앉아 참선을 하던 스님이 돈을 잃어버렸습니다. 그런데 다른 스님들이 그날 그의 옆에 있었다는 이유만으로 저를 의심하고 있습니다. 부디 선사님께서 진실을 밝혀 이 억울함을 풀어주시기 바랍니다."

반케이 선사가 물었다.

"그대는 진정 그의 돈을 훔치지 않았는가?"

"예. 이와 같이 엄숙한 수행처에서 어찌 남의 돈을 훔치는 행동을 할 수 있겠습니까?"

"그렇다면 그것으로 좋지 않은가?"

"허지만 지금 여기에는 전국에서 수많이 스님들이 모여 있습니다. 진실이 밝혀지지 않으면 제게 혐의가 씌워진 채 그 이야기가 전국으로 번져 갈 것입니다. 그건 정말 말도 안 되는 일입니다."

질색을 하는 스님에게 선사가 다시 물었다.

"그렇게 하려면 죄인이 나와야 하는데 그래도 좋은가?"

선사의 이 말을 듣고 그 승려는 문득 크게 깨닫게 되는 바가 있었다. 그는 일어나서 큰절을 하며 말했다.

"여기 와서 제가 배우고자 하는 것이 작은 나를 버리고 큰 나, 즉 대자비심을 얻는 일이었는데, 그것을 그동안 허망한 데서 찾고 있었습니다. 저 자신만을 생각한 점 진실로 부끄럽게 생각합니다."

이렇게 말하고 그 스님은 홀가분한 얼굴로 선사의 방을 나갔다.

계급장에 매이지 않은 행동

사이고 난슈西鄉南洲는 독실한 불교도였다. 어려서부터 난슈는 틈이 나면 절에 가서 참선하기를 즐겼다. 다음 이야기는 그가 육군 대장이 된 뒤의 일이다.

난슈는 그날, 군복을 입고 젊은 장교들을 데리고 언덕길을 오르고 있었다. 난슈가 입은 제복에는 당연히 별 네 개가 붙어 있었다.

언덕길에는 혼자서 짐마차를 힘겹게 끌고 올라가는 사람이 있었다. 난슈는 손바닥에 침을 뱉으며 그 짐마차에 다가섰다. 짐마차를 밀기 위함이었다.

그 모습을 옆에서 보던 젊은 장교들이 불평을 터뜨렸다.

"대장님. 대장님은 육군 대장입니다. 육군 대장이 군복을 입은 채로 짐마차 밀다니, 그것은 바람직하지 못합니다. 사람들이 웃습니다. 그만두십시오."

사복 차림에 산책이라도 할 때면 모르는데, 육군의 최고 책임자가 군복을 입은 채 짐마차를 민다면 그것은 위신이 서지 않는 행동이라는 뜻이었다. 하지만 난슈의 생각은 달랐다.

"무슨 말인가? 군복이 뭐 대수란 말인가? 또 사람들이 뭐라고 하든 그게 무슨 상관인가? 누군가 도움이 필요하고, 그것을 내가 도울 수 있으면 도울 뿐인 것이다. 그대들도 어서 이리로 와 이 짐 마차를 밀도록 하라."

*

계급이 올라가면 거만해지기 쉽다. 그런 사람은 주변을 고달프게 만든다. 한편 높은 자리에 올라서도 겸손하게 처신하는 사람이 있으면 아래, 혹은 주변의 모든 사람이 편하다. 그 은혜를 입는다.

여기 큰 실력을 가졌으면서도 겸허했던 한 승려가 있다.

모츠가이 후센物外不遷●은 탁월한 무예가로 유명했다.

그가 어느 날 길을 가고 있는데, 어디선가 죽도 소리가 들려 왔다. 둘러보니 소리는 길가의 도장에서 들려왔다. 무술에 관심이 많은 선사는 가던 발길을 멈추고 창문으로 도장 안을 들여다보았다. 한참을 그러고 있자니 도장에서 사람이 나왔다. 그 도장은 신센쿠미新選組의 도장이었다.

신센쿠미는 곤도 이사미라는 자를 중심으로 어쭙잖은 무술 실력에 기대어 시내를 돌아다니며 행악을 일삼는 무리였다. 그러다 보니 모두가 그들을 두려워하여 아무도 가까이하려 하지 않았다. 그것을 다른 지방 사람인 모츠가이 선사는 모르고 있었던 것이다.

"남의 도장을 창 너머에서 훔쳐보고 있다니 겁도 없는 중이로군. 들어와라. 들어와 한판 붙자."

"이 몸은 시골에 사는 중으로 다만 무슨 일들을 하시나 궁금하여 들여다보았을 뿐 나쁜 뜻은 조금도 없었습니다. 그러니 부디 그냥 갈 길을 가도록 해주십시오."

이렇게 모츠가이가 공손하게 사과를 하였으나 그들은 들어주지 않았다. 도장으로 끌고 들어갔다. 모츠가이는 어떻게든 대결을 피하고 싶었다.

"승복 입은 자의 체면을 보아 이만 용서하고 돌려보내 주시기 바랍니다."

그러나 도장의 수련생들은 막무가내였다. 일이 이쯤 되면 어쩔 수 없는 일이었다. 모츠가이는 가지고 다니던 지팡이를 고쳐 잡으며 수련생들과 대결할 자세를 취했다. 수련생들은 선사를 둘러싼 채 죽도를 휘두르며 덤벼들었다. 죽도라고 해도 잘못 맞으면 크게 다칠 수 있었다. 모츠가이는 지팡이로 수련생들의 죽도 공격을 막아냈다. 몇 합이 가지 않아 분명해졌다. 수련생들은 그의 상대가 되지 않았다.

지켜보고 있던 곤도 이사미가 긴 창을 들고 나섰다.

"흥, 제법이구나! 내가 오늘에서야 비로소 연습 상대를 만난 것 같구나."

하지만 모츠가이는 어떻게든 대결을 피하고 싶었다.

"저는 선생님의 상대가 되지 않습니다. 그러니 부디 그냥 갈 수 있게 해주십시오."

그러나 곤도는 긴 창을 고쳐 잡으며 소리쳤다.

"무기를 들라."

더 이상 피할 길이 없다는 것을 알고 선사는 지고 온 바랑에서 밥그릇 두 개를 꺼내 들고 소리쳤다.

"그렇다면 어디 덤벼보시오."

계속 사양할 줄 알았던 선사가 이렇게 나오자 곤도 이사미는 화가 머리끝까지 치밀어 올랐다.

"이 땡초 같은 놈이 감히 내게 덤비다니."

드디어 두 사람의 대결이 시작되었다.

곤도 이사미는 오래 끌지 않고 바로 결판을 내고 싶었다. 하지만 모츠가이에게는 그럴 만한 틈이 보이지 않았다. 팽팽한 긴장 속에서 대결이 계속되었다. 마침내 작은 틈을 발견한 곤도 이사미는 혼신의 힘을 다해 창으로 찔러 들어갔다. 모츠가이는 양손에 든 밥그릇으로 곤도 이사미의 창끝을 받았다. 그 행동이 전광석화처럼 빨랐다. 그 결과 곤도 이사미의 창끝이 모츠가이의 밥그릇 사이에 끼인 꼴이 됐다. 난처해진 곤도 이사미가 있는 힘을 다해 끼인 창을 빼려고 했으나 미동도 하지 않았다. 이번에는 모츠가이 선사가 "야앗" 하고 기합과 함께 힘을 쓰니 곤도는 힘없이 옆으로 벌렁 넘어지고 말았다. 대결은 그것으로 끝이 났다.

곤도 이사미는 비로소 냉정을 되찾고 선사에게 예를 다한 후 이름을 물었다. 모츠가이 선사가 대답했다.

"사람들은 나를 주먹 스님이라고도 부르지요."

주먹 스님! 만난 적은 없었어도 들어 알고 있었다. 곤도 이사미는 그제서야 모츠가이 선사를 알아보고 무례를 사과했다. 그 뒤로 둘은 서로 호형호제하는 사이가 되었다.

모츠가이 선사 또한 사찰 안에 무술 도장을 두고 있었다. 선사는 그 도장에서 제자들에게 검선일여의 세계를 가르쳤다. 역량과 실력의 악용은 당연히 있을 수 없는 일이었다. 늘 그 점을 경계하도록 모츠가이는 제자들을 엄하게 가르쳤다.

자비로운 마음

콜레라가 퍼져 갔다. 콜레라란 무서운 전염병이었다. 멀쩡하던 사람이 쓰러졌고, 쓰러지면 못 일어났다. 목숨을 잃는 사람이 끊이지 않았다.

그럴 때 한 채소 가게 주인이 센가이 기본仙厓義梵● 스님을 찾아왔다.

"무슨 일이 있나 보네요, 얼굴빛이 안 좋아요?"

"야단났습니다."

채소 가게 주인은 억울해서 죽겠다는 목소리로 말문을 열었다.

"글쎄, 이런 말도 안 되는 일이 어디 있단 말입니까?"

채소 가게 주인은 호박을 아주 많이 사들였는데, 콜레라가 돌며 문제가 생겼다. 호박을 먹으면 콜레라에 걸린다는 말이 돌기 시작한 것이다.

"어느 놈이 그런 얼토당토않은 말을 했는지 모르겠습니다."

그 말이 돌며 호박을 사러 오는 사람의 발길 딱 끊겼던 것이다.

"그 많은 호박을 한 푼도 못 건지고 다 썩여 버리게 생겼습니다. 스님, 어떻게 길이 없겠습니까?"

센가이 스님은 눈을 감았다. 어떻게 하면 좋을지를 생각해보는 눈치였다. 한참 뒤에 센가이 스님은 입을 열었다.

"이렇게 한번 해봅시다."

채소 가게 주인이 반색을 하며 다가앉았다.

"호박을 모두 이리로 실어 오시오. 그러면 내가 팔아보리다."

다음 날 채소 가게 주인은 스님이 이른 대로 호박을 가져왔다. 센가이 스님은 그 호박을 사찰 일주문 앞에 쌓아놓고 이렇게 써 붙였다.

"콜레라에 걸리지 않도록 기도를 마친 호박."

센가이 스님이 손수 호박을 팔았다. 사람들이 몰려들었다. 한 나절이 채 가기 전에 호박이 동이 났다.

*

자비심.

모든 닫힌 문을 여는 열쇠다. 그리스도교에서는 자비 대신 사랑이라는 말을 쓴다. 말은 다르나 뜻은 같다.

고묘 황후가 남긴 다음과 같은 일화도 놀랍다. 큰 사랑 없이는 불가능한 일을 고묘 황후는 했다.

고묘(光明, 701~760) 황후는 총명하고 지혜로운데다가 교양이 풍부하고 용모도 뛰어났다. 또한 불교에 깊이 귀의하여 수많은 절과 시약원 등을 지어 가난하고 병든 자들을 구하기 위해 애쓴 자비심 많은 여인이었다.

결점이 하나도 없었냐 하면 그렇지 않았다. 한 가지 흠이 있었다. 자신의 힘을 과신하고 자랑하는 것이었다.

기도를 하던 날이었다. 하늘에서 들려오는 소리가 있었다.

"고묘여, 그동안 그대는 많을 일을 했지만 그것을 자랑했다. 떠벌임으로써 그대가 지은 복은 죄가 되었다."

고묘는 엎드려 물었다.

"그 죄를 씻을 길이 없겠나이까?"

"목욕탕을 지어라. 목욕탕을 지어 사람들이 몸을 씻을 수 있도록 해라. 그것이야말로 그대가 죄를 씻고 큰 공덕을 쌓을 수 있는 길이다."

황후는 하늘의 목소리에 따라 사람이 많이 다니는 거리에 목욕탕을 지었다. 빈부귀천을 따지지 않고 누구나 와서 몸을 씻을 수 있는 목욕탕이었다. 뿐만 아니라 황후는 고귀한 신분임에도 불구하고 몸소 천 사람의 때를 씻어주겠다는 서원을 세웠다. 그리고 그 서원에 순종하여 매일 몸을 아끼지 않고 부지런히 사람들의 몸을 씻어주었다.

그리하여 몸을 씻어준 사람의 수가 999명에 이르게 되었다. 마지막 한 사람, 그 사람을 보고 황후는 기겁을 했다. 그 사람은 전신에 피고름이 흐르고, 그 환부에서 심하게 악취를 풍기는 중병이 든 환자였다.

황후는 999명이나 되는 온갖 사람의 때를 닦아주었다. 건강한 사람만이 아니었다. 그중에는 병자도 많았다. 젊은이만이 아니었다. 늙은이도 있었다. 하지만 이 환자를 보는 순간엔 자기도 모르게 한 걸음 뒤로 물러서지 않을 수 없었다.

망설여졌다. 그만큼 그의 병은 심했다. 함께 있기조차 힘들었다. 하지만 이 사람을 피하면 이제껏 애써 온 서원이 모두 물거품이 되는 데다 부처님에게도 면목이 없는 일이었다. 황후는 이 중환자의 몸을 닦아주기로 마음을 다잡았다.

난관은 거기서 끝이 아니었다. 놀랍게도 환자는 황후에게 더 많은 것을 바랐다,

"저는 보시는 바와 같이 악질 종창으로 고생을 하고 있습니다. 의사에게 들으니 누군가 입으로 이 종창에 든 피고름을 빨아내주면 낫는다고 합니다. 그러나 누구 한 사람 빨아주기는커녕 가까이 오려고도 하지 않습니다. 황후님, 제발 소원이니 제 몸의 피고름을 빨아주셔서 이 몸이 낫도록 해주십시오."

기가 막혔지만 황후는 거기서 물러날 수 없었다. 황후는 자꾸 도망을 치고 싶어하는 자신을 타이르며 환자의 몸에 입을 대고 피고름을 빨아냈다. 시간이 걸렸다. 종창이 한두 개가 아니었다. 오랜 시간에 걸쳐 몸 전체에 든 피고름을 거의 다 빨아낼 즈음 갑자기 병자의 몸이 변하기 시작했다. 환자는 사라지고 거기 관세음보살이 모습을 나타냈다.

관세음보살은 말했다.

"황후여, 너는 나의 때를 닦아주고. 입으로 피고름을 빨아주었다. 수고했다. 이제 네 죄는 다 씻기었느니라. 앞으로도 그렇게 남을 위해 살아가라. 그것이 자신을 위하는 가장 좋은 길이다."

관세음보살은 고묘에게 그렇게 이른 뒤 매우 단아하고 장엄한 모습으로 아름다운 향기를 풍기며 하늘 저편으로 사라져 갔다.

된 어른

"3년이면 무엇이나 반드시 이루어지는 바가 있다. 3년이 지났
는데도 성취가 없다면 정진의 정도에 문제가 있다고 봐야 한다.
그러므로 누구나 이 말을 계로 삼아 헛되이 하루를 보내는 일이
없도록 하라."

고료 죠민古梁紹岷 선사의 말이었다. 고료는 기회가 닿는 대로
이런 말을 하는 임제종의 고승이었는데, 그를 키운 건 고을 원님
이었다.

고을 원님은 불교 신자였다. 자주 법회에 참가하러 왔다. 원님
은 대개 지대방에서 법요식이 시작되기를 기다리고는 했다.

어느 날인가는 고료가 원님에게 차를 들고 갔다. 고료는 그때
동자승이었다.

일이 꼬였다. 찻잔이 엎어지며, 찻물이 원님의 바지에 쏟아졌
다. 고료의 잘못이 아니었다. 원님의 실수였다. 그런데도 원님은
화를 내며 차고 있던 칼을 잡았다. 고료는 자신의 잘못이 아니었
지만 엎드려 용서를 빌었다. 하지만 원님은 고료의 사과를 받아

들이지 않았다.

달리 길이 없었다. 고료는 원님 앞에 무릎을 꿇고 앉아 고개를 내밀며 말했다. 조금도 굽히는 데가 없는 당당한 태도였다.

"자, 그럼 자르세요."

원님은 동자승의 기개에 얼굴을 풀며 말했다.

"됐다. 그만 일어나라. 네 용기가 나를 부끄럽게 만드는구나!"

원님은 그 뒤에 주위 사람들에게 자주 말했다.

"그 동자승은 반드시 큰스님이 될 것이오. 보통 그릇이 아닙니다."

그 뒤 원님은 고료가 고을의 학교에 다니며 공부를 하게 해주었다. 학비를 비롯하여 물심양면으로 그 뒤를 대준 것이다.

*

자신의 잘못으로 일어난 일로 동자승에게 화를 낸 못된 원님이다. 하지만 곧바로 자신의 잘못을 인정하고 사태를 수습했다는 점에서 아주 나쁜 원님은 아니다. 게다가 공부를 할 수 있도록 뒤를 돌봐 주었다니 우리는 그 원님의 죄를 용서하지 않을 수 없다. 그도 두고두고 부끄러웠으리라.

다음 일화 또한 한 동자승과 훌륭한 어른의 이야기다.

겐바쿠 소단은 일본에서 다도의 대가로 유명한 덴노리큐의 손자였다. 하지만 그는 다도에 대한 생각이 할아버지와 달랐다. 그는 다도의 세세한 예절보다 차를 끓일 때의 경건하며 맑고 고요

303

한 경지를 존중했다.

할아버지 덴노리큐는 나라의 최고 지도자인 도요토미 히데요시의 무술 교관이었던 관계로 고관대작들과의 교류가 깊었다. 그래서 다기도 금테를 두른 것이나 희귀한 진품을 선호했다. 손자 소단은 '거지 소단'이라는 별명이 있듯이 오히려 그런 것을 멀리했다. 그는 그보다는 때와 장소에 따라 거기에 있는 것을 잘 활용하는 것이 다도가 추구해가야 할 길이라고 생각했다.

소단과 친분이 있는 스님이 있었다. 그 스님은 마침 핀 동백꽃을 가지 채 꺾어 동자승에게 들려 보냈다. 몇 번이고 조심하라는 스님의 당부가 있었지만 동자승은 골목에서 사납게 짖어대는 개를 피하려다 그만 넘어지고 말았다. 그때 동백꽃이 떨어지고 가지만 남았다.

'큰일 났네. 이걸 어쩌지?'

걱정이 동자승의 작은 가슴으로 태산처럼 밀려왔다. 절로 그냥 돌아갈 수도 없었다. 소단 어른에게도 갈 수 없었다. 어디로 가야 하나 한참을 망설이던 동자승은 마침내 결정을 내렸다.

'어쩔 수 없다. 있는 그대로 아뢰고 용서를 빌자.'

동자승은 용기를 내어 떨어진 꽃송이와 가지를 들고 소단의 집으로 갔다. 동자승이 오는 길에 벌어진 일을 이야기하고 용서를 빌자, 소단은 껄껄 웃으며 말했다.

"큰일 날뻔했구나! 그래 어디 다친 데는 없느냐?"

"예, 다행히 다치지는 않았어요."

"그렇다면 됐다. 걱정할 거 없다. 어서 이리로 올라오너라."

소단은 동자승을 다실로 불렀다. 그리고 그가 가져온 동백나무 가지와 꽃송이를 받아 들었다.

소박하지만 정결하고 조용하기 이를 데 없는 다실이었다.

소단은 동백꽃 가지를 꽃병에 꽂고, 그 아래에 꽃송이를 놓았다. 그러자 놀라운 일이 벌어졌다. 꽃송이가 가지에서 막 진 것처럼 보이는 자연스러운 풍경이 펼쳐졌다. 소단이 동자승을 돌아보며 환하게 웃었다. 동자승은 죽었다 살아난 기분이었다.

'아, 오기를 정말 잘했다!'

수행의 힘

이씨가 집권했던 한국의 조선시대처럼 일본에는 도쿠가와 가가 대를 이어 나라를 이끌었던 시대가 있다. 그 시대는 도쿠가와 시대, 혹은 그 시대의 수도였던 에도라는 이름을 따서 에도 시대라고도 한다. 에도 시대는 1603년에서 1868년까지 이어졌다.

3대째의 통치자였던 도쿠가와 이에미츠德川家光는 다쿠앙 선사를 흠모하였다. 이에미츠는 자주 만날 수 있도록 가까운 절에 다쿠앙을 모시고 지냈다.

이에미츠는 집무실 가까이에 호랑이를 한 마리 키우고 있었다. 어느 지방에서 이에미츠에게 바친 유난히 큰 호랑이였다.

이에미츠는 그 호랑이를 좋아했다. 호랑이가 생긴 뒤로는 손님이 오면 먼저 호랑이 구경부터 시켰다. 다쿠앙도 예외가 아니었다. 이에미츠는 다쿠앙을 호랑이 우리로 데려갔고, 이야기 끝에 거기 모인 사람들의 담력을 시험해보기로 했다.

담력이라면 그 사람 말고 달리 떠오르는 사람이 없었다. 사람들의 눈은 모두 저절로 무술 사범에게로 모아졌다.

에도 정부의 무술사범이었다. 그는 무술에서 천하무적이었다. 사람들은 당연히 그가 맨 먼저 호랑이와 대결을 해야 한다고 생각했다.

무술사범은 호랑이 우리의 문을 열게 하고 우리 안으로 들어갔다. 그의 손에는 칼이 들려 있었고, 그의 눈은 호랑이를 매섭게 노려보고 있었다. 호랑이는 산중의 왕이다. 만만할 리 없었다. 호랑이는 이빨을 드러내며 무섭게 으르렁거렸다. 하지만 그것도 잠시, 호랑이는 무술사범의 기에 눌렸는지 공격 자세를 풀고 고개를 돌렸다. 승부는 그것으로 끝났다.

무술사범은 우리를 나올 때까지 방심하지 않았다. 그가 무술사범답게 훌륭한 모습을 보이며 우리를 나오자 우레와 같은 박수가 쏟아졌다.

박수 소리가 잦아들 무렵 이에미츠는 다쿠앙 선사를 향해 물었다.

"스님께서도 한번 실력을 보여주시죠?"

"예, 저도 한번 해보겠습니다."

다쿠앙은 그 청을 흔쾌히 받아들이며 자리에서 일어섰다.

다쿠앙은 무술사범과 달랐다. 그는 몸에 아무것도 지니지 않고 우리 안으로 들어갔고, 평소의 걸음대로 호랑이에게 다가갔다.

모두 숨을 죽이고 선사의 다음 행동을 기다렸다. 선사는 개나 고양이를 귀여워하듯이 호랑이의 머리를 쓰다듬었다. 모두 숨소리 하나 내지 못했다. 그 점은 이에미츠도 마찬가지였다. 만약 호랑이가 그 행동을 받아들이지 않는다면 다쿠앙 선사는 그곳에서 살아나오기 어려웠기 때문이다.

놀랍게도 호랑이는 선사에게 적의를 내보이지 않았다. 적의는 커녕 주인에게 사랑을 받는 개나 고양이처럼 꼬리를 흔들었다. 호랑이는 눈을 가늘게 뜨고, 선사의 몸에 자신의 몸을 비벼대기 까지 했다.

*

다쿠앙에게는 다음과 같은 일화도 있다.

비가 내리는 어느 날이었다.

무예로 유명한 한 무사가 다쿠앙 선사를 찾아왔다. 그들은 녹차를 사이에 두고 많은 이야기를 나눴다. 그 끝에 두 사람이 동의한 것이 있었다.

"말과 행동은 다르다."

"일이 닥쳤을 때 행동으로 일어나지 않는 지식이나 말은 아무런 소용이 없다."

다쿠앙은 무예의 대가에게 물었다.

"지금 밖에는 비가 내리고 있습니다. 무사님은 저 빗속에서도 몸이 젖지 않을 수 있겠습니까?"

"있습니다."

"그렇습니까? 그럼 한번 보여주실 수 있겠습니까?"

"알겠습니다."

무예의 대가는 칼을 빼어들고 비가 내리는 정원으로 나갔다. 과연 대가다웠다. 칼놀림이 어찌나 빠른지 칼이 보이지 않을 정도였다. 무수한 빗줄기를 모두 칼로 막았는지 자리로 돌아온 그의 옷은 젖은 데가 없고, 다만 여기저기 작은 물방울이 튄 흔적이 조금 남아 있을 뿐이었다.

하지만 다쿠앙은 박수도 안 치고, 잠자코 차를 따라 권할 뿐이었다. 무예의 대가는 기분이 상했다.

"선사님도 솜씨를 한 번 보여주십시오. 선사님은 조금도 젖지 않을 수 있습니까?"

다쿠앙은 조용히 대답했다.

"그렇습니다. 조금도 젖지 않을 수 있습니다."

다쿠앙은 빈손으로 일어나 정원에 나가 내리는 빗속에 섰다. 그것이 다쿠앙이 보여준 전부였다.

소나기였다. 다쿠앙은 금새 흠뻑 젖었다. 물에 빠진 생쥐 모양으로 자리에 돌아온 다쿠앙은 껄걸 웃었다.

"어떻습니까, 내 솜씨가?"

무예의 대가는 벌레 씹은 얼굴을 한 채 아무 말이 없었다.

"무사님은 젖지 않으려고 했지만 젖었습니다. 적은 양이지만 젖은 것은 젖은 것입니다. 저는 흠뻑 젖었지만 젖지 않았습니다. 조금도 젖지 않았습니다. 아시겠습니까, 이 뜻을?"

무예의 대가는 그때서야 알아차렸는지 얼굴을 환하게 펴고 웃었다.

무예의 대가가 나와 너의 대립의 자리에 서 있었다면 다쿠앙은 대립을 넘어서 있다. 대립의 자리에서는 상대를 이기겠다는 마음으로 말미암아 늘 상대에 영향을 받는다. 젖는 것이다. 그 세계에서는 잠시라도 긴장을 풀 수 없다. 천하 제일이라고 해도 그 삶이 고달프다.

하지만 다쿠앙은 빗줄기와 싸우지 않았다. 비에 자신을 맡겼다. 그는 비와 하나가 됐다. 다쿠앙 선사는 그의 저서 『부동지신묘록不動智神妙錄』에서 천수관음, 즉 손이 천 개나 되는 관음에 대해 이렇게 말하고 있다.

"천수관음상에는 손이 천 개나 있는데, 그것은 무엇을 뜻하는가?

예를 들어 어느 한 손에 사로잡히면 다른 구백구십구 개의 손이 부자연스러워진다. 자유를 잃어버린다. 어느 한 곳에도 마음을 빼앗기지 않을 때에만 천 개의 손은 모두 제 역할을 하게 되는 것이다.

아무리 관음이라고 하지만 몸 하나에 어떻게 천 개의 손을 가질 수 있을 것인가? 그것은 부동지, 곧 움직이지 않는 지혜의 세계를 열면, 그때는 예를 들어 손이 천 개 있다고 하더라도 모두 쓸 수 있다는 것을 나타내고자 그렇게 만든 것이다."

나라현 카시하라시橿原市에는 구메지久米寺라 하는 사찰이 있다. 그 절의 개조는 구메 선인이다. 구메는 전설적인 인물로 일본의 학교 교과서 등 여러 책에 나온다.

구메 선인은 말 그대로 선인仙人이었다. 그는 하늘을 날아다녔다. 그날도 구메는 하늘을 날고 있었는데, 멀리 구메 강가에서 한 여인이 빨래를 하고 있는 게 보였다. 여인은 치마를 걷어 올리고 강가에 앉아 빨래를 하고 있었는데, 여인의 흰 정강이는 아름다웠다. 구메 선인은 그 여인의 흰 정강이에 마음을 빼앗겼고, 그 순간 신통력을 잃고 하늘에서 떨어졌다.

그 뒤 구메 선인은 그 여인을 아내로 맞았고, 더는 하늘을 날 수 없었다. 더 이상은 천 개의 손을 쓸 수 없었다.

인문학의 힘

　힘이 장사인 스님이었다. 주먹도 셌다. 당할 이가 없었다. 괴력을 지닌 스님이었다. 사람들은 어느 때부터인가 그를 '주먹 스님'이라 불렀다. 주먹 스님은 선승이었다. 한 사찰의 선 수행을 지도하는 방장스님이었다. 방장스님은 깨달음을 얻은 스님만이 맡을 수 있다.

　한편 주먹 스님은 시문에도 능했다.

　　오동잎 한 잎
　　떨어져서 천하의
　　가을 알리네

　그렇다. 여러 사람이 이와 비슷한 시를 썼다. 과연 누가 먼저일까? 주먹 스님은 1794년에 태어나 1867년에 세상을 떠났다.

　어찌 됐든 뛰어난 하이쿠인데, 주먹 스님은 시문으로 사람을 살린 일도 있었다.

그 당시 고을 원님은 주먹 스님을 흠모했다. 그는 말씀을 듣기 위해 자주 스님을 초대했다.

어느 날에는 한 화가가 자리를 함께 했고, 그가 그 자리에서 그림을 그리게 됐다. 화가는 기러기를 그렸다. 한 마리뿐이었다. 날고 있는 기러기였다.

그 그림을 받아든 원님의 얼굴색이 바뀌었다.

"이 그림은 불길해 보이지 않소? 기러기란 늘 무리를 지어 나는 새가 아니오? 그런데 어찌 이 그림에서는 한 마리뿐이오? 그대는 내게, 혹은 나라에 나쁜 일이 일어나기를 바라며 이런 그림을 그린 게 아니오?"

원님은 완전히 기분을 잡친 기색이었다. 그의 노기에 주변이 얼어붙었다. 당사자인 화가는 얼이 빠져 있었다. 모두 어찌할 바를 모르고 있을 때 주먹 스님이 나섰다. 그의 얼굴은 다른 사람과 달리 화창한 봄날이었다. 그는 온화한 목소리로 말했다.

"원님, 조금도 근심하실 일이 아닙니다."

스님은 화가에게서 붓을 넘겨받아 기러기 옆에 썼다.

첫째 기러기
나머진 뒤로부터
길고 기일게

이번에도 575! 하이쿠였다. 이 한 수의 하이쿠에 원님의 얼굴에 가득 차 있던 겨울이 그 즉시로 떠나갔다.

"핫핫핫. 그렇군요! 한 마리가 아니고, 첫 기러기라. 그럼 불길한 게 아니라 길한 거, 아주 길한 거 아닙니까! 핫핫핫."

원님의 웃음은 오래 그치지 않았다. 주변의 얼음도 그 즉시 녹고, 바로 봄이 왔다. 겨울을 겪어서 더욱 반가운 봄이!

그 스님은 모츠가이 후센物外不遷이라는 조동종 승려였다.

*

서화에 능했던 센가이 스님에게도 같은 일화가 전해지고 있다.

어느 날 큰 부자가 새로 집을 짓고 신축 낙성식에 센가이 선사를 초대했다. 그는 센가이에게 진수성찬을 대접한 후, "선사님, 날이 날인만큼 축하가 될 만한 글을 하나 써주시면 고맙겠습니다."라며 아랫사람에게 지필묵을 가져오도록 했다.

센가이는 선선히 응낙을 하고 붓을 들었다. 부자를 비롯하여 같은 자리에 참석했던 사람들 모두가 둥그렇게 둘러서서 과연 어떤 글이 나올지 지켜보았다.

선사는 단숨에 써 내려갔다.

집을 빙 둘러싼 가난뱅이 신

주인을 비롯하여 이것을 본 하객들은 모두 '선사의 좌흥이 지나치다!'고 생각했다. 낙성식에 쓸 글이 아니었기 때문이었다. 어떤 글이 뒤를 이을지 다들 불안해하는 모습들이었다.

센가이 선사는 아랑곳하지 않고 옆에 놓인 술잔을 비웠다. 다음 글귀를 생각하는지 잠시 가만히 있더니 붓을 들어 쓰기 시작했다. 주인과 하객은 침을 삼키며 지켜보았다.

칠복신(복덕의 일곱 신)은 바깥으로 나가지 못하네

이것을 윗글과 이어서 읽으면 다음과 같은 글이 된다.

집을 빙 둘러싼 가난뱅이 신
칠복신은 바깥으로 나가지 못 하네

마땅치 않은 얼굴로 가슴을 졸이고 있던 주인의 얼굴이 일순 환하게 밝아졌고, 하객들도 비로소 긴장을 풀었다.

"이보다 더 좋은 축하의 말은 없다!"

하객들이 이구동성으로 하는 말이었다.

시문으로 한 고을 사람들의 고통을 해결한 스님도 있다. 잇큐가 그랬다.

잇큐 선사는 가끔 나라현의 다루키라는 곳을 찾았다. 다음 일화는 그곳에서 일어난 일이다.

다루키에는 고노에가家의 영지가 있었고, 사콘노죠라는 이름의 마름이 그 관리를 맡고 있었다. 사콘노죠는 못된 마름이었다. 높은 세금, 잦은 부역 등으로 지역 주민을 못살게 굴었다. 견디다 못한 농민들은 어느 날 한자리에 모여 대책을 논의했다.

한 노인이 다음과 같은 의견을 내놓았다.

"얘기가 통하지 않는 마름을 상대할 일이 아닙니다. 우리가 고노에가에 직접 가서 우리가 겪고 있는 어려움을 말하고, 개선을 호소하는 것이 좋을 것 같습니다."

이 의견에 공론이 모아질 즈음, 잇큐 선사가 그곳에 도착했다. 농부들은 잇큐의 등장을 반기며 글자를 모르는 그들을 대신해서 소장을 써달라고 부탁했다.

잇큐가 물었다.

"소장을 쓰는 건 어렵지 않은 일입니다만, 어떤 사정이 있는지 그간의 얘기를 먼저 들려주시기 바랍니다."

농부들이 전후 사정을 이야기했다. 그 말을 다 듣고 잇큐 선사는 소장 대신 다음과 같은 시 한 수를 지어주었다.

구름이 밝은 달을 가리고
바람이 꽃구경을 방해하듯
고노에 님의 큰 덕을
마름이 가리고 있네

농부들은 시 한 수로 과연 영주가 그들의 고통을 알아줄지 의심스러웠다. 하지만 달리 길이 있는 것도 아니어서 잇큐 선사가 써준 글을 들고 가서 고노에 공公에게 보였다.

소장을 받아 본 공은 놀란 얼굴로 농부들에게 물었다.

"여러분, 이 시는 어느 분이 써주셨습니까?"

농부들이 대답했다.

"저희 마을을 지나가던 잇큐 선사님이 써주셨습니다."

고노에 공이 고개를 끄덕이며 말했다.

"그럴 것이오. 그분이 아니라면 이 같은 풍류는 불가능할 것이오."

고노에 공은 그 즉시 조세 감면 등 농부들의 요구를 모두 들어주었다.

미물 사랑

옛날에는 몸에 벼룩과 이가 있었다. 아주 옛날도 아니다. 사오
십 년 전만 해도 그랬다. 시에도 자주 등장한다. 하이쿠 시인인 잇
사는 이렇게 노래하고 있다.

벼룩 네게도
분명 밤은 길 거야
외로울 거야

바쇼는 이렇게 노래한다.

여름옷의 이
아직까지도 모두
잡지 못하고

이는 1~4밀리미터 정도의 작은 벌레다. 가축의 피를 빨아먹고

사는 흡혈 곤충인데, 사람의 몸에 붙어살기도 한다. 옷을 벗어 보면 특히 옷깃 같은 곳에 많다.

누구나 보이는 대로 아무렇지 않게 잡아 죽이지만 그렇게 생각하지 않는 이들이 있었다. 살생하지 말라는 계율 때문일까, 그들은 주로 승려였다. 임제종의 승려인 잔무(殘夢, 1438~1576) 스님도 그랬다.

잔무 스님은 스스로는 옷을 사 입는 법이 없었다. 늘 남이 입던 낡은 옷만 입었다. 보다 못한 한 신도가 승복을 하나 지어왔다.

잔무 스님은 새 옷이 생겼으나 바로 갈아입지 않았다. 잔무 스님은 낡은 옷을 벗어놓고, 그 옷에 있던 이를 하나하나 잡아서 새 옷에 옮겨놓았다. 웃옷만이 아니었다. 바지까지 그렇게 했다. 그렇게 모든 이를 다 옮겨놓은 뒤에야 새 옷을 입었다.

잔무 스님에게는 이런 일화도 전해지고 있다.

잔무 스님이 어느 날 밤 좌선을 하고 있었다. 잔무는 밤에 좌선을 할 때는 불을 껐다. 밤은 이미 깊었는데, 이상한 소리가 났다. 잔무는 옆방에서 자고 있는 시자를 깨웠다.

"저 소리를 들어봐라. 아무래도 도둑이 든 것 같다."

시자의 귀에도 들렸다. 누군가 온 게 틀림없었다. 저렇게 조심을 하는 걸 보면 도둑이 틀림없었다.

"돈이 좀 있니?"

"네, 조금 있습니다."

"그럼 그걸 가져다 드려라."

시자는 큰스님이 시키는 대로 돈을 가지고 나갔다. 사찰의 구조를 잘 모르는지, 도둑은 우왕좌왕하는 모습이었다. 시자가 다가오는 것도 몰랐다.

"그만하고, 여기 돈이 조금 있으니 가져가시오."

도둑은 깜짝 놀라 돌아다보지도 못하고, 걸음아 날 살려라 하고 날아나 버렸다.

*

선사들은 이나 벼룩을 함부로 죽이지 않았을 뿐만 아니라 그것들로부터 배우기도 했다. 가르침을 얻기도 했다.

파리와 관련한 일화가 있다.

후가이 혼코 선사가 교토의 어느 절에 있을 때다. 그 절은 그날 먹을 양식이 모자랄 정도로 가난했다. 그러나 선사는 혀가 있으면 굶어 죽지 않는다며 방방곡곡에서 찾아드는 운수들을 단 한 사람도 거절하지 않고 모두 받아들였다. 건물도 낡을 대로 낡았으나 선사는 그런 것에 전혀 개의치 않았다.

어느 날 오사카에서 다헤이에라는 이가 먼 길을 달려 선사를 찾아왔다. 그는 오사카에서 손꼽히는 부자였다. 하지만 그는 그때 자신의 힘만으로는 풀기 어려운 일로 곤경에 처해 있었다.

그는 후가이 선사에게 도움을 얻고 싶어 자신의 어려운 처지를 자세히 털어놓았다. 하지만 후가이 선사는 자신의 말을 귀담아 듣는 것 같지 않았다. 눈길을 다른 곳에 두고 있었기 때문이다. 그 것도 하필이면 파리였다.

그 파리는 창이 있는 걸 모르는 모양이었다. 자꾸 창에 날아와 부딪히고 떨어지기를 반복하고 있었다. 선사는 그 파리를 보고 있었다. 부자는 그걸 알고 속이 상해 따지듯 물었다.

"선사님은 파리를 대단히 좋아하시는 모양입니다?"

선사는 웃으며 말했다.

"허허, 실례했습니다. 그런데 다헤이에 님, 저 파리를 잘 보시기 바랍니다. 이 무너져가는 절에는 바깥으로 나갈 수 있는 구멍이 수없이 많은데도 저 파리는 나갈 곳은 저기밖에 없다는 듯 계속해서 창에 부딪쳤다가는 떨어지고 떨어졌다가는 다시 날아올라 부딪치고 있습니다. 저대로라면 저 파리는 머잖아 죽게 되겠지요."

그 순간이었다. 다헤이에는 '아아, 그렇다. 나는 그동안 저 파리와 다를 것이 없었다.'라고 깨우쳤다. 동시에 현재 상황을 타개할 수 있는 방도도 생각났다. 모든 것이 순식간에 일어났다. 다헤이에는 선사에게 고개 숙여 진심으로 감사를 드렸다.

그러자 선사는 파안대소하며 말했다.

"사례는 저 파리에게 하십시오. 저 파리가 진짜 부처입니다."

차를 파는 스님

찻잔에 차를 따르며 노스님은 말했다.

"나도 한때는 한 절의 주지였다오. 절은 아시다시피 신자님들의 시주로 운영이 되지 않소. 나는 그 시주가 무서웠소. 그걸 받아서 살려면 그만큼 수행에 힘을 쏟아야 하고, 수행으로 덕을 갖추어야 하는데, 나는 그럴 인물이 못 되었소. 그런 중이 절에 머무는건 뻔뻔한 일이라는 생각으로 절을 나왔소."

"그때 연세가?"

"쉰일곱이었다오."

"네, 쉰일곱! 말도 안 돼요! 그 연세는 어디론가 떠날 나이가 아니라 의지할 곳을 찾아 돌아가야 할 나이 아닌가요?"

"내게는 절에서 지내는 게 더 힘들었소. 그곳도 사람 사는 곳이라 인습이 있고, 제도도 있어 내겐 갑갑했다오.".

"수행은 어떤 걸 해오셨어요?"

한때 먹고 자는 시간이 아까울 때도 있었다. 밤낮 참선을 이어갔던 긴 나날도 있었다. 각처로 큰스님을 찾아다닌 일도 있고, 한 곳에 머물며 율법을 익힌 적도 있었다. 깊은 산에서 보리 미숫가루만으로 한 여름을 난 적도 있었다. 하지만 그런 이야기를 하고 싶지 않았다.

"오래 전 일이라 다 잊었다오."

"법명은 어떻게 되세요?"

스님이 껄껄 웃었다.

"사람들은 저를 보고 '차 파는 노인'이라 합니다."

그는 겟카이 겐쇼月海元昭라는 이름의 황벽종 승려였다. 하지만 절을 떠난 뒤로는 쓰지 않았다. 사람들이 부르는 대로 '차 파는 노인'으로 살았다. 그것을 이름으로 썼다.

찻집을 낸 것이 아니었다. 차 도구만 준비했다. 날에 따라 장소를 바꿨다. 장사꾼들이 좌판을 벌이듯 차판을 벌였다. 의자는 모두 세 개였다.

손님들은 노스님과 이야기 나누기를 좋아했다. 법명을 밝히지 않고, 스스로를 차 파는 노인이라 했지만, 그가 승려인 것을, 그것도 썩 괜찮은 승려인 것을 사람들은 그의 말과 행동에서 알았다.

사람들은 궁금했다.

"스님이 왜 차를 파세요?"

가장 많이 받는 질문이었다. 불교의 전통에 따르면 승려는 돈 버는 일을 해서는 안 된다. 돈이라면 아예 만지지도 않는 승려도 있다. 승려는 탁발을 해야 하고, 나머지 시간에는 수행에 매진해야 한다. 그것이 승려의 책무다. 일하지 않는 대신 상구보리上求菩提,

즉 위로 보리를 구해야 한다. 그리고 얻은 보리로 하화중생下化衆生, 곧 모든 사람을 도탄에서 건져야 한다. 그런데 왜 당신은 그렇게 안 하고 도시에서 차를 팔고 있느냐는 질문이었다.

"내게는 여기가 절이라오. 이렇게 거리에 있는, 사람들과 가까이 있는 이 절이 나는 더 좋다오. 나는 지금 법당에 앉아 있다오."

다 말할 수 없어 '차를 파는 노인'은 그렇게 눙치고 말고는 했다.

승려가 살아가는 길은 세 가지였다. 첫째는 큰 절의 일원이 되는 길이다. 그 길에서는 신도들의 보시로 살아간다. 둘째는 중국 선불교가 그랬듯이 논밭 농사를 지어 자급 경제를 실천하는 길이다. 셋째는 탁발이다.

차 파는 노인에게는 셋 다 내키지 않았다. 농사를 지으며 살면 좋겠지만 그 나이에 시작할 수 있는 일이 아니었다.

'차 파는 노인'에게는 차를 파는 일이 최고의 수행이었다. 어디서나 손님은 갑질을 한다. 점잖은 손님만 있는 게 아니다. 제 돈 내고 먹는다고 꼴값을 떠는 손님도 적지 않다. 그럴 때 흔들리면 나중에 부끄럽다. 그럴 때도 청정한 마음을 잃지 않아야 한다. 그러니 이 얼마나 좋은 법당인가! 겟카이는 그렇게 여겼다.

*

음식과 관련해서는 센가이 선사가 남긴 이런 일화도 있다.

국수집을 하는 이가 있었다. 사람들은 그를 보통 '소큐 씨'라 불렀다. 그는 유명한 사람이었다. 배우로부터 스모우 선수까지 모르는 사람이 없을 정도였다. 그는 국수를 팔아 번 돈으로 의사와 승려에서 어중이떠중이까지 힘닿는 대로 도왔다. 상당히 배포가 큰 사람으로, 가업에 힘을 쏟았고, 성실하고 친절했다.

그가 어느 날 떡과 햇과일을 가지고 센가이 스님을 찾아왔다. 소박한 성품을 지닌 사람인 까닭에 그날도 밀가루가 잔뜩 묻은 일복을 입을 채로 김이 솟아오르는 떡을 들고 나타났다.

"어, 이게 누구시오. 어서 오세요."

센가이는 소큐를 반갑게 맞았다.

"따뜻할 때 드시라고 막 찐 떡을 들고 왔습니다."

하지만 센가이는 떡을 받지 않고 실내를 향해 돌아서며 말했다.

"잠깐만 기다려주시구려."

방에서 나온 센가이는 큰 행사를 할 때나 입는 특별한 승복을 입고 있었다. 그리고 공손하게 소큐로부터 떡을 받아들었다. 소큐는 궁금했다.

"큰스님이 그렇게 법복으로 갈아입고 나오시면 제가 황송스럽습니다."

이 말에 센가이는 이렇게 대답했다.

"아니오, 그 반대입니다. 소큐 씨가 일복을 입고 오셨는데, 저도 저의 장사 도구인 승복을 입지 않을 수 있겠어요."

가깝게 지내던 목사님 한 분이 있다. 언젠가 그 목사님이 동료

"수행은 어떻게 하셨나요?"
"수행? 오래 전 일이라 다 잊었다오."
"법명은 어떻게 되세요."
스님이 껄껄 웃었다.
"법명은 무슨, 사람들은 나보고 '차 파는 노인'이라 합니다.
내게는 여기가 절이라오.
이렇게 거리에 있는,
사람들과 가까이 있는 이 절이 나는 좋다오.
나는 지금 법당에 앉아 있다오."

목사에게 전화 거는 것을 옆에서 지켜 본 적이 있다. 그 목사님은 이런 인사말로 시작했다.

"요즘 장사 잘 돼요?"

교회가 잘 굴러가느냐는 질문이었다.

그는 자신을 이렇게 소개하기도 한다.

"저는 장사꾼입니다. 장사를 해서 먹고 살고 있습니다."

그러면 사람들이 묻는다.

"뭘 파시는데요?"

"예수를 팔고 있습니다."

음덕을 쌓으라

"스님은 어린 제게 늘 이런 말씀하셨어요."

조동종의 승려인 사토 슌묘佐藤俊明는 어려서 출가했다.

"제가 뭔가 잘못을 하면 스님은 늘 그런 짓하면 덕을 잃는다, 명가가 떨어진다고, 그러니 어디서나 언제나 덕을 쌓는 행동을 해야 한다고, 그 자리에서 바로 일러주시고는 했어요."

명가冥加란 무엇일까? 명은 눈에는 보이지 않는 것을 말하고, 가는 가호의 가로, 명가란 보이지 않는, 남이 모르게 우리를 보살펴주는, 가호해주는 어떤 힘을 말한다. 그런데 해서는 안 되는 일을 하면 이 명가가, 우리를 보살펴주는 어떤 힘이 떨어져나간다는 것이다. 그것이 스승의 가르침이었던 것이다.

"스님은 이런 말씀도 자주 하셨습니다. '곡식과 채소 씨앗을 뿌리는 것, 달리 말해 농사는 1년을 위한 일이다. 나무를 심는 것은 10년을 위한 일이다. 한편 덕을 쌓는 건 100년, 한 생을 위한 일이다.' 한두 번이 아니셨어요. 여러 번 들으며 우둔한 저에게도 그 말씀이 스며들었지요."

그 덕분일까, 사토는 종단의 출판국장으로, 큰 스승이라는 뜻의 대교사大教師로 성장했다.

자, 그렇다면 덕이란 것을 어떻게 쌓을 수 있나? 사토는 이렇게 일러준다.

"두 가집니다. 하나는 아무도 모르게, 다시 말해 드러내지 않고 좋은 일을 하는 겁니다. 둘째는 만약 나쁜 일을 했다면 고백을 하고 참회를 하는 겁니다. 이와 같이 하면 남 몰래 한 선행은 하늘이 알게 되고, 고백한, 그래서 남이 알게 된 악행은 참회를 통해 사라집니다. 나쁜 일은 사라지고 좋은 일은 남아서 다시 내게 돌아오는 겁니다."

*

일본에는 시코쿠四國라는 섬이 있다. 네 개의 현으로 이루어진 섬이다. 그 네 개의 현을 연결하는 88개의 절이 있고, 그 88개의 절을 도는 1,200킬로미터의 순례길이 있다. 일본에서는 가장 유명한 순례길이다. 1천 년의 역사를 가진 순례길이다.

그 길에는 '오셋타이'라는 다른 순례지에는 없는 특이한 전통이 있다. 오셋타이란 접대를 뜻하는 일본말이다.

시코쿠 순례자는 순례길에서 순례지의 사람들로부터 수많은 접대를 받는다. 그날의 잠자리를 얻는 순례자도 있다. 그런 날에는 밥도 접대를 받는다. 거저인 곳도 있고, 아주 적은 비용만을 받는 곳도 있다. 돈을 주는 사람도 있다. 동전에서 지폐까지 다양하다. 과일이나 과자, 빵과 같은 먹을거리를 주는 사람도 있다. 집 앞에 커다란 보온병과 여러 개의 컵을 내놓은 집도 있다. 그렇다. 순례자라면 아무나 마실 수 있는 물이다. 음료수병을 건네는 사람도 있다. 어떤 때는 거의 매일 그런 사람을 만난다. 하루에 두세 차례 그런 사람을 만나는 날도 있다.

왜 그렇게 할까?

몇 가지 이유가 있다.

첫째는 복을 짓기 위해서, 음덕을 쌓기 위해서다. 둘은 같은 말이다. 오셋타이로 주는 돈은 돌아올 수 없는 돈이다. 받을 수 없는 과자이며 빵이며 과일이다. 회수되기를 바라지 않는다. 줄 뿐이다. 받을 생각이 조금도 없다. 복을 지을 뿐이다. 둘째는 시코쿠 오헨로미치라는 자랑스런 전통을 지키기 위해서다. 시코쿠 순례길은 세계문화유산이다. 시코쿠 주민들은 그것을 자랑스러워한다. 그들은 세계 어느 순례지에도 없는, 시코쿠에만 있는 받기를 바라지 않는 그 접대 문화 오셋타이를 지켜가고 싶어 한다.

셋째는 가피加被에 대한 믿음이다. 나는 이런저런 이유로 순례를 못 한다. 하지만 순례자를 도울 수는 있다. 그것이 가피로 돌아온다고 믿는다. 넷째는 시코쿠 순례길을 만든 쿠가이空海 스님에 대한 믿음이다. 쿠가이 스님은 시코쿠 주민에게는 신과 같은 존재다. 시코쿠 주민들은 쿠가이 스님이 순례자와 동행한다고 여긴다. 그러므로 순례자에게 하는 것은 쿠가이에게 하는 것과 같다. 쿠가이는 그 행동에 어떤 형태로든 보은을 해준다. 그렇게 믿는다.

6장

삶으로 말하다

학자는 들어오지 말라

다이츄 교산大中京璨 선사는 크고 이름난 절을 싫어했다. 인연이 있어 어느 절의 주지가 되었으나 조용히 살기를 좋아했다. 속인이 찾아오는 것을 싫어한 다이츄는 일주문에 이렇게 써 붙였다.

주지가 배운 것이 없으니
학자는 들어오지 마라
가져갈 것이 없는 가난한 절이니
도둑은 들어오지 말라

*

유머는 누구에게나 꼭 필요한 비타민이다. 북한의 김정은은 2018년 4월 27일의 남북 정상회담에서 유머로써 남한 사람들이 자신에 대해 갖고 있던 나쁜 인상을 많이 바꿀 수 있었다. 김정은과 문재인의 유머와 그 걸 보고 터져나온 주변 사람들의 폭소는 그들을 지켜보던 많은 사람들에게 큰 안도와 희망을 갖게 했다.

때와 장소, 듣는 사람에 따라 알맞은 유머를 구사할 수 있다면 그는 사람들로부터 큰 사랑을 받는다. 유머의 힘은 매우 크다. 선승들 중에는 유머 감각에서 뛰어났던 이들이 있다. 하라 탄잔도 그중 한 사람이다.

탄잔은 자유롭게 사는 승려였다. 그의 말년에 있었던 일이다.

술을 마시려고 그 준비를 하고 있던 어느 날, 계율을 잘 지키기로 유명한 샤쿠 운쇼釋雲照라는 스님이 탄잔을 찾아왔다.

탄잔은 그 스님 앞에도 술을 따라놓았다.

"한잔 하시지요."

운쇼는 계율을 지키는 것이 중요하다고 여기는 스님이었다.

"술은 절집에서는 절대 금기시하는 물건이올시다. 저는 입도 대지 않고 있습니다."

운쇼는 단호했다. 탄잔은 웃으며 말했다.

"술도 마시지 않다니, 스님은 사람이 아니요."

이 뜻밖의 공격에 운쇼는 당황하지 않을 수 없었다. 벌겋게 붉어진 얼굴로 따지듯 물었다.

"그렇다면 나는 무엇이란 말이요."

탄잔이 껄껄 웃었다.

"부처지요."

부부싸움을 말린 비결

다이치大智라는 법명의 임제종 승려가 있었다. 그에게는 어린 시절에 있었던 다음과 같은 일화 두 개가 전해지고 있다.

첫 일화는 다이치가 출가한 날을 무대로 한다.

다이치는 일곱 살에 어머니 손에 이끌려 출가했다. 그날 점심은 만두였다. 만두를 먹으며 은사 스님은 물었다.

"이름이 뭐니?"

"만쥬요?"

"어떤 자를 쓰니?"

어머니가 나섰다.

"일만 만万에 열 십十 자를 씁니다."

그렇다면 만두와 같은 음이었다. 일본에서는 만두를 만쥬라고 한다. 이런 우연이 있나! 은사 스님은 장난기가 동했다.

"만두가 만두를 먹는 기분은 어떠니?"

다이치가 대답했다.

"큰 뱀이 작은 뱀을 무는 것과 같아요."

이 말을 듣고 은사 스님은 그 자리에서 아이의 법명을 지었다. 쇼지小智라고. 작은 지혜를 가졌다고.

하지만 얼마 뒤 작은 지혜는 깨달음을 막을 뿐이라는 이유로 큰 지혜라는 뜻의 다이치大智로 법명을 바꿨다.

다이치의 절은 강가에 있었다. 절에는 방이 여러 개였다. 그중에는 한눈에 강이 훤히 내려다보이는 방도 있었다. 그 방에서 두 번째 일화는 태어났다.

강에 나룻배 하나가 가고 있었다. 그 배를 보며 은사 스님이 다이치에게 물었다.

"다이치?"

"예."

"저기 배 보이지?"

"네."

"너 저 배를 멈출 수 있겠니, 물론 여기 앉아서 말이다."

다이치는 말없이 일어나 창문을 닫고 돌아와 앉았다.

"좋다. 그럼 이번에는 움직이지 않고, 앉은 채로 한 번 배를 멈춰봐라."

다이치는 그 질문을 받자마자 두 눈을 감았다. 그 모양을 보며 은사 스님은 환하게 웃었다.

"네가 이름값을 하는 구나!"

그리고 덧붙였다.

"세상살이도 이와 같다. 네가 어떻게 하느냐에 따라 세상이 바뀐다. 불교란 자신을 바꾸는 공부란다."

★

죠우킨貞鈞 선사는 도심이 깊은 사람이면서 한편으로는 상당히 탈속한 선승이었다.

그의 절 근처에는 길게 상가가 형성돼 있었다. 어느 날 일이 있어 그는 절을 나서다 보았다. 절에서 멀지 않은 곳이었다. 사람들이 구름처럼 모여 있었다. 무슨 일인가 싶어 가보니 과자 가겟집 부부가 언성을 높이며 부부 싸움을 하고 있었다.

"죽여버리겠어."

주인 남자가 펄펄 뛰며 말했다. 그의 아내도 지지 않았다. 여인도 소리를 지르며 응수했다.

"죽일 테면 죽여봐. 자, 죽여, 죽여보라니까."

두 사람은 바락바락 소리를 지르며 살기등등하게 싸우고 있었다. 이 모습을 본 죠우킨 선사는 가게 안으로 들어가 말려보았다.

"이봐, 이 사람들아, 그만 싸워."

"스님, 오늘만은 눈감아주십시오. 정말 오늘은 끝장을 내야겠어요."

그의 아내도 지지 않았다.

"스님, 내버려두세요. 하루이틀 일이 아니에요. 오늘 끝을 보게

338

해주세요."

그리고 둘은 다시 싸우기 시작했다.

"이리와. 오늘 너 죽고 나 죽자."

"그래 죽자. 자, 죽일 테면 죽여 봐."

부부 싸움은 더욱 거세지고 있었다.

선사는 부부 싸움을 좀 더 지켜보다가, "그렇다. 오늘은 승부를 내는 것이 좋겠다."라며 과자가 들어 있는 상자든 병이든 가리지 않고 들어 올리더니 땅바닥에 쏟아 놓으며 큰 소리로 외치기 시작했다.

"자, 애들아. 이리 와서 이 과자를 가져가거라. 갖고 싶은 만큼 얼마든지 가져가도 좋다. 돈은 필요 없다. 공짜다. 빨리 와서 가져가거라. 먼저 집는 사람이 임자다."

선사의 말을 듣고 싸움 구경을 하던 아이들이 우루루 과자를 향해 몰려들었다. 놀란 것은 그때까지 싸움을 벌이던 부부였다.

"스님, 이게 무슨 짓입니까? 남의 물건을 허락도 없이 아이들에게 주시다니요?"

두 사람은 싸움을 하다 말고 선사에게 항의했다.

"무슨 소릴 하는 게야. 당신 부부는 죽이겠다, 죽여라 하며 이제까지 싸웠잖아. 당신은 곧 죽을 것이고, 또 아내를 죽인 남편은 무사할 줄 아는가? 곧 감옥에 가서 처형될 게 아닌가? 그렇다면 이 가게도 오늘로 끝이 아닌가? 그럼 이제 곧 아무 소용도 없어질 과자를 아이들에게 조금 나눠주고 있을 뿐인데 뭐가 어때서 그래. 가는 길에라도 남에게 나눠준 게 있어야 좋은 세상으로 갈 것 아닌가? 오히려 고맙다고 생각해야 할 사람들이 뭐, 왜 아이들에게 멋대로 과자를 나눠주냐고?"

선사의 말을 들은 부부는 볼 부운 얼굴을 하고는 흩어진 과자를 정신없이 줍기 시작했다. 어느새 싸움은 끝이 났고, 그 뒤로 그 부부는 큰 싸움 없이 잘 살았다나 어쨌다나.

붓글씨에 얽힌 일화들

임제종의 선승이었던 료칸은 붓글씨로 유명했다. 글씨와 관련된 여러 편의 일화가 전해지고 있는 것도 그 한 예다.

그 하나.

이즈모자키出雲崎에는 료칸이 친하게 지내는 세키카와 만조關川万助라는 이가 있었다. 둘 다 하이쿠와 바둑을 좋아했다.

료칸이 찾아온 날 만조는 감나무에 올라가 감을 따고 있었다.

"조금만 기다려 주시오. 곧 다 땁니다."

료칸은 만조가 감 따는 걸 올려다보며 외쳤다.

"조심하구려."

감 따기를 마치고 둘은 바둑을 두기로 했다. 만조가 바둑판을 펴며 말했다.

"그냥 두면 심심하니 우리 내기 바둑을 뜹시다."

"좋소이다."

"그럼, 이렇게 하면 어떻겠소? 내가 지면 솜이불을 만들어 드리고, 스님이 지면 글씨를 하나 써서 제게 주시는 거로."

그렇게 정하고, 둘을 바둑을 뒀는데, 만조가 이겼다.

약속대로 료칸이 붓을 들었다. 5, 7, 5의 하이쿠였다.

감 따는 이의

고환이 시리겠다

가을의 바람

그 둘.

료칸이 이발을 하러 이발소에 갔다. 이발사는 료칸의 글을 얻고 싶어 한 꾀를 냈다. 머리를 밀던 면도칼을 놓으면서 말했다.

"글씨를 하나 써주시면 고맙겠어요. 대대손손 영광으로 여기겠습니다."

이발사는 이렇게 말하며 머리를 조아렸다. 머리는 밀다 만 상황이었다. 료칸은 어쩔 수 없이 붓을 잡았다.

천만대자천신天滿大自天神

이발사는 크게 기뻐하며 이 글씨를 액자에 넣어 이발소 벽에 걸었다. 그걸 보고 손님 하나가 말했다.

"저 글씨에는 한 자가 빠졌습니다. '자천신'이 아니라 '자재천신'이라고 해야 해요. 재在 자가 빠졌어요."

이발사는 다시 온 료칸에게 따졌다.

"맞습니다. 그 자가 빠졌습니다."

"그 이유가 무엇입니까?" 료칸이 웃으며 대답했다.

"당신이 내 머리를 깎다 말아서 나도 덜 썼지요."

그 셋.

어느 날 료칸이 말몰이꾼의 말을 탔다. 목적지에 도착했다. 말몰이꾼이 말했다.

"열여섯 냥입니다."

이게 어떻게 된 일일까? 주머니가 비어 있었다. 어딜 뒤져도 있어야 할 돈이 없었다. 료칸은 미안한 얼굴로 말몰이꾼에게 부탁했다.

"착각을 한 모양입니다. 달리 길이 없으니 내 머리를 열여섯 번 때리세요. 내 잘못이니까요."

그 과정에서 말몰이꾼은 그가 료칸임을 알았다. 달리 길이 없었다.

"다음에 만나면 글씨나 하나 써주세요."

이렇게 말하고 말몰이꾼은 말을 타고 떠났다.

★

에노모토 에이치榎本栄一라는 이가 있다. 염불 시인으로 유명한 그는 집이 가난하여 15세에 학업을 마치고, 그 뒤에는 가업인 화장품 가게에서 일한다. 하지만 제2차세계대전 때 미국의 대공습으로 가게가 불타며 무일푼이 된다. 몇 년간 남의 화장품 가게에서 종업원으로 일한 뒤 그는 다시 자신의 화장품 가게를 연다.

그렇게 화장품 가게를 하다가 시를 쓰기 시작한 것은 그의 나이 예순부터였다고 한다. 늦게 출발했지만 1999년에 94세를 일기로 세상을 뜰 때까지 에노모토는 많은 시를 썼고, 독자들로부터 큰 사랑을 받았다. '불교 문화상'을 받기도 했다. 지금도 많은 사람들이 그의 시를 애송하고 있다.

그는 화장품 가게를 그의 나이 76세까지 계속했다.

그의 시를 몇 개 소개한다.

〈실수〉라는 제목의 시다.

　　또 한번
　　실수를 했다
　　실수를 할 때마다
　　눈이 뜨여
　　세상이 조금 넓어진다

다음은 〈어두워진 귀〉다.

　　어두워진 귀가 뜻밖에도

세상 소리 속에서
부처님의 소리를
듣는다

다음은 〈나의 시〉라는 제목의 시다.

재능과 같은 거
하나도 없다
다만 내 안에서
콩알과 같은 부처님이
때로 태어나 주신다

그의 말기를 지켜본 이 중의 하나는 에노모토가 남긴 다음과 같은 말을 전해주고 있다. 그가 더는 걸을 수 없어 누워 지낼 때의, 곧 죽기 직전에 한 말이라고 한다.

"어렸을 때 저는 '설날아, 빨리 와. 빨리 와.'라며 설날이 오기를 가슴 설레며 손꼽아 기다리고는 했지요. 지금 저는 그런 마음으로 죽음이 오기를 기다리고 있어요."

그는 이 에노모토의 말에 덧붙여 말했다.

"그 말씀 그대로였을 겁니다. 그분은 기쁘게 여행을 떠나셨을 겁니다. 그분에게는 '죽으면 거기가 정토'라는 확신이 있으셨을 게 틀림없기 때문입니다."

시가 주는 기쁨은 크다. 시란 삶의 어느 순간 우리를 찾아오는 놀람이기 때문이다. 그 경이로운 순간의 체험을 글로 옮겨 적어 놓은 것이 시이기 때문이다.

미인화에 쓴 글

아리따운 여인을 그린 어느 화가의 그림이 있었다. 샤쿠 소엔釋
宗演 선사가 그 그림에 시 한 수를 썼다.

글씨를 부탁한 사람은 술을 좋아했다. 좋아해도 지나치게 좋아
했다.

"한 잔의 술은
사람이 술을 마시고,
두 잔의 술은
술이 술을 마시고,
석 잔의 술은
술이 사람을 마시고,
넉 잔의 술은
기생이 손님을 마신다."

후가이 혼코 선사가 사는 절의 아침 식사는 죽으로 정해져 있었다. 어쩌다 밥을 먹는 일이 있는데 그때는 국 한 그릇과 나물 한 접시가 따라 나왔다.

그날은 밥을 먹는 날이었다. 후가이 선사는 행자가 가져온 밥상을 받고 우선 된장국을 한 모금 마셨다. 무슨 국인지 맛이 매우 좋았다.

"오늘 아침에는 국을 맛있게 아주 잘 끓였구나!"

이런 말로 행자를 칭찬하며 국건더기를 건져 먹으려는데 젓가락 사이로 이상한 것이 집혔다. 건져보니 그것은 놀랍게도 뱀 대가리였다.

선사, 즉 선종 사찰의 아침은 일찍 시작된다. 뱀 대가리가 된장국 속에 들어가게 된 것도 이와 관련 있었을 것이다. 아마도 자루에 넣어둔 야채 속에 뱀이 들어가 있었는데 그것을 모르고 어둠 속에서 야채와 함께 썰어서 국을 끓였을 것이다.

후가이 선사는 행자에게 명했다.

"원주스님을 당장 데려오너라."

부엌살림을 맡은 모로타케 에키도 諸獄奕堂● 스님이 방장실로 불려왔다. 후가이 선사는 젓가락으로 뱀 대가리를 집어들고 에키도 스님에게 물었다.

"이게 뭔가?"

뱀 대가리를 보고도 에키도 스님은 전혀 당황하지 않았다. 태연히 그것을 받아 들고 도리어 물었다.

"이거 우엉 대가리 아닙니까?"

이런 말과 함께 입안으로 툭 털어 넣고 우적우적 씹어 삼켜버렸다. 이 모습을 보고 후가이 선사는, "으음, 그런가!"라는 단 한마디뿐 두말을 할 수 없었다.

후학 에키도 스님의 탁월한 증거인멸의 행동 앞에서 대선지식인 후가이 선사도 어쩔 도리가 없었던 것이다.

살다 보면 야채와 함께 살아 있는 뱀을 썰 수가 있다. 뱀의 머리를 우엉이라며 먹을 수 있다. 그것을 불살생의 계를 어겼다며 나무란다면 그는 '술이 사람을 마시는' 혹은 '기생이 손님을 마시는' 단계로서, 앎에 먹힌, 곧 앎에 갇히고 사로잡힌 사람이라 해야 할 것이다.

헛된 꿈을 꾸는 아들

한 아주머니가 찾아왔다. 얼굴에 근심이 가득했다.

"저희 집에 큰일이 났어요. 남편이 죽자 아들이 땅을 팔겠다고 법석을 떨고 있어요. 그 게 어떤 땅인데."

이시카와 소도 스님은 물었다.

"아들은 왜 그 땅을 팔겠다고 하나요?"

"도시에 나가 살겠다고 저러네요. 그 애는 시골에서만 살아 도시에 나가서는 못 살아요. 무슨 기술이 있는 것도 아니고요. 그저 헛바람이 들어서 저러는 거예요."

이시카와 스님도 그 청년을 알았다. 이머니를 따라 절에 왔던 적이 있었다. 어머니 말이 이해가 갔다.

"알겠습니다. 제가 한 번 아드님을 만나 보겠습니다."

며칠 뒤 이시카와는 아주머니 집에 갔다. 아주머니의 아들과 인사를 나누고, 여러 가지 이야기를 나눴다. 밭 이야기가 나왔을 때, 스님은 목소리를 죽이며 말했다.

"자네, 알고 있는가, 그 땅에 보물이 숨겨져 있다는 거?"

청년은 귀가 번쩍 뜨이는 것 같았다. 청년이 눈을 둥그렇게 뜨며 물었다.

"아니요. 한 번도 그런 얘긴 못 들었는데요?"

"그 땅에 보물이 들어 있다네. 한 번 파보게."

청년은 그날부터 밭에 나가 땅을 팠다.

'어디 있을까?'

알 수 없었다. 구석까지 전부 파보는 수밖에 없었다. 한 군데 빼놓지 않고 샅샅이 파보았다. 하지만 보물은 나오지 않았다. 청년은 이시카와 선사를 찾아갔다. 볼이 부어 물었다.

"스님이 날 속였죠?"

스님은 그 질문에는 대답을 않고 말했다.

"지금이 10월이니 보리를 뿌릴 때네. 일단 보리를 뿌려보게."

억울했지만 달리 길이 없었다. 봄과 여름 동안 개고생을 한 게 아까워서라도 보리를 뿌려야 했다. 그러고는 가보지 않았다. 속이 상했기 때문이다. 겨울이 지나가고 봄이 왔다. 어느 날 이웃집 할아버지가 웃으며 말했다.

"느그 집 보리 참 잘 됐더라! 한 번 가서 봐라."

흥, 하고 코웃음을 치고 말았다. 청년은 보리를 거둔 뒤에는 땅을 팔 생각이었다. 청년이 가지 않았지만 보리 소식은 자꾸만 날아 왔다. 마을의 이 사람 저 사람이 보리 소식을 전해 줬다.

"난 그런 보리밭 처음 봤다!"

"아마 전국 일등일 거다!"

二十九

圖

"큰돈 되겠던 걸!"

"쥔은 가보지도 않는데 보리 혼자 잘도 컸더군!"

"보기가 아주 좋아. 눈길을 뗄 수가 없을 만큼!"

마을 사람 말대로 됐다. 크게 풍년이 들었다. 돈이 꽤 됐다. 청
년의 마음이 흔들렸다. 도시로 가서 성공하는 사람은 사실 몇 안
됐다. 훨씬 더 많은 사람이 시골보다 더 어렵게 살았고, 망해서 돌
아오는 사람도 많았다.

그때서야 청년은 깨우쳤다. 자신이 얼마나 공으로 먹자고 들었
는지. 청년은 그 뒤로 다시 태어난 것 같았다. 마을에서 가장 부지
런한 사람이 되었다. 그의 논밭은 더 많은 수확으로 그에게 보답
했다.

*

다섯 줌의 식량만 있으면 그것으로 족하다는 오홉암五合庵, 그
곳에서 더할 나위 없이 검소하게 살고 있는 료칸 선사에게 어느
날 편지 한 통이 날아들었다. 동생의 아내, 즉 제수씨로부터 온 것
이었다.

동생네의 외아들 우마노스케의 방탕이 도를 넘어 이제는 어떻
게 손을 쓸 수가 없는 지경이니 와서 좀 타일러달라는 내용이었다.

료칸은 알고 있었다. 당시 료칸의 동생네는 가세가 기울고 있
었다. 당년 열일곱인 우마노스케의 방탕은 기우는 가세를 속수무
책으로 바라봐야만 하는 답답함의 표현이기도 했다.

다음 날 료칸은 발걸음을 재촉하여 동생네 집에 도착했다. 제수씨는 기쁘게 료칸을 맞았다. 료칸은 동생이나 제수씨의 심중을 헤아려 어떻게 해서든 조카의 마음을 잡아주고 싶었다. 그러나 섣불리 하는 설교는 오히려 역효과가 나기 쉬웠다. 한마디 말에 사람이 바뀔 수 있다면 어찌 세상에 어지러운 일이 있겠는가?

료칸은 오늘은, 오늘은 하며 사흘을 그냥 보냈다. 조카의 입장에서 보면 방탕에도 그럴 만한 까닭이 있었기 때문이다. 그가 처한 상황을 무시한 충고나 설득은 상대방을 더욱 화나게 할 뿐이다.

나흘째 아침, 선사는 제수씨의 기대를 저버리고 자리에서 일어섰다.

"저는 이제 그만 돌아가렵니다."

제수씨는 깜짝 놀라며 선사를 붙잡았다.

"모처럼 오셨으니 하룻밤이라도 더 주무시고 가십시오. 그리고 부탁드린 일도……."

그러나 료칸은 돌아갈 채비를 하고 방을 나왔다. 댓돌에 앉아 짚신을 신으며 조카를 불러달라고 했다. 큰아버지가 떠난다는 기별에 우마노스케는 달려왔다. 큰아버지가 부르시기를 이제나저제나 하며 기다렸는데, 떠나신다니?!

"우마노스케야, 나는 이제 돌아가련다. 다음에 언제 다시 만날지 알 수 없지만, 너도……."

선사는 다음 말을 잇지 못했다.

'이제 그만 방탕한 생활을 청산하고 부모님 말씀에 따라 열심히 일해라. 그것이 내가 부탁하고 싶은 단 하나의 바람이다.'라고 말하고 싶었지만 그것이 말이 되어 나오지 않았다.

선사는 눈물이 그렁그렁한 얼굴로 말을 돌렸다.

"우마노스케야, 미안하지만 내 이 짚신의 끈을 좀 묶어다오."

조카는 료칸 선사 앞에 무릎 꿇고 앉았다. 가까이서 짚신 끈을 묶다 보니, '단 한 분 계시는 큰아버지께서도 이제는 꽤 늙으셨구나! 발도 많이 야위었고. 이번에 헤어지면 언제 다시 뵐 수 있을까?'라는 생각이 들면서 울적한 기분이었다. 그 감정을 못 이겨 우마노스케는 자기도 모르게 큰아버지의 발을 쓰다듬었다.

그때 우마노스케의 목덜미 위로 뭔가 따뜻한 것이 뚝 떨어졌다. 놀라서 고개를 들어보니 그것은 큰아버지의 눈물이었다. 그 순간 우마노스케의 눈시울도 젖어 들었다. 잠시 뒤 두 사람의 눈에서는 눈물이 방울방울 흘러내렸다.

이 일이 있은 뒤, 우마노스케는 마치 새로 태어난 듯 방탕한 생활을 청산하고 성실한 사람이 되었다. 큰아버지는 아무 말도 없이 떠났지만 우마노스케는 큰아버지의 눈물을 통해 모든 것을 다 알아들었던 것이다.

힘들 때 펴보라던 편지

잇큐—休.

그는 일본에서 한국의 원효만큼이나 유명한 스님이다. 왕실에서 태어났으나 서자였기 때문에 어린 나이에 불교에 몸을 의탁해야 했다. 치열한 수행을 통해 법을 이은 그는 그 뒤 그 누구도 흉내 내기 어려운 대자유의 삶을 살다갔다. 그가 남긴 일화만도 수십, 수백이다.

다음 이야기는 잇큐가 이 세상을 떠나며 남긴 일화다. 잇큐는 앞날을 불안해하는 제자들에게 편지 한 통을 내어주며 이렇게 말했다.

"곤란한 일이 있을 때 이것을 열어봐라. 조금 어렵다고 열어봐서는 안 된다. 정말 힘들 때 그때 열어봐라."

그 일이 있고 세월이 많이 흐른 뒤, 그 사찰에 큰 문제가 생겼다. 모두 머리를 맞대고 의논했으나 해결의 실마리를 찾을 수 없었다. 승려들은 마침내 잇큐의 그 편지를 열어볼 때가 왔다고 생각했다.

모두 모였다. 그중에 한 스님이 편지를 열었다. 편지에는 이렇게 쓰여 있었다.

"걱정하지 마라. 어떻게든 된다."

★

잇큐에게는 이런 일화도 있다.

어떤 사람이 사업에 실패하며 살고 싶은 의욕을 잃고 자살할 장소를 찾아 방황하고 있었다. 그날도 그는 마땅한 장소를 찾지 못해 다음 날을 기약하며 어느 여관에 묵게 되었다. 싸구려 여관이었지만 그런 것에 신경 쓸 처지가 아니었다. 괴롭고 피곤했다. 그는 지친 몸을 침구에 누이고 쉬었다.

한참 뒤 반대쪽으로 돌아누울 때였다. 붙박이장 미닫이문에 붙어 있는 한 장의 종이쪽지가 눈에 띄었다. 뚫어진 구멍을 막기 위해 붙인 종이였는데, 거기에는 짧은 글이 쓰여 있었다. 그는 공연히 궁금해져 몸을 일으켜 세우고 그 글을 읽어보았다.

우리는 모두
벌거숭이로 왔거늘
무엇이 부족

잇큐 선사의 하이쿠였다.

그 순간 그는 긴 꿈에서 깨어났다. 그는 다시 사업을 시작했고 마침내 성공할 수 있었다. 그는 일본의 유명한 대형 제약회사인 '호탄寶丹'의 초대 사장 모리다 지헤이에守田治兵衛였다.

불교에서는 인생을 고통스러운 것이라 본다. 그것은 곧 인생이란 우리의 생각대로 움직여주지 않는다는 뜻이기도 하다. 모든 것이 변한다. 변하되 내 뜻대로 변하지 않는다. 병이 온다. 직장을 잃는다. 시험에 떨어진다. 사랑하는 사람이 떠난다. 혹은 내게서 사랑이 사라진다. 그런 크고 작은 일들로 우리는 고통을 받으며 산다. 그중에는 금방 지나가는 고통도 있지만 혼자만의 힘으로 좀처럼 풀 수 없는, 오래도록 고생을 하게 만드는 고통도 있다.

그럴 때 우리는 어떤 일을 할 수 있을까? 그럴 때는 걱정하지 않는 것도 한 방법이다. '한 문이 닫히면 다른 한 문이 열린다.'는 말이 있다. 이미 닫힌 문에 머리를 박아대기보다는 어렵더라도 그 문을 향한 집착을 버리면 '어떻게든 된다.' 시간이 가며 생각지 못했던 새로운 장면이나 사태가 열리게 되는 것이다. 왜냐하면 제행무상, 곧 모든 것이 잠시도 멈춤 없이 바뀌기 때문이다.

'걱정하지 말라. 어떻게든 된다.'

낙천적인 길 안내다. '근심하지 말라. 받아야 할 일은 받아야 하고, 치러야 할 일은 치러야 한다. 하지만 그치지 않는 비는 없나니, 마음 고생하지 말고 현재에 충실하라. 오늘을 감사하며 알차게 살라.'고 잇큐는 말하고 있다.

가는 것은 가고, 오는 것은 온다.
그러므로 가는 것은 가게 두는 게 좋다.
가는 것은 가게 두고 오는 것은
기꺼이 받아들이는 게 좋다.
오는 것이란 다른 것이 아니다.
지금 여기다.

뛰어난 한 비구니 스님

가나카와현에는 사이죠지最乘寺라는 사찰이 있다. 그 절에는 에슌당慧春堂이라는, 에슌이라는 비구니를 기리는 건물이 있다.

사이죠지에서는 왜 당까지 세워 에슌을 기리는 것일까?

에슌은 승려가 되고 싶었으나 너무 아름답다는 이유로 허락이 떨어지지 않았다. 달리 길이 없었다. 에슌은 자신의 얼굴을 부젓 가락으로 지지고 큰스님을 만나러 갔다. 사이죠지의 큰스님 료안 도 어쩔 수 없었다. 에슌은 그렇게 승려가 됐다.

에슌은 여성이었지만 수행에서 남자들에 뒤떨어지지 않았다. 오히려 앞서 나갔다.

당시 카마쿠라에는 엔카쿠지라는 유명한 선종 사찰이 있었다. 사이죠지와는 선의의 경쟁 관계에 있는 사찰이었다. 그 절에서 열 리는 사찰 모임에 사이죠지에서도 스님 한 사람을 보내야 했다.

엔카쿠지의 승려들은 사이죠지에서 승려가 오면 반드시 선문 답으로 골탕을 먹이려 들었다. 그걸 모두 잘 알고 있었기 때문에 아무도 스스로 가겠다고 나서는 스님이 없었다. 또한 아무나 갈 수도 없었다. 엔카쿠지의 승려들이 걸어오는 선문답에 당하면 안 됐기 때문이었다. 그들을 꺾어 눌러야 했기 때문이었다. 그 일을 에슌이 맡았다. 그것은 그 동안 에슌이 사이죠지를 대표할 만한 승려로 자랐다는 증표이기도 했다.

에슌이 온다는 소식은 곧바로 엔카쿠지 각 승당의 수 백 명의 승려들에게 전달됐다. 에슌의 기봉이 날카롭다는 것은 엔카쿠지에도 이미 널리 알려져 있는 사실이었다. 엔카쿠지의 승려들은 에슌이 아름답고 섬약한 비구니인 것을 알고, 특이한 선문답을 준비했다.

에슌이 엔카쿠지의 계단을 올라올 때였다. 갑자기 한 승려가 나타나 바지 앞섶을 열고 자신의 물건을 꺼내어 보이며 이렇게 소리쳤다.

"보라. 삼 척이나 되는 내 물건을. 어떤가?"

에슌은 조금도 놀라지 않았다.

"그 따윈 내 상대가 안 된다."

에슌은 이렇게 말하며 자신도 바지를 벗어 비밀스러운 부분을 내보이며 말했다.

"내 물건은 그 끝을 모르기 때문이다."

엔카쿠지의 승려들은 오히려 이렇게 당하고 말았다.

그 뒤 에슌은 엔카쿠지의 방장스님을 만났다. 방장스님이 시자에게 말했다.

"귀한 손님이 오셨다. 어서 가서 차를 내오도록 하라."

잠시 뒤에 나타난 시자는 에슌 앞에 발 씻는 대야를 가져다 놓았다. 대야에 차를 담아 내온 것이었다. 두 번째 선문답이었다.

방장이 에슌에게 차를 권했다.

"자, 차를 드시오."

하지만 에슌은 걸려들지 않았다. 에슌은 아무 말 없이 일어나 그 대야를 방장 앞으로 옮겨놓으며 말했다.

"스님은 우리 모두의 큰 어른이십니다. 어찌 제가 먼저 입을 대겠습니까? 천벌을 받을 일이죠. 저는 스님 다음에 마시겠습니다."

에슌의 이 활기에는 엔카쿠지의 방장스님도 묵묵히 웃음으로 얼버무릴 뿐 달리 할 말이 없었다.

*

이 일화에 한 네티즌은 이런 글을 썼다..

"이 이야기를 들으면 여성 차별이라며 분개하는 분이 있을지 모른다. 시대 사정도 있기 때문에 분명히 그런 요소가 없지 않지만 특수 사정도 고려를 해야 한다.

당시에도 여성 출가자가 없었던 것은 아니다. 있었지만 모두 기혼 여성이 남편이 죽은 뒤에 출가하여 남편이나 가족의 안녕을 비는 것이 일반적이었다. 다시 말해 세상을 떠난 가족을 위해 출가했던 거다.

또한 그와 달리 인생무상을 느끼고, 혹은 자신의 내세 평안을 빌기 위해 출가하는 여성도 있었지만, 그런 이는 비구니 사찰, 곧 여성만의 사찰에 들어갔다.

하지만 에슌은 달랐다. 료안 선사의 제자가 된다는 것은, 곧 남자들만의 절에 들어가 남성과 동일한 수행을 하겠다는 뜻이었다.

그것은 곧 여성 또한 남성과 동일한 수행을 완수 할 수 있느냐는 것으로, 에슌의 생애 전반의 일이었다.

전반은 이렇게 개인의 문제였다면 후반은 사원 전체의 문제였다.

조금 생각해보면 알 수 있다. 여성에 문제가 있는 것이 아니라 남자에 문제가 있었다. 남성 수행자들의 성적 동요, 혹은 남녀차별이 문제였을 뿐이다. 에슌에는 문제가 없었다."

에슌이 보통 승려가 아니었음은 그의 죽음이 증거해주고 있다. 에슌은 화정에 들어 세상을 마감했기 때문이다.

화정火定?

사전은 이렇게 말하고 있다.

"불도를 닦은 이가 열반할 때 스스로 불 속에 들어가는 일."

쉽게 말하면 스스로 불에 타죽는 걸 말한다. 당연히 아무나 할 수 있는 죽음이 아니다.

사이죠지 앞에 있는 너럭바위 위였다고 한다. 에슌은 그 바위 위에 나무를 높이 쌓고, 그 위에 앉은 뒤 불을 질렀다. 잘 마른 나무는 금방 거센 불길로 타올랐다. 사람들이 몰려들었다. 그중에는 사이죠지의 방장스님인 료안도 있었다. 료안이 외쳐 물었다.

"에슌. 뜨거운가?"

선문답이었다. 동시에 마지막 질문이었다.

에슌은 결가부좌 자세를 조금도 흐트러트리지 않은 채 대답했다. 동요가 조금도 없는 목소리였다.

"차고 뜨거움은 선 수행자가 알 바 아닙니다."

지금도 사이죠지에는 화정석이라는 이름으로 그 바위가 남아 있다.

공염불 할머니

　하루 종일 염불만 해서 '염불 할머니'라 불리는 여자가 있었다. 그 할머니가 나이가 들어 죽어서 염라대왕 앞에 서게 됐다. 당연히 '천당으로 가라.'고 할 줄 알았는데, 염라대왕의 입에서는 다른 말이 나왔다.

　"지옥이다."

　할머니는 어이가 없었다.

　"뭔가 잘못 판단을 하신 게 아닙니까? 제가 그래도 염불 할머니 소리를 들었는데, 어떻게 지옥엘 가라고 하십니까?"

　"무슨 소리. 내 눈이 틀렸을 리는 없다. 잔말 말고 지옥으로 가라."

　할머니는 지지 않았다.

　"혹시 이런 일이 있지나 않을까 싶어 평생 내가 한 염불을 수레에 싣고 왔습니다. 자, 보십시오."

　할머니의 손이 가리키는 곳에는 수십 대의 수레가 염불을 싣고 멈춰서 있었다. 염라대왕은 그것들이 모두 알맹이가 없는 공염불인 걸 알고 있었지만 할머니의 말대로 조사를 해보기로 했다.

도깨비들이 커다란 키를 들고 나타났다. 아니나 다를까 여인의 염불은 모두 날아갔다. 알맹이가 없었던 것이다.

"봐라, 여인이여. 이제 그대도 그대가 왜 지옥으로 가야 하는지 알겠지?"

그때 한 도깨비가 외치는 소리가 들려왔다.

"대왕님. 여기 알갱이가 찬 게 하나 있네요."

염라대왕은 그 알갱이를 받아들었다.

"그렇구나. 이건 속이 찼구나."

염라대왕은 그 알갱이를 조사하기 위해 확대경을 꺼내들었다. 확대경에 그때의 일이 영화처럼 펼쳐졌다.

갑자기 천둥과 번개가 치며 소나기가 쏟아지고 있었다. 할머니는 우산도 없이 그 비를 맞으며 집을 향해 뛰고 있었다.

"꾸르릉."

하늘이 무너지는 소리가 들렸다.

"번쩍."

눈앞이 환해지는 것도 잠시 곁에 있던 나무가 요란한 소리를 내며 쓰러졌다. 벼락을 맞은 것이었다. 그 순간 할머니는 자신도 모르게 두 손을 모으며 외쳤다.

"나무아미타불."

평생 염불을 하며 산 여인이었지만 자신을 부처에게 다 맡기며 한 염불은 그것 하나였고, 그 덕분에 그 할머니는 지옥행을 면하고 천당으로 가게 됐다나 어쨌다나.

절(혹은 교회나 성당)에 간다고 천국에 가는 것은 아니니라. 교회
(혹은 성당이나 절)에 다니는 사람이나 그렇게 믿을 뿐이다.

예를 들어 성당(혹은 교회나 절)에 다니더라도 화를 잘 낸다면,
화내는 버릇이 고쳐지지 않는다면 그는 그때마다 지옥에 간다.
절(혹은 성당이나 교회)에 안 다니더라도 화를 이기고 온유하게 처
신할 수 있으면 그는 자신과 주변에 천국을 만들 수 있다.

여기 그 사실을 잘 보여주는 일화가 하나 있다.

히비노는 무술의 대가였지만 성질이 급했다. 그가 이시가와 소
도石川素童 선사에게 제자가 되겠다는 계를 받는 날이었다. 수계
식이 끝나고 차를 마실 때였다.

히비노는 이시가와 선사가 가진 염주가 마음에 들었다.

"스님, 수계식을 치른 기념으로 스님의 염주를 제게 주실 수 없
겠습니까?"

이시가와 선사는 빙그레 웃으며 대답했다.

"그냥은 안 된다. 나도 그대에게 받고 싶은 것이 있다."

히비노는 기쁜 얼굴로 물었다.

"그게 뭡니까? 제가 가진 것이라면 뭐든지 다 드리겠습니다. 말
씀만 하십시오."

선사는 껄껄 웃었다.

"너의 그 불뚱이, 걸핏하면 불뚝거리며 성을 잘 내는 그 성질을

내게 다오."

성질은 물건이 아니다. 어떻게 내어준단 말인가? 내어줄 길이 없었다. 히비노는 어떻게 해야 좋을지 몰라 우물쭈물했다.

선사의 불호령이 떨어졌다.

"뭐하는가, 어서 내놓지 않고?"

히비노는 여전히 어찌할 바를 모르며, 얼굴만 더 벌게지고 있었다. 아까워서가 아니었다. 내놓으려고 해도 내놓을 수가 없었을 뿐이다.

선사가 말했다. 이번에는 목소리가 바뀌어 있었다. 더없이 자애로운 목소리였다.

"그렇다면 그 물건을 그대에게 맡겨두겠다. 하지만 오늘부터 그 물건은 내 것이므로 내 허락 없이 함부로 써서는 안 된다."

선사는 다짐을 두었다.

"약속하겠나?"

히비노는 머리를 조아리며 대답하지 않을 수 없었다.

"알겠습니다. 그렇게 하겠습니다."

이런 연유로 생긴 염주였기 때문에 히비노는 어디를 가나 염주를 몸에서 떼어놓지 않았다.

그러던 어느 날, 술에 취한 사내 하나가 히비노에게 시비를 걸어 왔다. 성질 급한 히비노는 당장 버릇을 고쳐놓겠다며 앞으로 나섰다. 하지만 싸움이 벌어지기 전에 이시가와 선사에게서 받은 염주가 생각났다. 염주 생각이 난 히비노는 바로 자신을 되찾고 싸움을 피할 수 있었다.

　사람들이 놀랐다. 그것은 그들이 아는 히비노가 아니었기 때문이다. 그 이유를 묻지 않을 수 없었다.

　히비노는 염주 이야기를 하고, 이어서 말했다.

　"그날 이후로 내 불뚱이는 선사님의 것이지 내 것이 아니라네."

삭발은 본인이

쇼쥬 노인正受老人•.

그는 영주의 서자로 태어났다. 그는 선의 거장인 하쿠인白隱의 스승으로도 유명하다. 쇼쥬는 그럼에도 큰 절에 가기를 거절하고 시골에서 어머니를 모시고 농사를 지으며 반승반농의 삶을 살았다.

그의 스승 시도 부난至道無難 또한 절을 버리고 토굴에 살며, 거죽대기를 이불로 삼고 살았다. 열아홉 때 쇼쥬는 부난을 만났다.

쇼쥬는 일본 내의 수많은 큰 스님을 찾아갔다. 하지만 쇼쥬의 마음을 잡는 이는 부난이었다. 크게 마음에 들었다. 쇼쥬는 부난을 만난 날 바로 머리를 깎고 그의 제자가 됐다. 그는 그 길로 집을 떠났다.

비록 서자이기는 했으나 영주의 아들이었다. 소란이 일어났다. 영주는 사방으로 관졸을 풀어 쇼쥬를 찾았다. 쇼쥬가 부난의 작은 암자에 있는 것을 안 영주는 신하 중에서 가장 믿음이 가는 자를 보내 아들을 데려오게 했다. 나이든 신하였다.

머리를 깎은 영주의 아들을 보고 늙은 신하는 놀랐다. 그는 격

앙된 목소리로 부난에게 따져 물었다.

"이것이 어찌 된 일이란 말이오. 저 분은 우리 고을의 다음 영도자입니다, 어찌 의논 없이 이런 일을 벌였단 말입니까?"

부난은 가만히 들었다. 신하의 말이 끝나자 시자를 불러 말했다.

"가서 세숫대야에 물을 떠오고, 삭발 도구를 가져오거라."

곧 시자 하나는 세숫대야를 들고 왔고, 다른 하나는 이발기와 면도기를 가지고 왔다. 부난은 이발기를 들고 말했다.

"군사님도 삭발을 합시다."

이게 무슨 미친 소리!? 늙은 신하는 눈을 둥그렇게 떴다. 그 모습을 보며 부난은 늙은 신하에게 다가 앉았다.

"어서 머리를 깎읍시다. 이리로 머리를 대세요."

늙은 신하는 소리쳤다.

"무슨 소리를 하는 거요. 왜 내가 머리를 깎는단 말이요?"

그 말을 듣고 부난은 이발 도구를 내려놓았다.

"이제 아시겠습니까? 본인이 바라지 않으면 제가 깎고자 해도 깎을 수가 없습니다."

늙은 신하는 대답할 말이 없었다. 그는 혼자서 돌아가는 수밖에 달리 길이 없었다.

*

부난 스님에게는 다음과 같은 일화도 전해지고 있다.

백화점 시로키야白木屋는 창업자의 가훈으로 유명하다. 이 백화점의 창업자 오무라 히코타로는 부난 스님과 이종 사촌간이었다. 그는 자주 부난을 찾아와 불교의 핵심 가르침에 관해 물었다. 그 시간들을 통해 히코타로는 건강한 경영인으로 성장해 갔다.

'단 한 가지의 길이 있으니, 이익을 바라지 말고
정직하게 좋은 물건을 팔라, 그러면 번창하리.'

부난이 이종사촌에게 써서 준 경영 지침이다. 아니, 세상을 어떻게 살아야 하는지에 대한 답이었다.

"이익을 바라지 말고, 정직하게 좋은 물건을 팔라."

그렇다. 너무 당연한 말이다. 모르는 사람이 없는 말이다. 사람들은 별수가 있는 줄 안다. 하지만 불교에서는 별수가 없다고 말한다.

당사자가 깎으려 하지 않으면 머리를 깎을 수 없다. 강제로는 안 된다.

사막의 사부인 히에라코스에게 어떤 이가 물었다.

"부디 저에게 어떻게 하면 구원을 받을 수 있는지, 그 길을 일러주십시오?"

히에라코스는 대답했다.

"배가 고프면 밥을 먹고, 목이 마르면 물을 마시지만 부디 남의 욕, 비난을 하지 마시오. 그러면 틀림없이 구원을 받을 것이오."

오줌 묻은 밥

    스가와라 지호菅原時保라는 선사가 있었다. 지호 선사는 열 살도 채 되기 전에 절 생활을 시작했는데, 그 무렵 한 농부가 죽어 49제를 지내야 했고, 지호 스님이 그 집으로 독경을 하러 가야 했다. 미망인이 사는 집은 가난한 농가였지만 독경을 해주는 어린 지호 스님을 진심으로 맞았다.

    사나흘쯤 지난 어느 날이었다. 그날 미망인은 스님에게 점심을 대접하려고 그 준비에 여념이 없었고, 곁에서는 갓난아이가 엉금엉금 기어 다니다 밥주걱을 핥고 있었다. 당시에는 이렇다 할 장난감이 없었고, 있다 해도 가난한 소작 농민으로서는 사서 줄 여유가 없었으리라. 갓난아이에게는 밥주걱이 장난감이었으리라.

    무슨 일이 있었는지, 어느 순간 아이가 울기 시작했다. 스님이 경을 읽으며 곁눈질로 보니 오줌을 싸고 울고 있었다. 아이가 싼 오줌이 마루에 질펀하게 고여 있었고, 주걱은 거기에 빠져 있었다.

    얼마 후 밥이 다 되자 미망인은 그 오줌 묻은 주걱을 집어들어 닦지도 않고 밥그릇에 밥을 퍼 담았다. 게다가 감기에 걸렸는지 밥 위로 콧물이 뚝뚝 떨어지고 있었다.

곁눈질로 이 모양을 다 보고 있던 스님은 '저 밥을 어떻게 먹나?'하는 생각에 독경을 하면서도 제정신이 아니었다.

마침내 독경을 끝내자 미망인은 스님 쪽으로 밥그릇을 밀어놓으며 밥 먹기를 권했다.

"꼬마 스님, 독경 정말 감사합니다. 애 아버지가 아주 좋아할 것입니다. 자, 찬은 변변치 못해도 밥은 얼마든지 있으니 많이 드세요."

"저, 오늘은 배가 아파서……."

스님은 배를 움켜쥐며 아픈 흉내를 냈다. 어떻게 해서든지 밥을 안 먹고 도망칠 생각이었다.

"그래도 조금만 드세요."

미망인은 좀처럼 물러서지 않고 여러 차례 밥 먹기를 권했지만 스님은 이 핑계 저 핑계를 대고 힘들게 그 집을 빠져나왔다.

그로부터 일주일이 지난 다음 다시 독경을 하러 가게 됐다. 이번에는 갓난아이도 낮잠을 자고 있었고, 미망인의 감기도 다 나은 듯했다.

'오늘은 밥을 해주시면 배불리 먹어야지.'

그런 생각을 하며 스님은 독경에 힘을 쏟았다.

독경이 끝나자 미망인은 기대했던 밥이 아니라 단술을 내왔다. 잘 담근 단술이었다. 단숨에 마셨다.

"한 잔 더 드세요."

"네, 단술을 참 맛있게 담그셨네요!"

스님은 미망인이 권하는 대로 여러 잔을 받아 마셨다. 그 모습을 보고 미망인은 대단히 기뻐하며 말했다.

"꼬마 스님, 전에 오셨을 때 배가 아프다며 밥을 안 드시고 가신 적이 있었지요?"

"네, 그랬지요. 그런데요?"

미망인이 웃으며 말했다.

"덕분에 밥이 남아 곤란했어요. 여름이잖아요? 그래서 어떻게 하나 하다가 단술을 담갔는데 그 단술이 바로 이것이에요. 맛이 괜찮으면 더 드세요."

그 말에 갑자기 욕지기가 일어났다.

그렇다면 이 단술은 그 오줌 묻고 콧물 떨어진 밥으로? 으악!'

그러나 이미 잔치는 끝난 뒤였다.

그 뒤로 스님은 사람들에게 자주 이런 말을 했다.

먹지 않으면 안 되는 것은
언젠가는 먹게 돼 있다

*

모든 것이 변한다. 만물이 변하고, 사람의 마음도 시시각각으로 바뀐다. 바뀌지 않는 것이 없다. 변하지 않기를 바라는 것조차 우리의 기대를 저버리고 변한다. 그럴 때 우리는 어떻게 해야 할까? 다음과 같은 일화가 있다.

한 절에서의 일이었다. 부엌일을 맡고 있던 스님이 실수로 그만 큰 절구를 깨고 말았다. 크게 야단맞을 각오를 하고 절의 최고 지도자인 하쿠인 선사에게 보고를 했다.

"걱정 마라."

이 뜻밖의 말에 절구를 깬 스님은 지옥에서 부처를 만난 기분이었다.

"생자필멸이라 하지 않느냐? 그 절구가 갈 때가 됐을 뿐이다. 그러니 그 일로 마음 고생하지 마라."

이 일이 있던 바로 그날, 이케다 츠구마사라는 이가 하쿠인 선사를 찾아왔다. 그는 한 지방의 영주로 평소 하쿠인 선사를 존경해왔다. 두 사람은 서원에서 한담을 나누었고 돌아갈 시간이 되자 츠구마사는 미안한 얼굴로 말했다.

"오늘은 시종 없이 혼자 오느라고 그만 빈손으로 오고 말았습니다. 혹시 절에 필요한 것은 없으십니까? 부족한 물건이 있으시면 바로 보내드리겠습니다."

"고맙습니다만, 늘 보살펴주시는 덕분에 저희 절에는 이렇다 할 불편이 없습니다. 다만 오늘 아침에 절구가 하나 깨져서 새것이 있으면 좋겠습니다. 그 외에는 필요한 것이 없습니다."

츠구마사는 하쿠인의 질소한 인품에 감복하지 않을 수 없었다. 그는 돌아가자마자 큰 절구를 하나 만들어 보냈는데, 쇼인사에는 아직도 그 절구가 있다고 한다.

　지호 스님은 말한다. '먹지 않으면 안 되는 것은 / 언젠가는 먹게 돼 있다.'고. 하쿠인 스님은 말한다. '걱정하지 마라. 생자필멸이 아닌가!'라고.

　봄여름가을겨울도 그렇다. 절로 바뀐다. 내 힘으로 막을 수가 없다. 그것들은 좋아도 가고, 싫어도 온다. 그러므로 가면 미련 없이 보내고, 오면 반기는 게 좋다. 봄여름가을겨울만이 아니라 인생살이도 그렇다. 가는 것은 가고, 오는 것은 온다. 그러므로 가는 것은 가게 두는 게 좋다. 가는 것은 가게 두고 오는 것을 기꺼이 받아들이는 게 좋다. 오는 것이란 다른 것이 아니다. 지금 여기다. 우리는 누구나 지금 여기를 살 수밖에 없다. 달리 길이 없다. 우리는 지금 여기를 사랑해야 한다.

　이와 비슷한 시가 있다. 여러 곳에서 만날 수 있는, 일본의 많은 사람들이 사랑하는 시다. 료칸 선사가 지은 시다.

　　재난을 만나야 할 때는
　　재난을 만나는 것이 좋고,
　　죽어야 할 때는
　　죽는 것이 좋다

생로병사도 그렇다. 풀과 나무가 가을이 오면 시드는 것처럼 사람은 나이가 들면 늙는다. 체력이 떨어진다. 여기저기 아픈 데도 생긴다. 마침내는 죽는다. 누구도 이것을 피할 수 없다. 막을 수도 없다. 누구나 겪어야 한다. 그렇다면 받아들일 뿐만 아니라 한 발 나아가 즐기는 게 현명하다.

가네타케 소신金嶽宗信

1961년에 태어났다. 12세에 출가하여 10년간 동자승 생활을 했고, 10년간 좌선 수행을 했다. 그 뒤 불교 정보센터의 전화 상담원, 강연, TV 드라마 불교 자문 위원, 저술 등 다양한 활동을 하고 있다. 선禪의 세계를 수많은 예화로 알기 쉽게 소개하고 있는 『선의 언어』 등 여러 권의 저서가 있다.

간잔 에겐關山慧玄 (1277~1361)

간잔에게는 다른 고승과 같은 어록이나 저서가 없다. 생전에 그린 초상도 없고, 남긴 글씨도 제자에 써준 인가장 이외에는 남아 있지 않다. 더욱이 유언으로 초상을 남기지 말라고 했기 때문에 지금 남아 있는 간잔의 초상화는 후세에 그려진 것이다. 난포 쇼묘南浦紹明(大応国師)로부터 쇼호 묘쵸宗峰妙超(大灯国師)를 거쳐 간잔으로 이어진 법계를 각자의 이름에서 한 자씩을 따서 '오우토간応灯関'이라 하는데, 현재 일본 임제종은 모두 이 법계에 속한다. 임제종의 다른 모든 종파가 절법했지만, 간잔의 법등은 뒤에 하쿠인이 이으며 크게 중흥, 오늘까지 이어지고 있다.

구도 토쇼쿠愚堂東寔 (1577~1661)

일본의 108대 천황인 고미즈노오後水尾이나 당시의 최고 지도자였던 도쿠가와 이에야스德川家光 등 수많은 고관대작들이 구도에게 귀의했다. 검객으로 유명한 미야모토 무사시宮本武藏도 청년기에 그의 지도 아래 참선을 배웠다. 시도 부난至道無難이 스님의 제자이다.

니시아리 보쿠산西有穆山 (1821~1910)

조동종의 승려로 학덕을 겸비한 탁월한 선禪의 거장. 이 책에서는 114쪽, 162쪽, 248쪽에서 선사의 일화를 소개하고 있다.

다이구 료칸大愚良寬 (1758~1831)

승려이자 시인이며 서예가이다. 료칸은 언제나 품에 '데마리'라 하는 공을 넣고 다녔다. 실을 감아 만든 공이다. 아이들과 놀기 위해서였다. 이런 이유에서 사람들은 료칸을 '데마리 스님'이라 불렀다. 료칸은 '어린이의 순진한 마음이야말로 부처의 마음'이라 여기고, 아이들과 숨바꼭질이나 공놀이를 하느라 해지는 줄 몰랐다. 어린아이를 좋아한 스님이었다. 48세부터 고고안五合庵이라는 암자에 살았다. 그리고 그해부터 서예를 시작한 것으로 알려져 있다. 료칸의 더할 나위 없이 검소하고 자유로운 생활, 그 속에서 우러나온 쉽고 간결한 시와 글은 일반 민중뿐만이 아니라 다양한 계층에게 공감과 신뢰를 주었다. 료칸의 시를 최초로 한 권의 책으로 묶은 이는 료칸의 말년을 곁에서 돌본 비구니 데이신니貞心尼였다. 『연잎의 이슬』이란 제목의 책이다.

다쿠앙 소호 沢庵宗彭 (1573~1646)

서화와 시문에 능했다. 많은 서화 작품을 남겼으며 다도茶道에도 뛰어났다. 당대의 대표적 선승으로 알려져 있다. 그는 즉문즉설에 능했다. 선의 세계를 일상생활에서 흔히 접하는 일들을 예로 들어가며 알기 쉽게 설명했기 때문에 그의 설법은 누가 들어도 매력적이었다. 도쿠가와 이에미츠를 비롯하여 수많은 고관대작들이 그에게 귀의했다. 도쿠가와 집안의 무술 교관이자 오랜 지인인 야규 무네노리柳生宗矩의 요청에 응해 검선일여의 경지를 설한 다쿠앙의 책『부동지신묘록不動智神妙録』은 선으로써 무도의 요체를 설한 최초의 책으로 알려진다. 그 책에서 무술은 무도로 한 단계 뛰어올랐다. 또한 그는 자신의 선을 자신의 대에서 단절시킨 것으로도 유명하다. 그는 최후까지 제자를 정하지 않고, 유언을 통해 '나의 선을 이었다는 자가 있으면 그는 법적法敵, 곧 불법 도둑이다.'라고 까지 말하고 있다. 여러 권의 저서가 있다.

데츠잔 소돈 鐵山宗鈍 (1532~1617)

당시의 최고 지도자였던 도쿠가와 이에야스의 귀의를 받아들여 친교를 맺었으나 이에야스의 브레인으로 참가하는 것을 사양하는 등 이에야스와는 처음부터 끝까지 적당한 거리를 두었다.

도겐道元 (1200~1253)

일본 조동종의 개조로 일반적으로는 도겐 선사라고 불린다. 일본에 선禪 사상의 씨앗을 뿌렸다. 결벽하다 할 만큼 엄격한 가르침을 편 것으로도 유명하다. 그는 성불이란 일정한 수준에 달하는 것으로 완성되는 것이 아니고, 예를 들어 성불을 했다고 하더라도 석가모니처럼 계속해서 좌선을 해야 한다고 생각했다. 깨달은 뒤에도 깨달음을 거듭해가며 깊게 만들어가는 것이 도겐의 불법인 것이다. 그것을 도겐은 '머리를 깎고, 또 머리를 깎는다.'고 말했다. 이런 경지에서 도겐은 산과 강에서, 꽃과 새에서, 돌과 바위에서도 법을 보고 들었다. 그에게는 천지만물, 삼라만상 중 법을 설하지 않는 것은 하나도 없었다.

모로타케 에키도諸獄奕堂 (1805~1879)

조동종의 본사는 에헤지永平寺와 소지지總持寺이다. 하나가 아니라 둘이다. 두 본사가 싸울 때 에키도는 그 싸움을 조정한 걸승으로 알려져 있다. 조동종의 최고 어른인 종정에 오르기도 했다.

모리다 고유森田悟由 (1834~1915)

메이지 시대의 큰스님으로 존경을 받았다.

모츠가이 후센物外不遷 (1794~1867)

괴력을 지닌 스님이었다. 힘에서는 역대 선승 중에서 최고로 알려져 있다. 한편 그는 시와 악기를 즐기는, 풍류를 아는 스님이기도 했다. 때때로 시를 지었고, 햐쿠하치尺八라 하는, 한국의 통소처럼 생긴 악기를 즐겼다. 그의 죽음 또한 아름답다. 메이지 유신이 일어나기 직전(1867년)이었다고 한다. 교토에서 나라 일로 바쁘게 지낼 때였다. 어느 날부터인가 떠날 때가, 죽을 때가 되었다는 느낌이 들었다. 그는 죽음을 자신의 절에서 맞고 싶어 길을 떠났다. 하지만 오사카까지 왔을 때 더는 걸을 수 없었다. 모츠가이는 거기서 죽기로 했다. 좌선을 한 채로 시자에게 등을 두드리게 했다. 얼마 뒤 그는 그 자세 그대로 숨을 거뒀다.

묘에明惠 (1173~1232)

화엄종의 승려로 경전 연구에서 초인적이었다. 하지만 학문 탐구보다 실제 수행을 중시했다. 계율을 엄하게 지킨 것으로도 유명했다. 욕심 없이 청렴하게 살았다. 권세를 멀리했다.

무소 소세키夢窓疎石 (1275~1351)

정원사로도 유명하다. 세계 유산으로 등록된 도쿄의 사이호지西芳寺와 덴료지天龍寺를 비롯하여 즈이센지瑞天泉寺, 에린지惠林寺 등의 정원을 직접 설계하고 만든 것으로 알려졌다. 그의 작풍은 자연 경관을 살리는 동시에 돌쌓기 등으로 선의 본질을 표현하고자 하는 것이었다.

반케이 요타쿠盤珪永琢 (1622~1693)

17세 때 출가. 그때까지 알기 어려운 말로 전해져 왔던 선을 누구나 알아들을 수 있는 쉬운 말로 바꿔 말했다는 점에서 유명하다. 그는 사투리가 섞인 일상어로 선의 진수를 말할 수 있는 좀처럼 만나기 어려운 선사였다. 평범한 서민부터 장상에 이르기까지 많은 제자를 두었다. 법명을 받고 제자의 예를 갖춘 자만 5만 명이 넘었다고 한다.

사와키 코도沢木興道 (1880~1965)

일본의 쇼와 시대를 대표하는 조동종의 승려. 도겐의 유풍을 흠모하여 간난신고를 마다하지 않는 생을 보냈다. 선승다운 선승을 좀처럼 볼 수 없는 시대에 코도야말로 최후의 불세출의 선승이라고 알려진다. 그는 평생 자신의 절을 갖지 않았다. 사람들은 그를 '이동하는 승당僧堂', '집 없는 코도'라고 불렀다. 1935년부터 고마자와 대학駒沢大學의 교수로 좌선을 지도했다. 그는 그때까지 선택과목이었던 좌선을 필수과목으로 만들고, 철저한 좌선 교육을 실시했다. '아무 것도 바라지 않고 오로지 앉아 있을 뿐'인 지관타좌只管打坐를 그의 일생을 통해 실천해 보였다. 그의 사상과 지도 방법은 현재 미국 스탠퍼드 대학에 있는 조동선센터에서도 이어져 가고 있다.

센가이 기본仙厓義梵 (1750~1837)

그림으로 유명하다. 11세에 출가하여 32세에 인가를 받았다. 그는 88세로 죽기까지 아주 많은 그림을 그렸다. 본격적으로 그림을 그리기 시작한 것은 40대 후반부터라고 알려져 있다. 그의 그림은 인기가 많아 그림을 얻고자 하는 이가 끊이지 않았다. 83세에 이르러서는 정원에 '더는 그림을 그리지 않는다.'는 비석을 세우고 절필을 선언했으나 뜻을 이루지 못했다. 그는 죽을 때까지 그림을 그려야 했다. 현재까지 남아 있는 작품만도 1천여 점에 이른다. 이데미츠 사조出光佐三는 센가이 그림 수집가로 알려져 있는데, 그가 수집한 그림은 도쿄에 있는 이데미츠 미술관에 보관되어 있다.

쇼쥬 노인正受老人 (1642~1721)

쇼쥬 노인으로 알려져 있으나 본명은 도쿄 에탄道鏡慧端이다. 19세에 출가해서 시도 부난 등의 지도를 받았다. 임제종 중흥의 아버지로 알려진 하쿠인의 스승으로도 유명하다. 하쿠인이 깨달았다고 믿고 자만하고 있는 것을 엄하게 지도하여 바른 깨달음으로 이끌었다. "사문은 3의 1발, 곧 세 벌의 옷과 한 벌의 밥그릇이면 충분하다. 어찌하여 그 이상을 바라 백성을 수고롭게 할 것인가?"라며 큰 사찰과 재정지원을 하고자 했던 지방 정부의 제안을 거절하고 작은 암자에서 살았다. 그 절에서 친어머니도 머리를 깎고 아들의 제자가 되어 함께 살았다. 80세에 죽을 때까지 45년간 당시 최고 지도자의 한 사람이었던 도쿠가와 미츠쿠니德川光圀로부터 두 차례의 초청이 있었으나 거절하고, 정진하는 나날을 암자에서 보냈다. 쇼쥬 노인은 세속적인 영달에는 관심이 없어 죽을 때까지 승계는, 곧 사찰 내에시의 계급은 최하위인 장주藏主였다. 장주란 경전 등 사찰의 서책을 관리하는 승려를 일컫는 말이다.

아오야마 슌도 青山俊董

1933년생이다. 조동종의 비구니로 고마자와 대학과 동대학원 석사과정 수료했다. 참선을 지도하고, 강연을 하고 집필을 하는 한편 다도와 꽃꽂이 등을 통한 선의 지도에도 힘을 쏟고 있다. 미국 등 여러 나라를 다니며 순회 포교를 하고 있다. 울림이 깊은 법화, 에세이 등으로 널리 알려져 있다. 여러 권의 저서가 있다.

안잔 키치도 安山吉道 (1608~1677)

조동종의 선승이었으나 황벽종의 소쿠히 뇨이치 即非如一 등에게서도 배웠다. 평생을 조용히 숨어 살며 좌선했고, 여행을 즐겼다. 죽음 또한 좌선 속에서 맞았다. 한때 산적이었던 제자와의 일화로 후세에 잊히지 않는 선승이 됐다.

잇큐 소준 一休宗純 (1394~1481)

승려이자 시인이자 화가였다. 공부를 마친 뒤에는 정처 없이 떠돌며 살았다. 계율이나 형식에 매이지 않는 인간미 넘치는 그의 삶은 널리 민중의 공감을 얻었다. 한때 그를 모델로 한 연극(동자승과 큰스님의 지혜 겨루기)이 널리 사랑을 받은 것도 그 때문이었다. 수많은 일화와 글씨를 남겼다.

하라 탄잔原坦山 (1819~1892)

불교 학자이자 선승. 젊어서는 유학과 의술을 배웠다. 구마자와 대학에서 강의할 때 다이츄 쿄산大中京璨과의 논쟁이 계기가 되어 26세에 쿄산의 스승인 에이센英仙 문하로 출가했다. 후가이 혼코 아래서 깨달음을 얻고, 쿄산의 법을 이었다고 알려져 있다. 도쿄대학 인도철학과의 초대 강사이기도 했다.

하쿠인 에카쿠白隱慧鶴 (1686~1769)

임제종을 중흥시킨 선승. 24세에 견성 체험을 했고, 42세 때 귀뚜라미 소리를 듣고 큰 깨달음을 얻었다. 그는 수행은 한 차례의 깨달음에서 끝이 아니라 끝없이 계속돼야 한다고 봤다. 깨닫고 또 깨달아야 한다는 것이다. 그 결과 그는 서른여섯 번이나 깨달음을 얻었다고 한다. 그런 쉼 없는 수행은 '큰 깨달음이 열여덟, 작은 깨달음은 셀 수 없다.'는 말로 지금까지 전해진다. 수많은 제자를 두었고, 많은 일화를 남겼다.

힘들 때 펴보라던 편지

© 최성현

2019년 2월 18일 초판 1쇄 발행
2019년 4월 22일 초판 3쇄 발행

지은이 최성현 • 그림 김진이
발행인 박상근(至弘) • 편집인 류지호 • 상무 이영철
책임편집 김선경 • 편집 이상근, 양동민, 주성원, 김재호, 김소영
디자인 쿠담디자인 • 제작 김명환 • 마케팅 허성국, 김대현, 최창호, 이선호 • 관리 윤정안
펴낸 곳 불광출판사 (03150) 서울시 종로구 우정국로 45-13, 3층
　　　대표전화 02) 420-3200 편집부 02) 420-3300 팩시밀리 02) 420-3400
　　　출판등록 제300-2009-130호(1979. 10. 10.)

ISBN 978-89-7479-655-6 (03810)

값 16,800원

이 도서의 국립중앙도서관 출판예정도서목록(CIP)은
서지정보유통지원시스템 홈페이지(http://seoji.nl.go.kr)와
국가자료공동목록시스템(http://www.nl.go.kr/kolisnet)에서 이용하실 수 있습니다.
(CIP제어번호: CIP2019003702)

• 이 책의 제목 서체는 아모레퍼시픽의 아리따 글꼴을 사용하여 디자인 되었습니다.